徳間文庫

十津川警部 哀愁のミステリー・トレイン

西村京太郎

徳間書店

目次

「雷鳥《らいちょう》九号」殺人事件

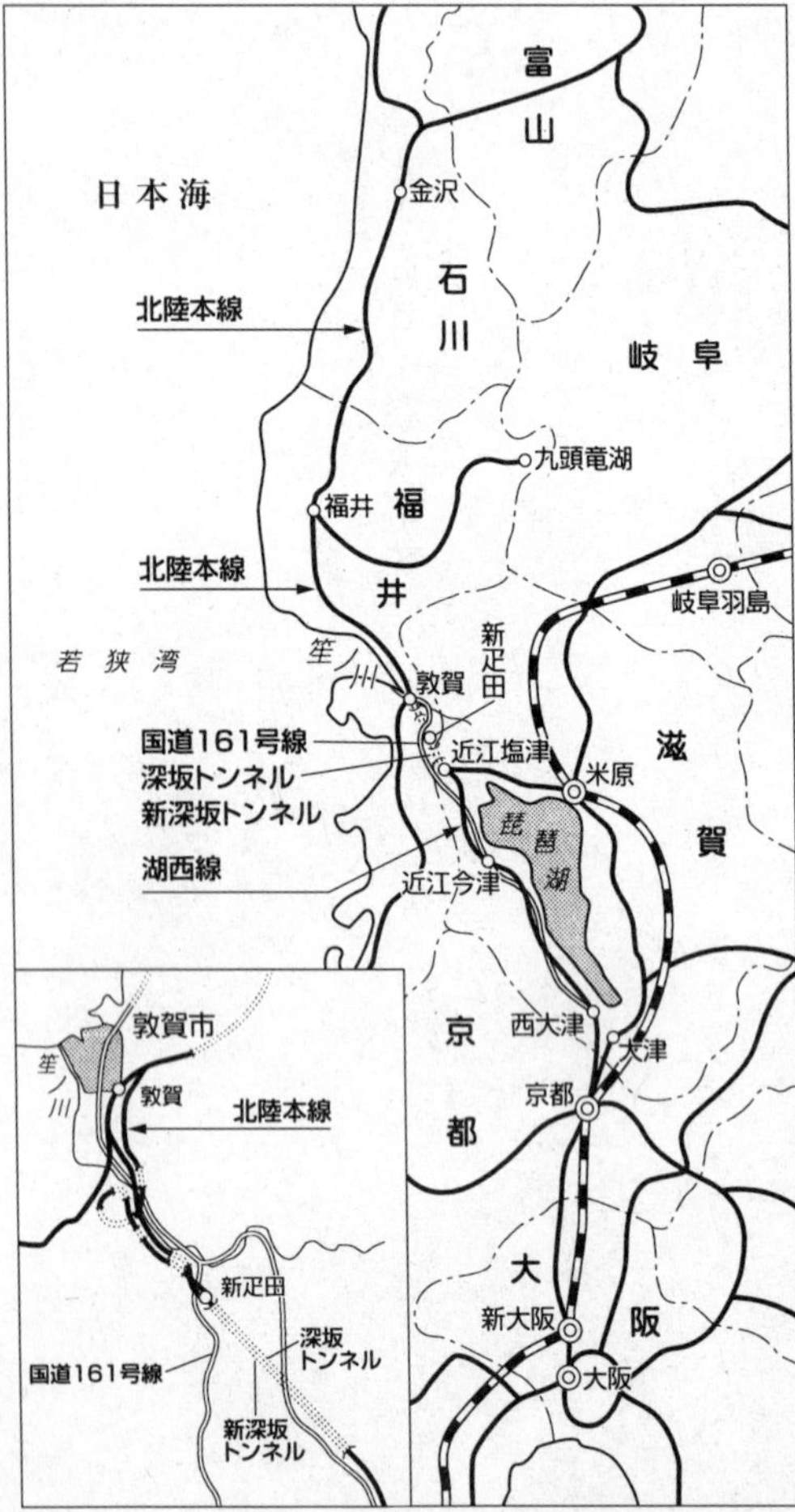
富山
日本海
金沢
石川
北陸本線
岐阜
九頭竜湖
福井
福井
北陸本線
岐阜羽島
若狭湾
笙ノ川
新疋田
敦賀
国道161号線
深坂トンネル
新深坂トンネル
近江塩津
米原
滋賀
琵琶湖
湖西線
近江今津
敦賀市
笙川
敦賀
北陸本線
西大津
京都
大津
京都
新疋田
大阪
新大阪
深坂トンネル
国道161号線
大阪
新深坂トンネル

第一章　北陸への旅

1

ひとり旅なら北陸路、という歌の文句がある。

北海道でも、九州でもいいわけだが、なぜか、北陸には、ひとり旅が似合っている。

北陸という風土のせいだろうか。冬の鉛色の空と、荒れる日本海、吹きつける北風、そんなものが、人々に、ひとり旅の孤独を思い起こさせるのかもしれない。

北陸の春は、美しいし、夏の日本海は、海水浴客で賑《にぎ》やかなはずなのだが、北陸というとき、なぜか、冬の海が思い出されて仕方がない。

大阪発金沢行きの「雷鳥九号」の車掌長の久木《ひさき》は、グリーン車の中で見た女も、ひとり旅だと思った。

ちょうど、まん中あたりの窓際の席に腰を下ろしていた。じっと窓の外を見つめている横顔が、整っているだけに、ひどく寂しげだったからである。

年齢は、二十五、六歳だろうか。なんとなく気になる女だった。

久木は、四十歳を過ぎ、すでに妻子もいるが、それでも、乗車した列車に、美人の乗客がいると楽しくなる。

大阪を出てすぐ検札をすませたが、そのときに見た彼女の切符は、終着の金沢まではなく、途中の福井までになっていた。が、それでも、二時間半は、一緒である。

雪の北陸にも、ようやく、遅い春が訪れているといっても、まだ、観光客が押し寄せるシーズンには早く、今日の列車も、五十パーセントに満たない乗車率だった。

定刻どおり、午前一〇時〇五分に大阪を出発した雷鳥九号は、新大阪、京都を、定刻に通過し、一路、北陸に向かった。

グリーン車の隣りが食堂車である。

終着金沢にも、午後一時一七分に着くから、食堂車は、たいてい、すいている。その代わり、利用する乗客は、ゆっくり、食事を楽しむことができる。

車掌長の久木は、グリーン車の乗務員室、ほかの二人の専務車掌は、8号車と、1号車である。

京都を出ると、列車は、湖西《こせい》線に入る。

久木は、乗務員室を出て、もう一度、車内改札を行なった。京都駅から新しく乗った乗客の改札である。

グリーン車には、二人の新しい乗客が加わった。

その改札をしながら、なんとなく、さっきの女の客に眼をやると、いつの間にか、中年の男が、彼女の隣りに腰を下ろして、何か、親しげに喋《しゃべ》っている。

確か、新大阪から乗ってきた乗客だった。

(前からの知り合いだったのだろうか。それとも、初対面だが、男のほうが、女の美しさに魅《み》せられて、話しかけていったのだろうか?)

久木は、そんなことを考えた。それだけ、彼女は、魅力的に見える女だったということでもある。

しかし、乗務員室に戻ると、久木は、窓の外に広がる琵琶湖《びわこ》の景色に見とれた。

北陸の景色も好きだが、久木は、高架になっている西大津《にしおおつ》駅あたりから見る琵琶湖の景色が好きだった。

北陸の海の荒々しさも好きだが、久木は、穏やかな、のんびりした琵琶湖も好きなのだ。

やがて、短いトンネルをいくつかくぐると、右手に、琵琶湖大橋が見えてくる。そのなだらかな曲線は、女性的な美しさである。この辺りも、ずっと、列車は、高架を走るので、湖面がよく見える。

一一時二〇分に、近江今津《おうみいまづ》駅着。この近くから、琵琶湖の観光船が出ている。久木も、非番のとき乗ったことがあった。

近江今津駅を出て、十二、三分で、近江塩津《おうみしおづ》駅を通過する。

右手から、北陸本線の線路が近づいてきて、やがて、合体する。雷鳥九号も、湖西線から、北陸本線に入った。

線路は、まだ、湖岸を走っているが、この辺りから、周辺の景色が、次第に、北陸的なものに変わってくるのがわかる。真冬には、雪が一メートル、二メートルも積る地域なのだ。

今年の冬は、積雪が少なかったらしく、残雪も、あまり見えない。

トンネルに入った。

北陸本線の中で、三番目に長い新深坂《しんふかさか》トンネルである。

長さ五一七三メートル。下り専用で、上りの線路が走る深坂トンネルより、三メートルだけ長い。

このトンネルを抜けると、福井県である。いわば、国境《くにざかい》のトンネルなのだ。轟音《ごうおん》が、ひびく。

乗務員室にいた久木は、ふと、小さな爆発音を聞いたような気がした。が、それも、すぐ、トンネル内の反響にかき消されてしまった。

トンネルを抜けると、また、窓の外が、明るくなった。

一一時四五分。敦賀《つるが》到着。二分停車である。

敦賀を出ると、またトンネルである。今度は、北陸本線で一番長い北陸トンネルである。全長一万三八七〇メートル。日本中でも、三番目に長いトンネルである。

トンネルを出ると、間もなく福井駅である。

(あの女性客が、降りるんだな)

そんなことを、久木が思ったとき、誰かが乗務員室のドアを、激しく叩《たた》いた。

久木が、ドアを開けると、五十五、六歳の男の乗客が、蒼《あお》い顔で立っていた。

「何です?」

「トイレで、人が殺されてる!」

と、男は、甲高《かんだか》い声をふるわせていった。

2

久木は、半信半疑で、その男と一緒に、トイレを、のぞいてみた。

中年の男が、狭いトイレの中で、しゃがみ込むような恰好《かっこう》で、倒れている。胸から、血が流れて、床を朱《あか》く染めていた。

「死んでるんでしょう?」

と、背後《うしろ》から、男が聞いた。

久木には、倒れている男が、死んでいるのかどうかわからなかった。

だが、肩をゆすってみても、何の反応も見せない。息をしていないようだった。

一瞬、久木には、どうしていいかわからなくなった。

列車の中で、こんな事態にぶつかったのは、初めてだったからである。

(落ち着くんだ)

と、久木は、自分にいい聞かせた。国鉄職員としての職責を果たさなければならない。

「ここで、見ていてくれませんか」

と、久木は、その男に頼んだ。

男は、蒼い顔で、あわてて、手を振った。

「とんでもない、困ります」

「すぐ、無線で連絡をとります。その間だけ、誰も、トイレに入れないでくれればいいんです」

と、久木は、いい、乗務員室に引き返すと無線電話で連絡をとった。

「自殺か、他殺かわかりませんが、男の乗客が、グリーン車のトイレで死んでいます」

と、久木は、いった。

そのあと、久木は、トイレに戻り、ドアの前に立っていてくれた男に礼をいった。

もちろん、あとになって必要と思い、死体の発見者である相手の名前と、住所も聞いておいた。

一二時二三分に福井駅に着くと、鉄道公安官と一緒に、福井県警の刑事と、鑑識課員が、グリーン車に乗り込んで来た。

ここでは、一分停車だが、停車時間を、引き延ばされた。

福井県警の捜査一課から駆けつけた井手《いで》警部は、現場であるトイレに入ると、床に膝《ひざ》をつけて、丁寧に死体を調べた。

「銃で射《う》たれているな」

と、井手は、同行した田中刑事にいった。

「銃ですか」

「見事に心臓に命中しているよ。この狭いトイレの中で射ったら、まず、外すことはあるまいがね？」

「他殺ですか？」

「凶器の銃がどこにもないところをみれば、間違いなく、他殺だね」

「殺人ですか」

久木は、蒼い顔で、井手を見た。

「そうです。明らかに、殺人ですよ」

「どうしたらいいんですか？　この列車は、金沢まで行くんですが」

「死体は、解剖のために、運び出します。そのあと、出発してください。われわれは、車内にとどまって、調査を続けますから、このトイレは、使用中止です」

と、井手は、やわらかい調子でいった。

担架《たんか》が持ちこまれ、死体は、トイレから、引きずり出され、担架にのせられた。

そのときになって、久木は、初めて、まともに死者の顔を見た。

（あッ）

と、思ったのは、その顔に見覚えがあったからである。

あの男だった。グリーン車の中で、なれなれしく、彼女の隣りに腰を下ろして、話しかけていた男である。

死体には、すぐ、毛布がかぶせられ、ホームに運び出された。

通りかかった人々が、何事だろうという顔で、立ち止まり、のぞき込んでいる。

久木は、その人垣の中に、彼女の白い顔を見つけた。

（ひょっとして、彼女が殺したのではあるまいか？）

久木が、そんなことを考えているうちに、彼女の姿は、消えてしまった。

雷鳥九号は、十五分おくれて、福井駅を出発した。

グリーン車の客は、半分ほどになったが、その乗客が、現場のトイレを見ようと押しかけてくるのを、二人の公安官が、押しとどめている。

井手と、鑑識課員は、死体の運び出されたトイレを、隅から隅まで調べていった。

男の死体があったときは、それにかくれてわからなかったが、今、床には、大きな血だまりができていた。

「久木さんといわれましたね？」

と、井手が、声をかけた。

「はい、車掌長の久木です」

「被害者のポケットに、新大阪から福井までのグリーン車の切符が入っていましたが、覚えていますか？」

「車内改札をしたので、覚えています」

「新大阪から、ひとりで乗って来たんですか？」

「そうです。連れの方は、いらっしゃいませんでした」

「間違いありませんか？」

と、井手は、念を押した。

「ええ」

「被害者は、銃で胸を射たれて死んでいるんだが、銃声は聞こえませんでしたか？」

「それが、よくわからないんです」

「と、いうと」

井手が、首をかしげた。

「はっきりした銃声は、聞いていないんです。列車が、新深坂トンネルに入ったとき、銃声がしたような気がしたんです。しかし、そのときは、気のせいだと思った。トンネルの中は、やかましいですからね。だいいち、列車の中で、銃を射つ人がいるなんて、考えられませんでしたからね」

「新深坂トンネルですね？」

と、井手は、念を押した。

「そうです」

「あのトンネルを、この列車は、何時ごろ通過したんですか？」

「十一時三十三分ごろに、近江塩津駅を通過したあと、すぐ、新深坂トンネルに入りますから、十一時四十分ごろだと思いますが」

と、久木がいい、井手は、その時刻を手帳に書き留めた。

「被害者ですが、車内で、他の乗客と、いい争っていたというようなことは、ありませんでしたか？」

「いや、そんな様子は、ありませんでした。ずっと、車内を見ていたわけじゃありませんが、そんな声は、聞こえてきませんでしたから」

「では、被害者が、ほかの乗客と親しそうにしていたということは、ありませんか？」

井手は、いい方を変えた。

久木は、また、あの女のことを思い浮かべた。

色白で、どこか、憂いに満ちたあの女が、大の男を殺したのだろうか？　どうも、そんなことは、考えにくかったが、しかし、車掌長として、事実を隠すことはできなかった。

「若い女の方と、話をしていたのを覚えています」

と、久木は、いってから、すぐ、

「しかし、今度の事件とは関係ないと思いますよ」

と、付け加えた。

井手は、眼を光らせた。

「若い女性とね？」

「ええ」

「どんな女性ですか？」

「年齢は二十五、六歳じゃないですか。ひとりで、大阪から乗って来たお客でした」

「被害者は、新大阪か——」

「ええ」

「それが、どうして、親しげに話をしていたんですか？」

「私にもわかりませんが、京都を過ぎてから、何気なく、車内に眼をやったら、殺された男の方が、その女性の隣りに腰を下ろして、話しかけていたんです。自分の席から、移って行って」

「そのとき、女性の様子は、どんなでしたか？」

「さあ、わかりません。男の人が、嬉《うれ》しそうに、ニコニコしながら話しかけているのは、横顔が見えましたから、わかりましたが」

「その女性は、美人でしたか？」

「ええ。なかなか美しい人でした」

「すると、相手が魅力的な女性なので、初対面だが、話しかけてみたのかもしれませんね？　旅というのは、そんな気持ちにさせるところがあるから」

「私も、そんなふうに思ったんですが」

「しかし、違うかもしれない」

井手は、自分で、自分の言葉を否定して、

「二人は、前からの知り合いで、わざと、別々に、大阪と新大阪から乗って来たということも考えられますね。その女性は、まだ、この列車に乗っていますか？」

「いや、福井で、降りました」

「行き先も同じ福井だったわけですね」

井手が、そういったとき、トイレの中を調べていた鑑識課員の一人が、

「薬莢《やっきょう》と、弾丸が、見つかりましたよ」

と、いった。

3

最初に見つかったのは、薬莢のほうだった。

鈍く光る小さな薬莢は、トイレの隅に転がっていた。

弾丸は、反対側の隅に落ちていた。犯人が至近距離から射ったために、弾丸が、被害者の身体《からだ》を貫通してしまったのだろう。

鋼鉄製の壁に、一ヵ所、へこんだ部分が見つかった。

被害者の身体を貫通した弾丸は、もろに当たって、はね返り、床に落下したのだろう。

弾丸は、先端が、つぶれてしまっている。

井手は、手袋をはめた手の上に、弾丸と、薬莢をのせて、見つめた。

この狭いトイレの中で、猟銃を振り廻すはずがないから、使用されたのは、拳銃だろう。

それに、薬莢が落ちていたところを見ると、回転式のリボルバーではなく、オートマチックの拳銃だと思われる。

弾丸は、さして大きくはない。直径は、九ミリぐらいだろう。となると、普通の大きさの拳銃が使用されたのだ。

たぶん、犯人は、銃口を、被害者の胸に押しつけて、射ったのだろう。

この狭いトイレの中で、相手を射殺するには、銃口を、押しつけたほうがいい。

「ほかには、何か見つからないかね？」

と、井手が声をかけた。

「ほかには、何もありませんね。拳銃は、持ち去ったか、処分したかしたんでしょう。このトイレの窓が、小さいものですが、開きますからね」

鑑識課員が、横に細い窓を開け、その小さな隙間《すきま》に、手を差し込んでみせた。

「拳銃ぐらいは、投げ捨てられるね」

「ええ。やれますよ」

「殺しておいて、すぐ、そこから、投げ捨てたのかな？」

「そうでしょう。客車の窓は、開きませんからね。走行中の列車から、拳銃を捨てようとすれば、トイレの窓を利用するより仕方がないんじゃありませんか」

「そうだな」

「ひょっとすると、線路脇《わき》に、落ちているんじゃありませんか」

と、鑑識課員がいった。

井手は、車掌長のいった新深坂トンネルから、ここまでの地図を、頭の中に、思い浮かべてみた。

犯人は、トイレで、被害者を射殺したあと、凶器の拳銃をどうしたろうか？

心理的には、一刻も早く、捨ててしまいたいだろう。殺人の証拠を、身につけているのと同じだからである。

凶器を持って、自分の座席に戻り、次の駅で、悠々と降りたとは、考えにくかった。職務質問でもされて、拳銃が出てきたら、それで、アウトだからである。しかも、使用されたばかりの拳銃となれば、命取りなのだ。

問題は、どこへ捨てたかである。

川へ捨てるのが、一番いい。新深坂トンネルの中で射殺したのは、音を消すために違いない。

そのあと、列車が、鉄橋を通過中に、トイレの窓から投げ捨てれば、拳銃を、川底に沈めることができる。

新深坂トンネルを出たあと、福井までに、いくつかの川を、雷鳥九号は、渡っている。

笙《しょう》ノ川
木ノ芽川
日野川
浅水川
足羽川

しかし犯人が、あわてていれば、射殺したあと、すぐ、拳銃を投げ捨てて、それは、線路脇に、落ちているかもしれない。

終着金沢には、やはり十五分おくれ、午後一時三二分に着いた。

4

福井駅で下ろされた死体は、すぐ、解剖のために、大学病院に送られた。
福井県警の捜査一課から、浜村《はまむら》警部補が立ち会った。
浜村は、病院の控え室で、被害者の所持品を調べた。
財布、名刺入れ、腕時計、指輪、万年筆、そんなものを、一つ一つ、見ていった。
財布の中には、二十枚の一万円札と、六枚の千円札が入っていた。
名刺入れには、同じ名刺が十五枚ばかりと、二つの銀行のCDカード。
CDカードの名前と、名刺の名前は、同じだった。

〈羽田工業社長　羽田《はねだ》真一郎《しんいちろう》〉

と、名刺にはあった。
東京に本社があり、大阪に、営業所があることになっている。しかし、羽田工業というのが、どんな会社なのか、名刺だけでは、よくわからない。

指輪は、十八金の台に、エメラルドが光っている。

万年筆には、キャップに、ダイヤが、嵌《は》め込んであった。

腕時計は、ピアジェで、これも、ダイヤがちりばめてある。

ほかに、ネクタイピンもあったが、これにもダイヤが入っていた。

宝石の好きな男だなと、浜村は、思った。

本物なら、高価なものばかり身につけていることになる。

浜村は、名刺にあった東京の羽田工業に電話をかけてみた。

「羽田工業でございますが」

という若い女の声が聞こえた。女事務員という感じの声である。

「羽田真一郎さんは、いらっしゃいますか？」

と、聞いてみると、

「社長は、大阪営業所のほうへ出張しております」

という。当然のことながら、まだ、羽田真一郎が死んだことは知らないのだ。

「そちらは、どういう会社ですか？」

浜村が聞くと、相手は、急に、警戒するような声になって、

「失礼ですが、どちらさまでしょうか？」

「福井県警の捜査一課です」

「え？　警察？」

女事務員は、あわてた様子で「――さーん」

と、呼ぶのが聞こえた。

すぐ、中年の男の声に替わった。

「副社長の松山《まつやま》ですが、どんなことでしょうか？」

「羽田真一郎さんが、大阪発金沢行きの雷鳥という特急列車の中で、殺されました。

それで、そちらに、電話したわけですが」

「まさか――」

と、相手は、一瞬、絶句してから、

「それで、今、社長の遺体はどこにあるんでしょうか？」

「福井市内の大学病院ですが、こちらにいらっしゃるのでしたら、まず、県警のほう

へおいでください」

「すぐ参ります」

「奥さんにも、伝えていただきたいのですが」

「それが、社長は去年、離婚されまして――」

「そうですか。ところで、羽田工業というのは、どんな仕事をされている会社ですか?」

「金《きん》や宝石を扱っている会社です」

と、松山がいった。

(それでか――)

と、浜村は、思った。

貴金属を扱う会社の社長だから、高価な腕時計や、指輪をしていたのだろう。自分自身を、動くショーウィンドーにしていたのかもしれない。

浜村が、電話を切ったところへ、井手警部が、帰って来た。

「金沢まで連れて行かれたよ」

と、井手は、笑いながらいった。

「じゃあ、石川県警の縄張りを荒らしてきたわけですね」

「まあ、そんなところかな」

と、井手が肩をすくめたとき、若い刑事が、一枚のモンタージュ写真を持って入って来た。

「これができあがりました」

と、それを、二人の間に置いた。

若い女のモンタージュである。

「容疑者第一号だ」と、井手がいった。

「被害者と、グリーン車の中で、親しげに話をしていた女だと、車掌長はいっている」

「なかなか、美人ですね」

「これを大量にコピーして、配ってくれ。彼女は、福井駅で降りているから、その後の行動をつきとめて、見つかったら、連れて来てほしいんだ」

「わかりました」

「被害者の身元はわかったのかね？」

「そこに、書き出しておきました」

と、浜村は、黒板を指さした。

「羽田真一郎ね、貴金属会社の社長か」

「副社長が、確認に、すぐやってくるといっていました」

「解剖結果は？」

「まだ来ていません」

と、いってから、浜村は、モンタージュ写真を持ち、コピーして、配るために、部屋を出て行った。

残った井手は、黒板に書かれた文字に眼をやった。

所持品として、二十万円入りの財布や、ピアジェの腕時計と書いてある。

何も奪《と》られたものはないらしい。とすれば、犯人の動機は、怨恨《えんこん》だろう。

(それにしても、なぜ、特急列車の中で殺したりしたんだろう？　しかも、拳銃で)

井手は、腕を組んで考え込んだ。

拳銃で射殺というと、普通は、暴力団関係者が、思い浮かぶ。

だが、今度の事件で、最初に浮かんできたのは、若い女だった。はたして、若い女が、拳銃で、男を射殺するものだろうか？

もちろん、可能性がないわけではない。最近は、女性でも、クレー射撃をやる人がいるし、狩猟許可を持つ女性も多い。

それでも、若い女性が、拳銃で射殺するというのが、なんとなく、似合わない感じがして仕方がない。

もし、女性の犯罪としたら、なぜ、拳銃などを使ったのだろうか？

5

雷鳥九号のグリーン車のトイレから発見された弾丸と薬莢は、直径九ミリであることが、正式に、鑑識から報告された。

九ミリの弾丸を使用する拳銃というのは、数が多い。したがって、拳銃の種類を限定することは、難しかった。

問題は、弾丸についた条痕《じょうこん》である。条痕は、指紋のように、銃の一つ一つで、違ってくる。

福井県警の鑑識では、発見された弾丸の条痕を写真に撮り、それを、東京の警視庁に電送した。もし、今回、犯人が使った拳銃が、過去に、殺人に使用されているとすれば、それがわかると思ったからである。

その回答は、すぐ来た。が、今回使用された拳銃には、今のところ、前科はないというものだった。

午後五時近くなって、被害者の解剖結果が、大学病院から報告されてきた。

死亡推定時刻は、午前十一時から十二時までの間というものだが、これは、雷鳥の車掌長が、十一時四十分ごろ、新深坂トンネル内を通過中に、銃声を聞いたような気がするというから、当然のことだろう。新深坂トンネルを通過中に射殺されたと考えて、ほぼ間違いあるまいと、井手は、思った。

弾丸は、前方から心臓を貫通しており、出血多量による死亡であり、弾丸は、ほぼ水平に貫通しているということだった。

被害者の身長は、約一七〇センチ。とすると、心臓の高さは、足元から一二〇センチぐらいのところだろう。

雷鳥九号の問題のトイレの壁面に弾丸が命中したへこみがあったが、床から高さを測ったところ、一二一センチだった。

犯人が、被害者と向かい合い、まっすぐに、心臓の辺りを射ったとすれば、被害者の身体を貫通した弾丸が、あのへこみに命中したと考えて、おかしくない。

井手が、解剖結果を見直しているところへ、浜村が、入って来た。

「例の女のモンタージュは、コピーして、県下の警察署や、派出所に配布しました」

と、浜村がいった。

「それで、何かわかったかね？」

「コピーを持って、国鉄福井駅や、タクシーターミナルに聞き込みに行った刑事たちが、いくつかの話を聞いてきましたが、いずれも、裏付けのない話ばかりです」

「どんなものがあるんだね？」

「それらしい女を、越前岬《えちぜん》まで乗せたというタクシー運転手がいる一方、九頭竜《くずりゅう》湖行きの越美北線《えつみほく》に乗るのを見たという駅員の話もあります。ほかにも、彼女らしい女が泊まっているという話があって、二、三の旅館に寄ってみましたが、いずれも別人でした。アリバイがありましたし、顔もあまり似ていません」

と、浜村は、苦笑してみせた。

「しかし、この女が、雷鳥九号から、福井で降りたことだけは間違いないんだ。車掌長が、それを確認している」

「もし、犯人だとすると、すでに大阪や、あるいは、東京方面に逃げてしまっているんじゃないでしょうか？　この時刻まで、福井の近くで、うろうろしているとは思えませんが」

「犯人なら、君のいうとおりかもしれんが、あるいは、犯人を見たのかもしれない。その可能性だって、あるわけだよ。目撃者なら、犯人に口をふさがれんうちに、見つけ出して、話を聞きたいからね」

と、井手が、いった。

刑事が入って来て、東京から松山という男が、来ていると告げた。

「ああ、被害者の確認に来てもらった男です」

と、浜村がいった。

「羽田工業の副社長かね？」

「そうです」

「じゃあ、君が会って来てくれ」

と、井手がいった。

6

松山は、三つ揃《ぞろ》いの背広をきちんと着た、瘦《や》せた男だった。胸元には、白いハンカチがのぞいている。副社長というよりも、身だしなみのいいセールスマンという感じだった。

浜村を見ると、素早く、名刺を差し出し、

「羽田社長が亡くなったというのは、本当でしょうね？　どうも、信じられないのですが」

と、いった。

「あとで、遺体を見ていただきますが、これが、所持品です」

浜村は、財布や、腕時計などを、松山に見せた。

「いかがですか？　社長さんのものですか？」

浜村が聞いた。松山は、小さく溜息《ためいき》をついて、

「間違いなく、社長のものです。すると、やはり、社長は、死んだわけですか？」

「これから、遺体を見ていただきます」

浜村は、松山を、大学病院へ、車で案内した。

解剖を了《お》えた遺体は、地下に移されていたが、松山は、ひと目見て、浜村に、肯《うなず》いてみせた。

「社長の羽田に間違いありません」

「羽田さん、新大阪から、福井へ行く途中、特急列車の車内で、何者かに射殺されたんです」

「射殺ですか？」

「しかも、犯人は、何も奪っていません。二十万円入りの財布も、高価な腕時計も無事でした」

「つまり、犯人は、恨みから、うちの社長を殺したというわけですか？」

「そう考えざるを得ないのですが、何か心当たりはありませんか？　特別に、社長さんを憎んでいた人間の心当たりは、ありませんか？」

浜村は、地下の死体置場から、上にあがりながら、松山に聞いた。

松山は、眼をしばたたき、一瞬、当惑した表情を作った。

「まあ、うちの社長は、やり手でしたから、仕事の上で、敵を作っていたと思いますが、だからといって、そのために殺されるとは思えませんね」

「個人的なことではどうですか？　女性から恨みを買っていたというようなことはありませんか？」

「女性ですか？」

「この女性に、心当たりはありませんか？」

浜村は、モンタージュ写真を、松山に見せた。

松山は、それを、廊下の明かりで見てから、

「なかなか、美しい人ですが、この女性が、うちの社長を殺したんですか？」

「まだ、そうと決まったわけじゃありません。見覚えがありますか」

「いや、初めて見る顔ですね。それに、私は、社長のプライバシーについては、まっ

たく知らないんですよ。うちの社長というのは、公私を、きっちりと区別するほうでしたから」

松山は、首をすくめるようにしていった。

「では、社長さんが、福井に来られた理由は、わかりませんか？　誰かに会うというようなことは、副社長のあなたに、いっていませんでしたか？」

「いいえ。大阪の営業所に、電話で問い合わせてみたんですが、誰も知らないといっていましたから、プライベートな用件で、福井へ来られたんじゃないかと思いますが」

「社長さんは、女好きでしたか？」

浜村が聞くと、松山は、え？　と、聞き返してから、急に、ニヤッと笑った。

「そりゃあ、うちの社長は、まだ四十歳の若さだし、独身でしたからねえ」

第二章 ブローニング自動拳銃

1

北陸本線は、新疋田《しんひきだ》と敦賀の間で、上りと下りの線が、大きく分かれる。急勾配《こうばい》のためである。

午前一時二十分ごろ。

すでに、最後の下り列車も通過してしまった下り線路の上を、保線区員が二人、懐中電灯を手に、レールの点検のために歩いていた。

二人とも、保線の仕事をすでに、十五年近くやっているベテランだった。

新深坂トンネルを抜け、新疋田駅を過ぎると、下りの線路は、上りと分かれて、まるで単線のようになる。

春といっても、夜半を過ぎると、この辺りは、急に気温が下がる。

二人は、歩きながら、軍手をした手をこすり合わせた。

「おやッ」

と、片方が、急に、声をあげて、立ち止まった。

「どうしたんだ？」

もう一人が、聞く。

「何か、落ちてるぜ」

背の高いほうが、懐中電灯の明かりを、線路脇に向けた。

そこに、何か、黒く光っているものが見えた。

かがんで、拾いあげた。

「ピストルだよ」

「おもちゃじゃないのか？」

「おもちゃにしちゃあ、ずっしりと重いがな」

拾ったほうが、もう一人の手に、その拳銃をのせた。

なるほど、ずっしりした重量感があった。

「そういえば、昨日の雷鳥九号の中で、乗客の一人が、拳銃で射たれて死んだと聞いたが」

「おれも聞いたよ。そうすると、これが、その拳銃かもしれないぞ」

二人の保線区員は、顔を見合わせてから、あわてて、敦賀駅まで急ぎ、その拳銃を届け出た。

2

福井県警の捜査一課に、問題の拳銃が届けられたのは、午前三時を廻ってからだった。

井手は、手袋をはめた手で、その拳銃を手に取った。

「ブローニング自動拳銃か」

「鑑識で調べたところ、指紋は、検出できなかったといっています」

と、浜村警部補が、いった。

「そうだろうな。わざわざ、指紋をつけて、投げ捨てる犯人はいないだろうからね」

と、井手は、笑ってから、弾倉を外した。

弾丸は、四発入っていた。

「ブローニングは、六連発じゃなかったかな」

「そうです。六連発です」

「すると、犯人は、二発射ったことになるのかね。雷鳥九号の中では、一発しか射ってないが」

「最初の一発は、どこかで、試し射ちしたのかもしれません」

「それは、考えられるね」

井手は、肯いてから、ぱちんと、音をさせて、弾倉をはめ込んで、ブローニング自動拳銃を、右手に持って、構えてみた。

かなり重い。大きさもある。

（モンタージュ写真の女が、こんなもので、男を、射殺したのだろうか？）

そんな疑問が、また、頭をもたげてきた。

井手は、地図を広げてみた。

「発見者の保線区員の証言では、新疋田と敦賀のほぼ中間で見つけたということだ」

「その辺りは、下りと上りの線路が分かれていますから、下りの列車から捨てられたことは、はっきりしています」

浜村は、断定するようにいった。

「それにだ」

と、井手がいった。

「車掌長の話で、被害者は、雷鳥九号が、新深坂トンネルを通過中に射殺されたと思われる。新深坂トンネルを抜けると、すぐ、新疋田駅を通過するが、まさか、駅の近くでは、目撃される恐れがあるから、投げ捨てるわけにはいかない。だから、新疋田駅を通過してから、犯人は、投げ捨てたんだ。トイレの小さな窓からね。君のいうように、この辺りは、上りと下りの線路が分かれているから、すれ違う上り列車から目撃される心配もないわけだよ。つまり、絶好の捨て場所だったわけだ」

「あとは、弾丸の条痕検査ですね」

と、浜村が、いった。

それは、大阪の科研に頼まなければならない。

「明日、私が、この拳銃と、使用された弾丸を持って、大阪へ行ってきましょう」

と、浜村が、いった。

今度の事件のように、東京の人間が、旅行先で、しかも、列車の中で殺されたとなると、どうしても、多方面の協力が、必要となってくる。

被害者の羽田真一郎の調査と、彼が社長をしていた羽田工業の調査は、東京の警視庁に依頼することになった。

翌朝早く、浜村は、ブローニング自動拳銃と、弾丸、薬莢を持って、大阪の科研へ出かけて行った。

聞き込みのほうに、これはと思えるものが出てきた。

モンタージュ写真の女を、いろいろな場所で見たという情報が入って、当惑させられていたのだが、一日たって、一つずつ消していくにつれて、どうやら、モンタージュ写真の女が、九頭竜湖方面に行ったらしいことが、わかってきた。

昨日は、九頭竜湖行きの越美北線に乗るのを見たという目撃者がいたのに続いて、今日は、九頭竜湖の湖岸で、それらしい女性を見たという報告も入ったのである。

彼女を見たのは、今朝の七時ごろだというところをみると、九頭竜湖の近くの旅館にでも、泊まったのだろうか？

雷鳥九号の久木車掌長の話では、彼女は、大阪から乗って来たという。九頭竜湖に一泊したあと、また、大阪へ帰るだろうか。

井手は、部下の刑事二名を、九頭竜湖へ急行させる一方、彼女が、福井へ戻ってくることも考えて、福井駅へも張り込ませた。

あとは、その結果を待つより仕方がなかった。

井手は、北陸の地図を、壁に貼《は》り出した。

九頭竜湖は、人造湖である。

昔、九頭竜峡として知られていた峡谷に、昭和四十三年、巨大なロックフィルダムを造り、川をせき止め、そこにできたのが、九頭竜湖である。

二十二万キロワットの出力を誇る長野発電所が、地下に造られているが、人造湖の周辺は、春は緑、秋は紅葉が美しく、恰好の行楽地でもあった。

福井から、この九頭竜湖まで、越美北線が走っていて、距離五五・一キロを、快速なら一時間三十分、普通で一時間四十分あまりでつなぐ。

山間《やまあい》の湖は、まだ寒いだろう。観光客も少ないはずである。

井手も、去年の秋に、九頭竜湖へ行ったことがあった。

秋の紅葉を楽しみに行ったわけではなかった。十一月の初めで、すでに、紅葉は、終わっていた。

死体を見に行ったのである。

若い男の水死体が、九頭竜湖にあがり、他殺か自殺かわからないということで、出かけて行ったのである。

そのとき、井手が感じたのは、湖の美しさと死は、ふさわしくないという平凡なことだった。

美しい九頭竜湖に似合っているのは、やはり、楽しい笑い声である。

九頭竜湖からの報告が入る前に、大阪へ行った浜村からの電話が入った。

「今、科研で、検査をしてもらいました」

と、浜村が、いった。

「その声の調子だと、ブローニング自動拳銃が、事件の凶器と決まったらしいね？」

「そのとおりです。雷鳥九号のトイレで発見された弾丸は、下り線路上で見つかったブローニングから発射されたものとわかりました。それに、あの拳銃は、実際に使われてから、時間がたっていないこともわかりました。被害者の心臓を射ち抜いて、トイレ内で、背後の壁に命中したことを考えると、至近距離から、発射されたものに違いないということです。われわれの予測どおりの結果ということです」

「あとは、その拳銃を使って、羽田真一郎を射殺した人間を見つけ出すことだな」

「私は、これからどうしますか？」

「ご苦労だが、羽田工業の大阪営業所へ廻ってくれないかね。社長の羽田が、なぜ、福井へ行ったのか、仕事なのか、それとも、誰かに呼び出されたのか、それを知りたいんだ」

「わかりました。これからすぐ、廻ってみます」

浜村の電話が切れると、待っていたように、九頭竜湖へ行った部下から、連絡が入った。

「今、問題の女性を発見しました。湖岸にある旅館に、昨日から泊まっていました。宿泊カードに記入された住所と名前は、東京都世田谷区深沢《ふかさわ》——丁目、シャルム深沢五〇六号、三浦由美子《みうらゆみこ》です」

「東京の人間か？」

井手は、ちょっと妙な気がした。

東京から北陸へ行くのなら、なにも大阪を廻る必要はない。上野から北陸へ行く特急が出ているし、新幹線で、名古屋なり米原《まいばら》へ出て、そこから、特急に乗ってもよかったはずである。

「その住所と名前は、ホンモノなのかね？」

「わかりません。なにしろ、彼女が、まったく、喋《しゃべ》りませんので」

「黙秘かい？」

「そうです。抵抗もしない代わり、何も喋りません。とにかく、そちらへ連れて行きます」

3

夜になって、彼女が、福井県警本部に、連行されてきた。

車掌長の久木は、なかなか美人でしたといったが、井手が、初めて見た彼女は、顔が蒼白《あおじろ》く、病人のように見えた。

痩せて、手の指も細い。

(こんな女に、拳銃で、男を射殺することができるだろうか?)

井手は、首をかしげながら、

「まあ、楽にしなさい」

と、声をかけた。

女は、黙って、じっと、自分の膝に眼を落としている。

「三浦由美子さんといわれるんですか? 一応、その名前で、お呼びしましょう。昨日の雷鳥九号の車内で、羽田真一郎というグリーン車の乗客が、ブローニング自動拳銃で射殺されましてね。雷鳥九号の車掌長の証言では、その羽田さんと、あなたが、親しげに話しているのを見たというのです。それで、来ていただいたわけですが、今、いったことは、認めますか？」

井手は、丁寧に聞いた。犯人かどうか、自信がなかったからである。

女は、黙ったまま返事をしない。

井手は、小さく溜息《ためいき》をついた。

「黙っていると、あなた自身の不利になりますよ」

「何もいうことはありませんわ」

と、初めて、女が、いった。低いが、はっきりした声だった。

井手は、おやっと、思った。黙秘をしていて、喋り始めるときは、居丈高《いたけだか》になるか、逆に、支離滅裂になるかのどちらかなのに、眼の前の女は、落ち着いて、はっきりした語調だった。

「何もいうことがないというのは、どういうことですか？」

と、井手が聞いた。

「言葉どおり、何もいうことは、ないということですわ」

「雷鳥九号に乗っていたことは認めるんですね？」

「――――」

「羽田真一郎という男を知っていますか？」

「――」

「彼を、雷鳥九号の中で、射殺しましたか?」

「――」

「肝心の点は、黙秘ですか? 黙っていると、われわれは、イエスと受け取りますよ」

「――」

「黙秘していても、あなたのことを、徹底的に調べていけば、すべてわかってしまいますよ。そのときは、あなたにとって、不利になると思いますがね」

井手は、脅かすようにいい、それでも、女が黙っていると、彼女を残して、取調べ室を出た。

外には、急遽《きゅうきょ》、来てもらった久木車掌長がいた。

「見てくれましたか?」

と、井手が聞いた。

「ええ。見ました。間違いなく、昨日、雷鳥九号に乗っていた女性ですよ。彼女は、違うといってるんですか?」

「いや、何もいっていません。だんまりです」

その黙秘も、そのうちに崩れてくるだろうと、井手は、思っていた。

久木の証言で、彼女が、昨日の雷鳥九号に乗っていたことは証明された。また、久木の言葉によれば、車内で、被害者は、女の座席に押しかけ、隣りに腰を下ろして、親しげに話していたという。

その直後に、被害者は、射殺されている。彼女が犯人でないとしても、何かを知っているはずである。なんらかの意味で、事件に関係しているだろう。だからこそ、黙秘しているのだ。

井手は、彼女が、九頭竜湖の旅館で、宿泊カードに書いた住所も名前も、警視庁に知らせて、調べてもらうことにした。たぶん、ニセの住所と偽名だろうが、被害者の羽田真一郎が、東京の人間であることを考えると、彼女も、東京に関係のある人間だという可能性が強い。

(東京で、何があったか、羽田真一郎を、東京で調べてくれているうちに、彼女が浮かびあがってくれば、今度の事件の全貌《ぜんぼう》が明らかになってくるかもしれない)

と、井手は思った。

警察で、容疑者を留置しておける時間は、四十八時間と決まっている。その間に、彼女を追い詰められるかどうかは、東京の捜査にかかっている。

大阪に行っていた浜村警部補が帰って来たが、羽田工業の大阪営業所では、何もわからないと井手に報告した。

「羽田工業というのは、社長の羽田のワンマン経営だったようで、大阪営業所といっても、社員が三人しかいない小さなもので、東京本社のことも、社長の羽田のことも、何もわからないといっていました」

「しかし、羽田は、仕事で、大阪営業所へ行っていたんだろう?」

「ところが、営業所には、一度も顔を出していないんです。仕事で大阪へ来たというのは、怪しいですね」

と、浜村は、いった。

「とすると、私用で大阪へやって来ていたのかね? 例えば、女に会うために」

「雷鳥九号の中で、話していたという女ですか?」

「そうだ、九頭竜湖で見つけて連れて来たんだが、完全黙秘でね。東京の捜査で、二人の関係がわかると有難いんだが」

と、井手は、いった。

4

東京では、警視庁捜査一課が、福井県警の要請で、捜査を開始していた。

特急列車の車内で、乗客の一人が、自動拳銃で射殺されたという事件だけに、東京でも注目していた。

被害者、羽田真一郎の身辺と、彼が社長をやっていた羽田工業という会社について、西本刑事たちが、捜査に当たっているところへ、また、容疑者の女性のことが、知らされた。

〈東京都世田谷区深沢一丁目
シャルム深沢五〇六号　三浦由美子〉

という名前と、彼女の写真。写真のほうは電送されてきた。

顔写真は、取調べ中に隠し撮りしたものらしく、彼女の視線は、あらぬほうに向いている。

「なかなか美人ですね」

と、亀井《かめい》刑事が、のぞき込んでいった。

「どこか寂しげで、男好きのする顔だよ。しかし、北陸の九頭竜湖へ行くのに、東京の人間が、なぜ、わざわざ、大阪廻りで行ったんだろう。私だったら、上野から出発するがね」

と、十津川《とつがわ》警部が、いった。

「そういえば、殺された被害者の羽田真一郎のほうも、東京の人間なのに、大阪廻りで、福井へ行こうとしていたわけですね」

「だから、福井県警も、女が、羽田を誘い出して、昨日の雷鳥九号に乗せ、車内で射殺したんだろうと見ているようだ」

「もし、この三浦由美子が犯人だとすると、住所も名前も、でたらめの可能性がありますね」

「私も、そう思うが、念のために、このマンションに行って来てくれないか」

「わかりました。あまり期待しないで、待っていてください」

亀井は、そんないい方をして、住所と氏名を書いたメモと、女の顔写真をポケットに入れ、若い桜井刑事と一緒に、桜田門を出た。

桜井の運転する覆面パトカーで、深沢に向かった。

「女も、怖くなりましたねえ。拳銃で射殺ですか」

と、桜井が、ハンドルを握りながら、いった。まだ独身の若い桜井の言葉だけに、亀井は、なんとなくおかしくて、クスッと笑ってしまった。

「女は、昔から怖いものだよ」

「しかし、若い女が、拳銃で男を射殺したなんて初めてですよ」

「まだ、彼女が犯人と決まったわけじゃないよ。先走りしなさんな」

と、亀井は、いった。

東京オリンピックに使われた駒沢の競技場を通り抜けたところが、深沢——丁目だった。

桜井は、スピードをゆるめて、左右を見ていたが、「ありましたよ」と、ブレーキを踏んだ。

眼の前に十一階建てのマンションがあり、入口に「シャルム深沢」の文字が読めた。

「実在したんだね」

と、亀井も、ちょっと意外そうな顔をして、桜井と一緒に、車から降りた。

入口を入ると、管理人室の横に郵便受けが並んでいる。その五階のところを、上から下へ見ていた桜井が「三浦という名前がありましたよ」と、いった。

本来なら、これで捜査が一歩前進したと喜ぶべきところなのに、亀井は、逆に、難しい顔になっていた。泊まった旅館に、本当の住所と名前を書いている女が、なぜ、黙秘を続けているのかという疑問がわいてきたからである。

亀井は、念のために、管理人に、持って来た顔写真を見せた。

「五〇六号室の三浦さんというのは、この人かね？」

「ああ、それは、三浦さんですよ」

と、眼鏡をかけた中年の管理人は、こっくりと肯《うなず》いた。

「ちょっと、部屋を見せてもらいたいんだが」

「しかし、三浦さんの了解を得ませんと」

「彼女は、今、殺人事件に関係しているんでね。どうしても、捜査が必要なんだ」

「へえ。殺人事件ですか」

管理人は、びっくりした顔になり、同時に、好奇心をむき出しにした眼にもなって、すぐ、亀井たちを、五階に連れて行き、五〇六号室のカギをあけてくれた。

1LDKの部屋だった。

中に入って、最初に、亀井が感じたのは、隅々まで、きちんと整理され、掃除されているということだった。

ただ単に、きれいにしているというのとは、違っている。例えば、台所などは、中古のマンションなのに、ぴかぴかに磨かれていたし、冷蔵庫の中は、何も入っていなかった。

そこに、亀井は、三浦由美子という、この部屋の主の意志を感じた。

身ぎれいにしておくという言葉がある。それと同じものを、亀井は、感じたのだ。

「彼女は、単なる旅行に出かけたんじゃないね。きちんと、身のまわりを整理してから出かけている」

「そういえば、手紙や写真の類いが、一枚もありませんね。若い女にしては、異常ですよ。きっと、焼くかして処分してしまったんでしょう」

「そうだろうね」

しかし、寝室に入ると、その枕元に、たった一枚だけ、額縁に入った写真が飾ってあった。

男と女が、湖をバックに、肩を寄せて写っている。部屋が整理されすぎているせいで、額縁のその写真は、まるで、遺影のように見えた。

女は、明らかに三浦由美子だった。男のほうは、二十七、八歳だろうか。

「写真の湖は、九頭竜湖だな」

と、亀井がいった。

「カメさんは、行ったことがあるんですか？」

「いや。だが、三浦由美子は、九頭竜湖の旅館にいるところを連行されたんだ。観光シーズンでもない今ごろにね。彼女にとっては、思い出の土地だったんだと思うよ」

「それで、この写真も九頭竜湖ですか？」

「ああ。これを、福井県警に送れば、当たっているかどうかわかるよ」

と、亀井はいった。

5

亀井たちが、警視庁に戻ると、西本刑事たちも戻っていた。

「羽田工業というのは、ひどい会社ですよ」

と、西本が、吐き捨てるように、十津川に報告した。

「貴金属を扱っている会社じゃないのかね？」

「貴金属専門店という看板を出していますが、主として扱っているのは、金《きん》です。これが、羽田工業で出しているパンフレットです」

西本は、きれいなオフセット印刷の部厚いパンフレットを、十津川の前に置いた。

「豪華なものだねえ」

と、十津川は、感心しながら、手に取った。

魅力的な金の地金や、コインの写真が並び、「金は国際通貨です」とか、「インフレ必至の社会で、目減りしない唯一のもの、それが金です」といった言葉が、書き込んである。

「みんな、このパンフレットの豪華さに騙《だま》されるんです」

と、西本に同行した青木刑事がいった。

「というと、金の投機かね?」

「そのとおりです。まとまった金《かね》を持っている人に、金の投機をすすめるわけです。日本の金利は低いから、定期に入れても、さして儲《もう》からない。株も低迷している。だから、今こそ、金を買いなさいというわけです」

「しかし、今、金は下がっているんだろう」

「高くても安くてもいいわけです。高ければ、今後も高くなるから買いなさいといい、安ければ、今が買い時だといってすすめるわけです。ただし、ただ買って持っていても儲からないから、売買を委せなさいという。最初は投機で儲かるが、次第に、損をして、最後は、ゼロになるか、ときには、負債だけが残ることになります」

「そして、羽田工業は儲けて太るということかね？」

「そうです。社員の机の上をのぞいたら、名簿がありましたよ。東京周辺の小学校の校長の名前と給料を書き出した名簿です。それも今年中に退職する校長のです」

「退職金を狙《ねら》うわけか？」

「そうですね。小学校の校長ぐらいだと、天下りなど、思いもよらない。退職金をどう運用したら、老後を安楽に暮らせるか、みんな思案すると思いますね。ただ持っていたのでは、自然に、目減りしてしまいますから。そこを狙って、金の投機をすすめているようです。何人もの人間が、泣かされているようですが、罪にはならず、相変わらず、業務をやっていますね。小学校の校長だけでなく、莫大《ばくだい》な遺産を騙しとられたり、土地を売った金をなくしてしまった人もいるそうです」

「今度の事件は、それが原因かもしれんな」

「そうですね。一千万円以下の取引だと、社員がやったが、それ以上の場合は、社長の羽田が、直接出張《でば》って行ったといいますから、被害を受けた人間の中には、彼を殺してやりたいと考えた者もいると思いますね」

「三浦由美子も、その一人だったのかもしれんね。カメさんは、どう思うね？」

と、十津川は、亀井に眼をやった。

亀井は、マンションの彼女の部屋の様子を報告してから、

「三浦由美子は、明らかに、覚悟をして、家を出ています。だから、彼女が、羽田真一郎を殺した可能性は強いと思いますね。ただ、動機は、まだわかりません」

「しかし、この写真の男のほうが気になるね」

と、十津川は、額に入った写真の男のほうを指さした。

「恋人でしょうが、今の段階では、どこの誰ともわかりません。福井県警なら、何かわかるかもしれませんが」

「すぐ、電送したまえ」

と、十津川はいい、それに付け加えて、

「あとは、三浦由美子の身辺調査だな。何をしていたか、どんな交友関係を持っていたかなどから、今度の事件との関係が浮かんでくるんじゃないかね」

6

東京から電送されてきた写真を見て、井手は、あっと思った。

いや、井手警部だけではない。浜村警部補も、男のほうに、見覚えがあった。おやっと思った。

去年の十一月に、九頭竜湖に投身自殺した男だったからである。他殺の疑いもあるというので、捜査一課から、井手警部以下三人の刑事が出かけた。結局、自殺ということで結着がついたのだが、そのときの死者が、写真の男なのだ。

井手は、すぐ、そのときの調査報告書を持ってこさせ、事件を再確認することにした。

男の名前は、河原俊夫《かわはらとしお》。当時二十九歳である。

東京の中学校で、美術の教師をしていた。まじめで、生徒からも信頼されていたということだった。

自殺と決まったとき、最初、学校での同僚とのあつれきか、あるいは恋愛問題、また、校内暴力などが原因ではないかと考えられたのだが、調べていくうちに、意外な事実が、掘り起こされてきた。

河原俊夫の両親は、福井市の郊外で、手広く園芸の事業をやっていた。

俊夫には、四歳年下の弟がいたが、彼も、父親の仕事は継《つ》がず、大阪に出て、グラフィックデザインの仕事をしていた。

両親にしてみれば、兄弟のどちらかに、自分たちの仕事を継いでもらいたかったのだろうが、次第に諦《あきら》めてしまった。そのうちに、父親のほうが身体をこわして、長年やってきた園芸業をやめることになった。

土地を売った金《かね》が、約三億円。年老いた両親は、その金の一部で老後を平穏に暮らし、残りは、兄弟に遺《のこ》す気だったらしい。

そこへ、福井県選出の代議士が登場した。

この四十八歳の代議士は、河原俊夫の大学の先輩だった。

彼は、河原俊夫に近づき、強引に、三億円で金《きん》の投機をやらないかとすすめた。

人の好い俊夫は、断わり切れず、その代議士を、両親に引き合わせた。両親は、どうせ息子たちのための金だからと考え、また、自分たちの県の代議士ということで信用し、彼に印鑑を預けてしまった。結果は、無残だった。三億円は、いつの間にか、ゼロになってしまったのだ。形は、金の投機に失敗して、財産を失くしてしまったということで、その代議士も、貴金属会社も、何の罰も受けなかった。

河原俊夫の両親は、もともと、病気がちだったせいもあって、相ついで病死した。

九頭竜湖に投身自殺した河原俊夫の死は、すべてが、自分の責任と思ってのものだったのである。

「あのときの貴金属会社が、羽田工業だったんだよ」

と、井手が、いった。

「そういえば、羽田という名前がありましたね」

と、浜村は、肯いた。

「だが、あのときは、自殺なので、深く追及しなかったんだ」

「代議士は、確か、瀬能久太郎《せのきゅうたろう》でしたね」

「今でも、国会の赤いじゅうたんを踏んでいるさ」

「あのとき、瀬能は、見返りに、貴金属会社から、何千万かの金を受け取ったのではないかといわれながら、それも、うやむやになってしまったんでしたね」

「そうだよ。遺体を引き取りに来たのは、弟の河原明《あきら》だったと書いてある。三浦由美子のことは、調書には書いてないな」

井手は、念のために、調書と一緒に保管されていた何枚かの写真を、一枚ずつ、丁寧に見ていった。

自殺した河原俊夫の遺体は、福井市内の病院で、念のために、解剖された。弟の明が、遺体を引き取りに来たが、市内で、荼毘《だび》にふされている。そのときの様子も、写真に撮ってあった。

井手も、立ち会っている。

焼き場で、待っている弟の河原明や、職場の同僚らが、二枚の写真に写っているのだが、その一枚に、やはり、三浦由美子の姿が、あった。

ひとりだけ離れて、写っているのだ。ちょっと見ると、無関係な人間に思える姿だった。

「恋人を自殺に追いやった羽田工業の社長に対して、彼女が、仇《かたき》をとったことになるのかな」

井手は、半年前に撮られた写真を見ながらいった。

「これで、動機がわかったじゃありませんか。九頭竜湖は、三浦由美子と、河原俊夫にとって、思い出の場所だったんでしょう。だから、去年、河原は、自殺の場所として、あの湖を選んだ。今度、羽田真一郎を射殺した三浦由美子は、やはり、九頭竜湖へ行って、亡き恋人に、仇をとったことを報告したんじゃないでしょうか」

と、浜村が、きめつけるようにいった。

「それで決まりかね」

「ほかに考えようはないんじゃありませんか？」

「一つだけ、どうも引っかかるものがあるんだがねえ」

「三浦由美子が、黙秘していることですか？」

「東京の調査だと、彼女は身辺を整理し、覚悟をして、雷鳥九号に乗っているんだ。それなのに、なぜ、往生際悪く、黙秘を続けているのかわからないんだよ」

第三章　送検

1

　福井県警の発見は、すぐ、東京の警視庁へ知らされた。

「羽田真一郎を誘い出して、雷鳥九号の車内で殺し、恋人の仇を討ったというのは、説得力がありますよ」

　と、桜井刑事が、眼を輝かせていった。

　若いだけに、ロマンチックに考えたのかもしれなかった。

　十津川は、四十歳である。桜井ほど、事件を、ロマンチックには考えられなかった。

「確かに、動機としては、納得させるものを持っているが、疑問がいくつかあるね」

「彼女が、黙秘権を使っていることですか？」

「いや、それよりも、私は、なぜ、女の三浦由美子が、拳銃を使ったかということがわからないんだよ。それに、なぜ、大阪発の雷鳥でなければならなかったかということも、疑問なんだ。どうだい？　カメさん」

「同感ですが、解釈がつかないわけじゃありません」

と、亀井がいった。

「どんなふうにだね？」

「まず、拳銃の使用ですが、銃を使えば、非力な人間でも、相手を殺せます。女らしくない凶器ですが、前に銃を扱ったことがあれば、女でも、拳銃を使いたくなるんじゃないでしょうか。次に雷鳥九号の件ですが、確かに、上野発の特急でもいいわけです。いや、べつに列車に誘わなくても、殺す場所はいくらでもあったと思います。しかし、上野発の列車や、東京の中では、知っている人間に見られる危険があると考えたんじゃないでしょうか？」

「君の考えが正しいかどうか、三浦由美子の身辺を洗ってみてくれ」

と、十津川は、いった。

亀井たちは、聞き込みに出かけて行った。

最初に、三浦由美子の勤め先がわかった。

新宿の西口に本社のある中堅の商事会社のＯＬだった。

一方、河原俊夫は、世田谷区深沢にある中学校の教師だった。だから、三浦由美子と俊夫は、深沢で知りあったものと思われる。

亀井と桜井の二人が、Ｋ商事に急行した。

三浦由美子は、四日間の休暇願いを提出していた。理由は、旅行のためと書いてある。Ｋ商事では、一年に二十四日間の有給休暇がとれることになっていた。

同僚の女性二人に聞いたところ、由美子に恋人がいたことを知っていた。

「学校の先生だっていっていたわ」

と、一人がいった。しかし、その恋人が、去年の十一月に自殺したことは、二人とも知らなかった。

由美子は、誰にもいわなかったらしい。

男の社員にも会ったが、その中の一人が、興味のあることを亀井に話してくれた。

井上という二十七歳の社員である。

「僕は、今年の正月に、グアムへ泳ぎに行ったんですが、行く前に、彼女が、こんなことをいうんです。グアムは、アメリカだから、銃が自由に買えるんじゃないか。近ごろは、物騒だから、護身用に拳銃を買ってきてくれないかって」

「それで、なんて返事をしたんですか？　買ってきてやるといったんですか？」

と、亀井が聞くと、井上は、顔色を変えて、

「とんでもない！　そんな馬鹿なことはできないと、断わりましたよ」

「そのとき、彼女の様子は、どうでした？」

「冗談よと、笑っていましたがね。今から考えると、変にまじめだったような気がしますね」

「本気で、拳銃を欲しがっていたように見えたというわけですか？」

「ええ、僕がグアムから帰って来てからですが、また、銃のことを聞きましたからね」

「どんなふうにですか？」

「本当に、グアムでは、銃を売っているのかとか、試射をやらせてくれるところがあるのかとかですよ。面白いから、僕も、グアムで、銃を射たせてもらいましたがね。その話をしたら、彼女は、眼を輝かせて、聞いていましたよ。二月になって、彼女も、グアムへ行きましたよ」

「銃を射ちにですか？」

「そうらしいですよ」

と、井上は、いった。

(そのとき、彼女は、ひそかに、拳銃を買って、持ち帰ったのではあるまいか)

と、亀井は、考えた。

現在、銃は、ハワイやグアムから密輸されることが多い。

税関で、厳しくチェックしているが、それでも、毎年何挺かの拳銃が、グアムや、ハワイから、ひそかに持ち込まれている。

三浦由美子が、今年の二月に、グアムに行き、そのとき、ブローニング自動拳銃を買って、日本に持ち帰ったという可能性は、皆無ではないだろう。

しかも、向こうで、何度も射撃の練習をしたとすれば、雷鳥九号の中で、羽田真一郎を射殺するときも、べつに、戸惑ったりはしなかったろう。

2

一方、十津川は、捜査二課が、今年の初めに、羽田工業を調査したことがあるときいて、担当した金子警部に会って、話を聞いた。

「被害届けが、出たんで、調べたんだよ」

と、金子は、いった。

「だが、事件にならなかった?」

「ああ、確かに、相手の無知につけ込んで、サギまがいのことをやっていたんだがね。犯罪だという証拠はつかめなかった。どうも、経済事犯というのは、証拠がつかめなくてね」

と、金子が、肩をすくめた。

「そのとき、河原という名前は、なかったかね? 福井で、園芸業をやっていた老人なんだが」

「ああ、その名前は、覚えているよ。被害届けは出ていなかったが、調査しているうちに、三億円近い金を使ったということと、どうやら、代議士が介在しているらしいというので、調べてみたんだ。しかし、これも、犯罪を構成するところまではいかなかったよ。とにかく、被害者が、印鑑を渡して、全部、委せてしまっているんだから、どうしようもなかったね」

「その代議士のことも調べたんだろう?」

「一応、会って、話を聞いたよ。瀬能久太郎という、福井県選出の若手の代議士だった。だが、けんもほろろでね。河原さんを、羽田工業の社長に引き合わせたが、それだけだというんだ。見返りに、瀬能は、数千万円を、羽田工業の社長からもらったという噂《うわさ》があったが、これも、あくまでも噂でね。証拠はないんだ」

「なるほどね」

「その事件は、もう終わったと思っていたんだが、また、よみがえってきたのかい？」

「ああ、よみがえったんだ。古めかしい仇討《あだう》ちという形でね」

と、十津川は、小さく笑ってから、

「羽田工業社長の羽田真一郎のことは、調べたんだろう？」

「もちろん、調べたよ」

「羽田真一郎というのは、どんな男なんだ？」

「一言でいえば、やり手だね。口もうまい。それに、女好きだよ」

「それは、面白いね」

「自分でも、英雄色を好むという言葉が好きだといっていたな。事実、クラブの女なんかとも関係があったらしいよ」

「女から誘われれば、自分に魅力があるからだと思い込むくちだね？」

「あそこに松山という副社長がいるんだが、この男が、面白いことをいっていたよ。

社長と一緒にクラブへ行く。金払いはいいから、ホステスは寄ってくるが、ときには、ほかの客のほうへ行く女もいる。そうすると、羽田は、不思議そうな顔をするんだそうだ」

「そうだと、女に誘われれば、何の疑いも抱かずに、ついて行ったかもしれないな？」

「だろうね。すると、やはり、羽田は、女に誘い出されて殺されたのかね。新聞には、それらしい記事が出ていたが」

「その可能性が、強くなっているんだ。容疑者の女性は、なかなかの美人でね。恋人が、羽田工業に騙されて、自殺している」

「仇討ちか。古風な事件だね」

「そうなんだが、凶器は、ブローニングの自動拳銃が使われている。至近距離から射たれて、心臓を貫通だよ」

「それは、新聞で見たよ。最近は、女も、拳銃をぶっ放すようになったのかねえ」

金子は、溜息をついた。体重九〇キロの大男が、溜息をつくと、なんとなくおかしい。

十津川は、笑いながら、

「最近の女性は、逞《たくま》しくなったということだよ。これからは、拳銃だって、暴力団の専売じゃなくなるんじゃないかね」

十津川は、喋りながら、少しずつ、三浦由美子の容疑が固まっていくのを感じていた。

たぶん、福井県警も同じ気分でいることだろう。いわゆる、確かな手応えということである。

(この事件の解決は、間もなくだな)

と、思った。

3

福井県警の留置場にいる三浦由美子は、いぜんとして、黙秘を続けていた。

井手が、彼女と河原俊夫が一緒に写っている写真を突きつけても、俊夫が、去年の十一月に、九頭竜湖で自殺したことを持ち出しても、由美子の口は、閉ざされたままである。

顔色も変わらなかった。自分が逮捕されれば、そうした過去が、あばき出されてくることは、あらかじめ覚悟していたように見える。

福井県警捜査一課の中で、彼女のそうした態度について、二つの見方があった。

一つは、恋人の仇を、自らの手で討った満足感で、今は、何も話したくないのだろうという好意的な見方である。この見方は、若い刑事たちに多かった。目下、婚約中の二十七歳の近藤という刑事などは、もし、自分が誰かに殺されたら、婚約者は、仇を討ってくれるだろうかと、考えたりしているくらいだった。

反対に、黙秘を続ける由美子を、したたかな女と見る見方である。県警の上層部に多い見方だった。

井手は、そのどちらにも、与《くみ》していなかった。正直にいって、わからないのだ。したたかな女に見えるときもあるが、ときには、ひどく弱々しく見え、こんな女に、はたして、拳銃で人が殺せるだろうかと、首をかしげてしまうからである。

しかし、どちらの見方をとるにしても、三浦由美子が、クロだという確信に変わりはなかった。

次々に、彼女が犯人だという証拠があがってくるからである。

問題の雷鳥九号のグリーン車に乗っていて、終着の金沢まで行った乗客の一人、清《し》水弘《みずひろし》という三十五歳のサラリーマンの証言もその一つだった。

間もなく、敦賀というところで、顔を洗いに席を立った清水は、化粧室で、手を洗っている三浦由美子を見たというのである。

「それが、ひどく神経質に洗っているんですよ。まるで、手にバイキンがついていて、それを、洗い落としているみたいな感じでしたね。こっちが待っているのに、何度も、何度も、洗い直しているんです。きれい好きというより、病的な感じでしたよ」

と、清水は、いった。

「それは、三浦由美子に間違いありませんか？」

井手が、念を押した。

「名前は知りませんが、さっき、見せられた女性だったことは確かですよ」

「そのとき、彼女は、ほかにどんな様子でしたか？」

「私を見て、びっくりした顔でしたね。その顔が、真っ青だったんで、病気かと思いましたよ」

「彼女のあとで、あなたは、化粧室に入り、顔を洗ったんですね？」

「ええ。私は、京都から乗ったんですが、前の日に徹夜して、眠くて仕方がなかったんですよ。しかし、会社へ帰るまでに、書類に眼を通しておかなければならない。それで、顔でも洗ってと思ったんです」

「洗面所は、どんなふうでした?」

「びしょびしょでしたよ」

と、清水は、笑った。

「ほかに気がついたことはありませんか? 血痕がついていたとか」

「血ですか? 気がつきませんでしたね。やたらに、水がはねかえっていたのは覚えてますが」

と、清水は、いってから、急に、思い出したように、

「そうだ。彼女の靴がぬれてましたよ」

「靴がですか? 手を洗ってるとき、水がはねて、ぬれたのかな?」

「いや、そういうぬれ方なら、こんなにはっきりと、覚えていませんよ。両足の靴とも、洗ったみたいに、ぬれて光っていたから覚えてるんです。この女は、自分の靴まで、化粧室で、洗ったのかなと思ったくらいですからね」

三浦由美子は、列車が、新深坂トンネルに入ったとき、トイレの中で、羽田真一郎を射殺した。おそらく彼女が、誘い込んだのだろう。キスぐらいはできるだろうと思って、羽田は、喜んで中に入り、彼女を抱こうとしたとき、いきなり射殺されたに違いない。

由美子は、羽田を射殺したあと、すぐには、トイレを出られなかった。使用した拳銃を、トイレの小さな窓から外に捨てなければならなかったからである。また、通路に、乗客がいないのを確かめてから、出なければならなかったはずである。

トイレの床には、血溜まりができていたから、羽田が、死んで倒れてからも、血は流れ続けていたのだろう。当然、彼女の靴には、血がついたろう。だから、トイレを出たあと、反対側の化粧室で、靴を洗ったのだ。

手のほうにも、血がついていたかもしれないが、こちらは、手に、硝煙反応があったのを、洗い流したと考えたほうがいいだろうと、井手は、思った。狭いトイレの中で向かい合い、至近距離から射てば、どうしても、拳銃を持った手に、強い硝煙反応が残る。それを、化粧室で、洗っていたのだろう。

「今のことを、裁判でも、証言してくれますか?」

と、井手は、念を押し、清水のイエスの答えを得てから、帰宅させた。

「もういいんじゃないか」

と、県警本部長の大牟田《おおむた》が、井手と、一課長を呼んでいったのは、この日の夜である。

「検事から、催促がありましたか?」

井手が、きいた。

「ああ、この事件を担当することになった山本検事から、電話があった。証拠が揃《そろ》ったのなら、送検しろとね。明日の午後四時で、四十八時間の期限が切れる。もう、三浦由美子の犯行は、動かんのだろう？」

大牟田本部長が、じろりと、井手を見た。

「まず動きません。彼女は、いぜんとして、黙秘していますが」

「じゃあ、否定もしていないということだ。送検すべきだな。まだ不安なのかね？」

「彼女が犯人だという確信はあります。ただ、一つだけ、気になることがありまして――」

と、井手は、いった。

「何だね？」

「河原明のことです」

「ああ、自殺した河原俊夫の弟か。彼がどうかしたのかね？」

「行方がわかりません。大阪で、デザインの仕事をしているはずなんですが、大阪府警に電話して調べてもらったところ、居所不明になっています」

「河原明が、今度の事件に、何か関係があるのかね？」

「いや、そうじゃありませんが」

「それなら、三浦由美子を、送検しよう」

大牟田本部長が、決断した。

第四章　公判

1

第一回の公判は、福井地裁で、四月十日から開かれることになり、十津川と亀井は、東京での捜査を証言するために、福井へ出かけた。

十津川たちは、福井へ着くと、県警本部に行き、初めて、井手警部に会った。

「いろいろと、お世話をおかけします」

と、井手が、十津川に、まず、礼をいった。

「どうですか？　予想は？」

「三浦由美子がクロだという証拠は、その後も、いくつか見つかっています」

「そのわりに、元気がありませんね」

十津川がいうと井手は、眼をしばたたいて、

「ちょっと気になることがありましてね」

「何です？」

「被告側の弁護士は、片岡慶《かたおかけい》というベテランの弁護士になりました」

「それが、強敵だというわけですか？」

「腕のいい弁護士ですが、相手をするのは、検事ですから」

「それなら、何が気になるんですか？」

十津川が聞くと、井手は、

「実は、片岡弁護士を頼んだのが、河原明なんです」

「自殺した河原俊夫の弟ですね？」

「そうです。彼の所在がわからず、なんとなく気になっていたんですが、突然、片岡弁護士と一緒に現われたんですよ」

「自殺した兄の仇を討ってくれた女性なんだから、彼女のために、腕のいい弁護士をつけたとしても、べつにおかしくはないんじゃありませんか？」

「確かにそうですが、河原明は、三浦由美子が逮捕されてから、一度も、会いに来なかったんです。行方もわからなかった。それなのに、突然、弁護士を連れて現われた。

どうも気になりましてね」

「こう考えたらどうですか。河原明は、自殺した兄のことは、忘れようとしていた。ところが、突然、羽田真一郎が殺され、兄の恋人だった三浦由美子が逮捕された。面会に行けば、自分も共犯として、捕まるのではないか。その恐れから、姿を消していたが、いよいよ、彼女が裁判を受けることになると、放っておくわけにはいかず、弁護士を頼んだ。小心な男なら、こういう行動をとるのは、当然じゃないんですかね」

「そうだといいんですが――」

と、井手は、いった。が、まだ、心配そうだった。

2

しかし、公判は、検事側のペースで、進められた。被告人の三浦由美子は、犯行を否定したにもかかわらず、次々に出廷する検事側の証人によって、外堀が埋められ、内堀も埋められていった。

まず、当日の雷鳥九号の久木車掌長が出廷し、被告人の三浦由美子が、グリーン車で、被害者と親しげに話していたこと、新深坂トンネルを通過中に、銃声と思われる音を聞いたこと、敦賀を出てから、トイレで、被害者が死んでいるのが発見されたことを証言した。

次に乗客の一人、清水弘が、証人席に着き、敦賀近くで、三浦由美子が、洗面所で、しきりに両手を洗っていたこと、靴も洗ったらしくぬれていたこと、真っ青な顔をしていたと証言した。

第一日目の最後に、十津川が出廷して、東京での捜査について証言した。

殺された羽田や、彼が社長をしていた羽田工業が、どんなに恨みをかっていたかということ、三浦由美子のマンションの部屋が、整理されて、覚悟の旅だったということを示していたこと、ただ一つ残っていた写真には、彼女と河原俊夫が写っていたこと、彼女が、グアムへ行く同僚に、拳銃を買って来てくれと頼んだことなどである。

第一日を通じて、驚いたことに、片岡弁護士は、まったく反対訊問《じんもん》をしなかった。

裁判長が、「弁護人は、何か聞くことがありますか?」と聞くたびに、片岡弁護士は、おうむのように、「ありません」と、繰り返した。

裁判長も、しまいには、「本当に、ないんですか?」と、確認したくらいである。

しかし、片岡は、「ありません」と、いうだけだった。

第一日が終わったとき、十津川は、首をかしげた。

「あの弁護士は、何を考えているのかわからんね。まるで、最初からギブ・アップしてしまっているみたいじゃないか。カメさんは、どう思うね？」

「あれでは、被告人が怒りだしますね」

「それとも、何か切り札を持っているから、悠々としているのか」

「引っくり返すような、切り札があるとは思えませんがね」

と、亀井は、いった。

十津川は、気になって、東京で、大きな事件が起きるまで、福井にいて、公判を見守ることにした。

3

二日目は、凶器の拳銃が問題にされた。

午前中に、拳銃の発見者である二人の保線区員、鈴木勇一《すずきゆういち》と、奥田信介《おくだしんすけ》が、証人として出廷して、拾ったときの状況を証言した。

このとき、初めて、片岡が、反対訊問に立った。

「今、証人は、下りの路線の脇で、拳銃を見つけたといいましたね？」

と、片岡は、確かめるように聞いた。

「そうです。下り路線です。だから、下り列車から、投げ捨てたものに違いありません」

「しかし、上りと下りの線路は、平行して走っているものですよ。とすると、上りの列車から投げ捨てても、うまく投げれば、下りの線路に、落ちるんじゃありませんか？」

「普通は、そうです。しかし、あそこは違います」

「どう違うんですか？」

「北陸本線の新疋田と敦賀の間は、急勾配のため、下りの線路と、上りの線路が、大きく離れて走っているんです。われわれが、拳銃を見つけた場所は、下りの線路しかないところです」

「なるほど。では、下りの列車から投げ捨てられたことは、認めましょう。しかし、雷鳥九号から、投げ捨てたかどうかは、わからないんじゃありませんか？　あなた方は、深夜になって、見つけたわけですからね」

「そうですが、いろいろ調べたところ、雷鳥九号から投げ捨てられたものと断定してよいと思いますね」

「なぜですか？」

「あの日、午前十一時三十分ごろに、保線区員が問題のあたりを、点検しているんです。新疋田と敦賀の間で、落石があったという電話が入ったものですからね。これは嘘《うそ》だとわかりましたが、そのときには、拳銃はありませんでした。十一時三十分以後、最初にあの場所を通過する下り列車は、雷鳥九号なんです」

「しかし、あなた方が発見した深夜までには、雷鳥九号以外にも、何本も、下り列車は、通ったわけでしょう？」

「そうです」

「それなら、十一時三十分以後、最初に通った雷鳥九号から投げ捨てたものかどうか、わからないと思いますがね」

と、片岡は、食いさがった。

「そうですが、雷鳥九号の次の列車は、L特急の『しらさぎ三号』です。この列車は、雷鳥九号より七分おくれて、現場を通過するんですが、この列車の機関士と助手が、問題の時刻に、鈍く光るものが落ちているのを目撃しているのです。これは、日誌に書きつけています。その次の特急『白鳥』の機関士と助手も同様です。まさか、拳銃とは思わなかったので、日誌に書き留めただけで、上司へは報告しなかったのです。

そんなわけで、あの拳銃は、下りの雷鳥九号から投げ捨てられたものだと考えたわけです」

二人の保線区員は、こもごも証言した。

彼らの証言の裏付けとして、しらさぎ三号や、白鳥の機関士の当日の日誌のコピーが、提出された。

いずれも、現場付近で、線路脇に、鈍く光るものが落ちていたと、書いてあった。

4

午後になると、大阪科研から、銃の専門家が、証人として出廷した。

勤続二十五年という井川《いがわ》技官は、山本検事の質問に対して、次のように答えた。

トイレ内で発見された弾丸は、問題のブローニング自動拳銃から発射されたものに間違いないことを、拡大した弾丸の条痕写真を示して、断言した。

「弁護人は、反対訊問はありませんか?」

と、裁判長が片岡を見た。

「ありません」

と、片岡は、いった。

臆病《おくびょう》なやどかりのように、片岡は、また、首をすくめてしまったのである。

検事は、どこで手に入れたのか、今年の二月、グアム島へ行った三浦由美子が、現地で、拳銃を射っている写真も、提出した。

片岡は、沈黙したままである。

このままでは、検事側の一方的な裁判になってしまうだろう。

十津川は、そんな裁判の進行具合を見ていて、次第に、疑問がわいてきた。

「どうもわからないな」

と、二日目の公判が終わったあとで、亀井はいった。

「これで、三浦由美子の有罪は、間違いないんじゃありませんか。このままいけば、検事側の圧勝でしょう。なんとなく、うまく行き過ぎているような気がしないでもありませんが」

「片岡という弁護士は、みんなが優秀だといっている。その弁護士が、なぜ、あれほど、無為無策でいるのかわからないんだ。井手警部も、気味悪がっているよ」

「今日は、初めて、反対訊問したじゃありませんか？」

「あんな拙劣な反対訊問は、見たことがないよ」

と、十津川は、笑って、

「彼が反対訊問したことによって、問題のブローニング自動拳銃が、雷鳥九号から投げ捨てられたものであることが確認されてしまったんだからね。被告側としては、違うことを証明したかっただろうにだよ。弁護士としたら、失敗もいいところだ」

「勝ち目はないとわかって、半《なか》ば、投げているんじゃありませんか？」

「いや、そんな男じゃないね。勝ち目のない事件は引き受けない弁護士だそうだ。依頼人の河原明から話を聞き、十分に、勝ち目があると計算して、引き受けたんだと思うよ」

「それなら、もっと、どんどん、反対訊問をしそうなものだと思いますが、やりませんね。そのくせ、平然とした顔で、弁護人席に座っていたじゃありませんか」

「カメさんにも、そう見えたかい？」

「ええ。落ち着き払っていましたよ」

「片岡弁護士は、何を考えているんだと思うね？」

「はっきりは、わかりませんが、何かを待っているような気がするんですが――」

「待っているか――」

と、十津川は、口の中で呟《つぶや》いてから、

「カメさんの推理が正しいかもしれんな。あの弁護士は、確かに、何かを待っているね」

「何をでしょう？」

「裁判の流れを、引っくり返すような何かだろうが――」

十津川にも、それが何かわからなかった。というより、公判が進むにつれて、三浦由美子の有罪は、動かないものになっていて、それを引っくり返すことなど不可能のように思えるのである。

三日目の朝を、十津川と亀井は、福井市内のホテルで迎えた。

二人とも、今日の夕方には、東京に帰るつもりだった。裁判の行方も、ほぼ、決定したと思ったからだし、東京の事件が、二人の帰りを待っていたからでもある。

朝、客室に差し入れられている新聞を手に取った十津川は、おやっという眼で、社会面を見た。

〈昨夕午後七時三十分ごろ、金沢市片町一丁目の空家の床下から、男の他殺死体が発見された。石川県警の調査によると、この男の人は、福井県選出の代議士、瀬能久太郎さん（四八）で、心臓を射たれており、死後約一ヵ月を経過していることがわかった。東京にいるはずの瀬能代議士が、なぜ、金沢市内の空家で射殺されていたかは不明で、警察は、遺体を解剖すると同時に、関係者から事情を聞いている〉

「カメさん」

と、十津川は、あわてて、亀井を呼び、その記事を見せた。

「この瀬能という代議士は、例の金の投機に一枚かんでいるんだ」

「すると、羽田真一郎と同じく、三浦由美子に狙われていてもおかしくない人物というわけですね」

「そうだ」

「そういえば、東京で、代議士の一人が行方不明で、捜索願いが出ていると聞いたことがありましたよ。それが、この瀬能久太郎だったんですね」

「どうも、銃で射たれていたというのが気になるね」

「片岡弁護士は、まさか、このニュースを待っていたんじゃないでしょうね？」

「とにかく、県警へ行って、井手警部に会ってみよう」

と、十津川はいった。

福井県警に行くと、ここでも、金沢の事件は、話題になっていた。

「われわれも、こちらの事件と関係があるのかどうか知りたいので、石川県警に問い合わせているところです」

と、井手が、緊張した顔で、いった。

「それで、関係がありそうですか？」

「まだ、向こうの解剖が終わっていないので、はっきりしたことはわからんのですが、気になることがありましてね」

「羽田真一郎と同じように、射殺だということでしょう？」

「それもありますが、瀬能代議士は、当時、東京の議員宿舎にいたわけですが、秘書の方に電話で問い合わせたところ、三月十一日の午後、四、五日、気分転換のために旅行してくると断わって、出かけたというのです。五日たっても帰らないので、捜索願いを出したといっています」

「三月十一日というと、羽田の殺される前日ですね？」

「そうなんです。偶然の一致かもしれないが、気になりましてね」

「しかし、一ヵ月もたって、なぜ、急に、金沢市内の空家で、見つかったんですか？その空家が、急に売れたりしたためですか？」

「いや、昨日、午後七時過ぎに、向こうの警察に、男の声で電話があったそうです。

それで、半信半疑で調べたところ、死体を発見したというのです」

「匿名《とくめい》の電話ですか」

十津川が、疑わしい顔で呟いたとき、浜村警部補が、部屋に入って来て、

「妙なことになってきました」

と、井手にいった。

「どうしたんだ？」

井手が、浜村に聞いた。

「今、山本検事から連絡があったんですが、片岡弁護士が、今日の公判を、一日延期してもらいたいと、地裁に申請したそうです」

「理由は何なんだ？」

「弁護士の有力証人が、明日にならなければ出廷できないからだそうです。裁判所は、許可するそうです」

「そんな有力証人がいるなんて話は、聞いていなかったがね」

「山本検事も、知らなかったそうです。ただ金沢市内で見つかった瀬能代議士の死体に関係があるんじゃないかといっていました」

「しかし、どう関係があるというんだろう？」

5

十津川にも、わからなかった。

瀬能代議士も、三浦由美子に恨まれていたということはわかる。恋人の河原俊夫を自殺に追いやったのは、羽田真一郎と、瀬能代議士の二人だからだ。

瀬能代議士も、同じように射殺されたということは、彼女が、瀬能も殺したという疑いが持たれるだけで、彼女にとって、有利な材料になるとは思えないのである。

しかし、十津川は、裁判の成り行きが心配になってきて、亀井は、東京に帰したが、自分は福井に残った。

公判は、一日延びた。

三回目の日、十津川は、傍聴席で、公判を見守った。

一回、二回と、まるで、眠っているように見えた片岡弁護士が、今日は、別人のように生き生きした眼をしていた。

十津川は、不吉なものを感じたが、片岡が、どう出る気なのか、わからなかった。

開廷するとすぐ、片岡は、発言を求めて、

「本日は、弁護側の証人として、二人の方に来ていただいています。まず、最初に、金沢大学病院の原田外科部長に証言してもらいます」

と、いった。

原田外科部長は、五十五、六歳の温厚な感じの医者だった。

「原田先生は、金沢市内で発見された瀬能代議士の遺体を解剖されましたね？」

と、片岡が質問した。

「石川県警の依頼で、解剖しました」

「死因は、わかりましたか？」

「心臓を射たれたことによる出血死ですね」

「被害者は、即死の状態だったと思われますか？」

「即死に近い状態だったことは確かです」

「解剖して、死亡時刻はわかりましたか？」

「死後一ヵ月も経っているので、正確にはいえませんが、ほぼ三月十二日の午前九時から十時の間です」

「それでは一応死亡時刻を三月十二日午前九時から十時としてかまいませんか？」

「寒い時期と床下のせいで腐乱はそうひどくありませんでしたので、その時刻で間違いないと思います」

「これだけです」

と、片岡は、満足そうにいった。

山本検事は、反対訊問をしなかった。原田医師の証言が、今度の事件に、どう関係してくるのか、見当がつかなかったからである。

片岡が、二人目の証人として呼んだのは、大阪の科研で、銃器類の鑑定を専門にやっている井川技官だった。

二日目に、検事側の証人として、証言したばかりである。

十津川も、おやっと思った。井川技官自身も、なんとなく、照れ臭そうな顔をして、証人席に腰を下ろした。

片岡弁護士は、ゆっくりと、立ち上がると、

「あなたは、二日目に証人として出廷し、証言されましたが、その内容は、覚えていらっしゃいますか?」

「もちろん、覚えています」

と、井川技官は、微笑しながらいった。

「では、その証言を、復習していただきますが、検事側が提出したブローニング自動

拳銃を、あなたは、羽田真一郎を射殺するのに使った凶器であると断定しましたね？」

「はい」

「なぜ、断定できたわけですか？」

「それは、弾道検査によってです」

「ここに、二枚の写真があります。これが、つまり、弾道検査というわけですね？」

片岡は、証拠品Bと書かれた大型の茶封筒から、二枚の写真を取り出して井川技官に示した。

「そのとおりです」

「では、どう一致したのか説明してください」

「それは、すでに、一昨日、説明しましたが――」

「大事なことですから、もう一度、説明してください」

「銃には、一挺一挺、独特の旋条痕《せんじょうこん》があるのです。ある銃から発射された弾丸には、同じ条痕がつきます。人間の指紋と同じようなものです。この写真の片方は、三月十二日の雷鳥九号の中で、羽田真一郎を射殺した弾丸の写真であり、もう一枚は、証拠品のブローニング自動拳銃を、科研で試射した弾丸の写真です。この二枚の写真を比べてみると、弾丸についた条痕が、完全に一致します。つまり、証拠品のブローニング自動拳銃は、羽田真一郎を射殺した凶器だということになります」

「ありがとうございます。ところで、ここにもう一枚、写真があるのです。実は、あなたの勧めておられる科研から借りてきたのですが、何の写真かわかりますか」

片岡は、同じような茶封筒に入った写真を、井川技官に見せた。

「これは石川県警から送られてきた弾丸の写真ですね」

と、井川がいった。

「ということは、金沢市内で発見された瀬能代議士の遺体から摘出された弾丸の写真ということですね」

「そのとおりです」

「前の二枚と、照合してみましたか?」

「いや、こちらに呼び出されたので、まだ、照合していません」

「では、ここで、照合してみてください」

と、片岡は、いった。

井川技官は、三枚の写真を、丁寧に見比べていたが、急に「これは――」と、呟いた。

「どうですか?」

と、片岡が聞く。

「一致します。条痕が」

「ということは、三発とも、同じ銃から射たれた弾丸ということですね?」

「そのとおりです」

「つまり、瀬能代議士も、証拠品のブローニング自動拳銃で、射殺されたということになりますね。違いますか?」

「おっしゃるとおり。そのブローニング自動拳銃で射たれたことになります」

6

「裁判長!」

片岡は、声を大きくした。

「ただいまの井川技官の証言が、どんなに重大な意味を持っているか、おわかりと思います。二日目の公判において、私は、反対訊問し、問題のブローニング自動拳銃が、三月十二日の雷鳥九号から投げ捨てられたものであることが、確認されました。また、大阪科研の弾道検査により、その拳銃が、雷鳥九号の車内における羽田真一郎殺しに使われたこともわかりました。検事側は、それ故に、同じ雷鳥九号に乗っていた被告人、三浦由美子が犯人だと主張しました。しかし、同じ大阪科研の井川技官のただいまの証言により、瀬能代議士もまた、同じ拳銃によって、射殺されたことが明らかになりました。瀬能代議士は、同じ三月十二日の午前九時から十時までの間に、死亡しています。もう一つ、思い出して頂きたい。雷鳥九号の久木車掌長は、被告人が大阪から乗車したと証言しているのです。雷鳥九号の大阪発は、午前一〇時〇五分です。考えていただきたい。三月十二日の午前九時から十時までの間に、金沢市内で、瀬能代議士を射殺した拳銃を、どうして、同じ日の午前一〇時〇五分に大阪を出発した被告人が、手に入れることができるでしょうか？　絶対に不可能です。つまり、被告人は、羽田真一郎殺しについて無実であり、また、瀬能代議士も殺してはいないのであります」

第五章　逆転

1

検事側は、あわてて、休廷を申し出た。


福井県警の捜査一課も、狼狽《ろうばい》した。地裁から戻って来た十津川に向かって、井手は、

「どうなってるのか、わからなくなりましたよ」

と、溜息をついた。

「山本検事も、あわてていたようですね」

「今、検事から、電話で、捜査がいいかげんだったんじゃないかと叱《しか》られましたよ。われわれにも、どうなってるのかわからんのです。金沢で、瀬能代議士を射殺したあと、その拳銃を持って大阪に飛び、雷鳥九号に乗り込むのは、不可能ですからね。瀬

能代議士の死亡推定時刻は、三月十二日の午前九時から十時です。九時に射殺したと仮定しても、雷鳥九号の大阪発まで、一時間五分しかないんです。金沢と大阪の間が、約二六〇キロ。スポーツ・カーを飛ばしても、一時間五分じゃ無理だし、といって、金沢と大阪の間は、飛行機は、ないんです」

「共犯がいたと考えたらどうですか？」

と、十津川が、いった。

「共犯というと、河原明のことですか？」

「そうです。瀬能代議士と、羽田真一郎は、彼にとって、兄の仇だから、三浦由美子と協力して殺したということは、十分に考えられるでしょう」

「確かに、共犯の線は考えられますが、同じ拳銃を使って、雷鳥の車内と、金沢で、殺すというのは、無理じゃありませんか？」

「金沢で殺したと考えればですがね」

といって、十津川は微笑した。

「というと、瀬能代議士は、ほかで殺されたというわけですか？」

「金沢市内で死体が見つかったからといって、そこで殺されたとは限らんでしょう。私は、こう考えてみたんです。三月十二日の午前九時から十時までの間に、大阪市内で、あのブローニング自動拳銃を使い、瀬能代議士を射殺した。これは、三浦由美子がやったのか、河原明がやったのかはわかりません。とにかく、瀬能代議士を射殺しておいて、その拳銃を持って、三浦由美子は、午前一〇時〇五分大阪発の雷鳥九号に乗ったわけです。新大阪からは、羽田真一郎が、誘い出されて、乗って来た。雷鳥九号が、新深坂トンネルに入ったとき、由美子は、羽田を、トイレに誘い込んで射殺。凶器のブローニング自動拳銃は、トイレの窓から投げ捨てました。一方、大阪に残った河原明は、瀬能代議士の死体を、車に積み込んで、金沢へ向かいます。二六〇キロの距離だと、四時間くらいかかって、運んだんでしょう。あらかじめ用意しておいた空家に死体をかくす。石川県警に匿名の電話を入れたのは、河原明だと思いますね。自分たちに、都合のいいときに、死体を発見させたわけですよ。われわれは、まんまと、敵の作戦に引っかかったんです」

十津川の話に、井手は、眼を輝かせて、

「なるほど。簡単なトリックなんですね」

と、いった。

井手が、すぐ、山本検事に連絡をとっているとき、石川県警から電話が入った。

受話器は、浜村警部補が取った。

話しているうちに、浜村の顔色が変わった。

山本検事に連絡した井手が、ニコニコして、

「検事も、ほっとしていましたよ」

と、十津川へいうのを、浜村が、

「そうはいかなくなりました」

と、口を挟《はさ》んだ。

「どうしたんだ？」

「今、石川県警からの電話で、国鉄金沢駅前の金沢クラウンホテルに、三月十一日の午後八時ごろ、瀬能代議士が、チェック・インしていることがわかったそうです」

「それは、三月十一日だろう？」

「そうですが、翌十二日の午前九時に、瀬能代議士は、このホテルを、出発しているんです」

2

一瞬、井手は、十津川と顔を見合わせてから、浜村に、

「それ、本当なのか？」

「石川県警では、大事なことなので、何度も確認したそうです」

「誰かが、瀬能代議士になりすまして、その金沢クラウンホテルに、三月十一日にチェック・インし、翌日、出発したんじゃないのかね？」

「そのホテルに、瀬能代議士をよく知っているフロント係がいて、間違いなく、三月十二日の朝九時に、会計をすませて、出発されたそうです。あいさつもしたといっているようです」

「参ったな」

と、井手は、また、溜息をついた。

三月十二日の午前九時に、瀬能代議士は、金沢市内で、生きていた。

死亡推定時刻は、午前九時から十時の間である。とすれば、一時間以内に射殺されたことになる。

「午前九時に金沢にいた瀬能代議士を、十時までに、大阪へ連れて行くのは、不可能ですね」

と、井手は、十津川にいった。

「そうですね。それは、認めざるを得ませんね」

「ということは、瀬能代議士は、やはり、金沢の空家で射殺されたことになりますか？」

「ええ。その場合、犯人は、三浦由美子であるはずがありませんから、河原明でしょう。河原明が、ブローニング自動拳銃で、瀬能代議士を射殺し、それを、三浦由美子に渡したんですよ」

「可能でしょうか？」

と、井手は、いい、金沢市内の地図を広げた。

「金沢駅前から、片町一丁目まで、直線距離で約二キロです。瀬能代議士を、連れて行って射殺するのに、三十分かかったとしましょう。とすると、九時三十分に、金沢を出発したことになります。一〇時〇五分に大阪を出る雷鳥九号には、間に合いませんよ」

「いや、大阪で、拳銃を、三浦由美子に渡す必要はないんですよ。羽田真一郎が射殺されたのは、列車が、新深坂トンネルを通過中です」

と、十津川はいい、雷鳥九号の時刻表を、メモに書き出した。

「雷鳥９号」時刻表

大阪	発	1005
新大阪	〃	1010
京都	〃	1042
		↓
近江今津	着	1120
	発	1120
近江塩津		↓
新疋田		↓
敦賀	着	1145
	発	1147
		↓
福井	着	1223
	発	1224
		↓
金沢	着	1317

「つまり、大阪、新大阪、京都、近江今津の四つの駅のいずれかで、拳銃を渡してもいいわけですよ。このうち、近江今津は、一一時二〇分ですから、有望です。一方、九時三十分に、金沢から上りの列車に乗るとすればですね」

十津川は、もう一度、時刻表を見た。

一〇・〇一　金沢発「しらさぎ四号」名古屋行（特急）
一〇・〇七　富山発「雷鳥八号」大阪行（特急）
一〇・一五　糸魚川発「立山二号」大阪行（急行）
一一・〇一　金沢発「加越六号」米原行（特急）

こういった列車に乗ることができる。このどれかに乗って、「近江今津」で降り、雷鳥九号で来る三浦由美子を待っていて、ブローニング自動拳銃を手渡したのでは、あるまいか？

だが、時刻表を見ていた十津川は、「駄目だ」と、舌打ちした。

「列車は、駄目ですね」

「間に合わないんですか？」

「下りの特急は、近江今津に停車するのに、上りの特急は、停車しないんです。京都には停車しますが、一番早い『しらさぎ四号』は、敦賀から、米原に行ってしまうし、『雷鳥八号』の京都着は、一二時四八分で、まったく間に合いません。急行の『立山二号』は、近江今津に停車しますが、一二時三二分着ですから、雷鳥九号が、出てから、一時間以上、あとなんです。間に合いません」

3

「残るのは、車ですね」

と、井手がいった。

近江今津を一一時二〇分に出る雷鳥九号に、車で、拳銃を持って行くことが可能だろうか。

　金沢から近江今津まで、約一六五キロである。

「九時三十分に、金沢を出発したとすると、一時間五十分で、一六五キロを走らなければなりませんね」

　と、井手が、いった。

「時速九〇キロ以上で、飛ばさなければならないわけですね」

「高速道路《ハイウェイ》があるわけじゃないから、まず、無理ですよ。近江今津駅に着いてからも、車をおり、切符を買って、中に入る時間が必要ですから」

「時刻表によると、雷鳥九号は、近江今津に一一時二〇分に着いて、一一時二〇分に発車と書いてありますね」

「同じ時刻に、発着するというのは、どういうことですか？」

「停車時間が、一分もないということでしょう。たぶん、三十秒停車です」

「そうなると、ますます、難しくなりますね。先に雷鳥九号が着いて、三浦由美子が、ホームに降りて、待つわけにはいきませんからね。河原明が、先に来てホームで待っていて、雷鳥九号が着くなり、手渡さなければならない。そうなると、時速九〇キロどころではなく、一〇〇キロで走破しなければなりませんよ。これは、まず無理ですね。ハイウェイじゃないし、途中で、渋滞もありますからね。だいいち、こんな危なっかしい殺人計画は、立てないでしょう」

と、井手が、肩をすくめた。

列車も、車も駄目だとなると、あと、何があるだろうか？

飛行機はない。まさか、ヘリコプターを使ったわけではないだろう。そんなことをすれば、目立って、噂話になっているはずである。

「壁にぶつかってしまいましたね」

十津川は、時刻表を閉じていった。

「しかし、十津川さん。このままでは、裁判は、完全な負けです。三浦由美子は、釈放されてしまうし、河原明だって、逮捕は、できません。午前九時から十時までの間に、ブローニング自動拳銃を使って、金沢で人を殺し、同じ拳銃を使って、同じ日の午前十一時四十分ごろ、雷鳥九号の車内で、別の人間を射殺する方法を見つけ出さなければです」

井手が、口惜《くや》しそうにいった。

十津川は、自信満々な片岡弁護士の顔を思い出した。

「あの男は、何もかも知っていたんですよ」

と、十津川は、いった。

「それで、まったく、反対訊問しなかったわけですね」

「最後に引っくり返せるとわかっていたから、無駄なことをしなかったということでしょう。井手さんのいうように、あの男は、狐だ」

「このままでは、無罪の判決が出てしまう。そうなると、一事不再理の原則が働いて、三浦由美子を、二度と、羽田真一郎殺しで逮捕することは、不可能になるわけです。しかし、十津川さん。羽田を殺したのは、彼女に間違いないんです。私は、そう確信していますよ。十津川さんは、どう思われますか？」

「そうですね。私も、この事件にかかわっていますが、あなた方より冷静に見られると思う。その眼で見ても、三浦由美子は、クロですね」

「だが、こうなると、それを証明する方法がない。今まで、関係者の証言や、証拠は、すべて、彼女のクロを証明しているように見えたんですが、今は、シロの証明でしかなくなってしまっている。そのいい例が、凶器ですよ。あのブローニング自動拳銃が発見されたときは、これで、決まりだなと思いましたよ。弾道検査の結果も、われわれの推測どおりだったし、拳銃は、三月十二日の雷鳥九号から投げ捨てられたものだということになった。ところが、今は、それらが逆に、われわれの首を締めようとしているんです。参りましたよ。検事は、カリカリしていますしね。といって今から捜査をやり直すわけにもいかんのです。時間がありません。公判を、何日も引き延ばすわけにもいきませんし、無罪の判決が下りたあとで、新しい証拠が見つかっても、文字どおり、あとの祭りでしかありません」

「公判は、どのくらい引き延ばせるんですか？」

「山本検事はせいぜい二日間だろうといっています。それ以上引き延ばそうとすれば、裁判長から注意されるだろうと」

「では、その二日間に、壁に穴を開けてみようじゃありませんか。向こうが作った壁なら、ぶち破れないはずはありませんからね」

と、十津川は、いった。

「しかし、どこから手をつけたらいいのか、わからんのですよ。普通は、証拠が見つからなくて、苦労するものでしょう？　相手にアリバイがあったり、肝心の凶器が見つからなかったりするんですが、この事件は、違います。三浦由美子にはアリバイがありません。動機もはっきりしている。凶器も見つかった。彼女の犯行であることを示す証拠は、十分過ぎるほどなんです。その上、彼女が、雷鳥九号の中で、被害者と親しそうにしていたという車掌長の証言もあるし、彼女が、靴や手を洗ったと証言する乗客もいる。もう、証拠も証人も必要ないんです。だから、これ以上、何をしたらいいのか、わからんのですよ」

井手は、本当に、当惑したらしく、弱々しく、首を振った。

十津川にも、具体的に、どうしたらいいかわからない。

「事件を、逆に見てみたらどうでしょうか？　今まで見すごしていたものが、見えるかもしれませんよ」

と、十津川は、いった。

「逆にというと、どうするんですか？」

「犯人側から、事件を見てみたらどうだろうかね？　弁護側からといってもいい。今度の事件は、明らかに、彼らにしてやられたんです。はめられたんです。それなら、向こうの立場に立ったほうが、よく見えるかもしれませんよ」

4

浜村警部補も交えて、十津川たち三人は、今度の事件を、もう一度、検討してみることになった。

時間は、あまりない。

今ごろ、山本検事は、法廷で、冷や汗をかきながら、引き延ばすために懸命になっているだろう。彼が頭にくる前に何とかしなければ。

「まず、三浦由美子の立場に立って、今度の事件を考えてみようじゃありませんか」

と、十津川がいった。

井手は、煙草に火をつけてから、苦そうに、一服吸った。

「彼女が、雷鳥九号の中で、羽田真一郎を殺したことは間違いありませんよ」

「私も同感ですね」と、浜村がいった。

「彼女以外には考えられません」

「では、三浦由美子が、羽田を殺したとします。しかし、彼女は、少しばかり、不自然な態度を、とったんじゃありませんか？　一般の殺人犯とは違った――」

十津川も、煙草を咥《くわ》えた。狭い部屋に、煙草の煙が、たちまち、充満した。

井手は、立ち上がって、窓を開けた。

春のやわらかい陽《ひ》が、射し込んできた。

「彼女は、身辺を整理してから、雷鳥九号に乗ったんでしたね？」

と、井手は振り返って、十津川に確かめた。

「そうです。自殺した河原俊夫と一緒に撮った写真を一枚だけ残して、あとは、写真も手紙もすべて、焼き捨てたと思われます」

「それなのに、逮捕されると、黙秘を続けました。今でも、なぜ、黙秘していたのかわからんのです」

「ほかには、ありませんか？」

「私には、彼女が、凶器に、拳銃を使ったのが、どうも不思議でした」

と、いったのは、浜村警部補だった。

「それは、女性らしくないということですか？」

「もちろん、それもありますが、拳銃を手に入れるのは難しいし、銃声が聞こえて、逮捕される危険が大きいですよ。相手に近づけないから、やむを得ず、拳銃で狙撃《そげき》するというのならわかりますが、被害者の羽田は、女に甘くて、三浦由美子は、簡単に近づけたわけです。それなら、何かの飲み物に、毒を入れて与えたほうが簡単だと思うんです」

「なるほど」

と十津川は、肯いてから、部屋の隅にある黒板に、

一、なぜ、黙秘したのか？
二、なぜ拳銃を使ったのか？
と、書いた。

そのあと、二人に向かって、「私の疑問も、書き加えさせてください」といい、
三、なぜ、大阪発の雷鳥九号を利用したのか？
と、書いた。

「彼女も、羽田も、東京の人間です。北陸行きの列車の中で殺すのなら、なにも、わざわざ大阪発の列車を利用しなくても、上野から出る列車を使えばいいと思うのです。それが、私には、奇妙に思えましたのでね」

「しかし、十津川さん。三つの疑問が出ても、これが、事件の解決に、役立ちますかね？　この三つは、前から、おかしいと思っていたものですからね」

井手が、首をかしげた。

「今までは、こちらにいいように解釈してたわけです。今度は、三浦由美子の立場か

ら考えてみるんです」

「具体的には、どうなりますか？」

「私は、こう考えてみたんです。この三つは、どう考えても、不自然です。しかし、彼女は、不自然な方法を選んだ。ということは、彼女は、そうせざるを得なかったんだと、私は見ますね」

「しかし、十津川さん。それは、おかしいんじゃありませんか？」

「なぜです？」

「最後に、逆転するトリックを、彼らは、持っていたわけですからね。だから、彼女は、黙秘する必要はなかったと思いますよ。黙秘せざるを得なかった理由はないわけです。羽田を殺したと自供してよかったんじゃないか。そして、法廷で否認し、刑事から拷問されたので、殺していないのに、殺したといってしまったと主張すれば、より劇的になりますからね。黙秘せざるを得なかったとは思えないんですがね。ほかの二点についても、その必然性というと、あまりないような気がするんですが。拳銃は、あとで、引っくり返すために必要だったんでしょうが、列車は、上野発でも、かまわなかったと思いますね。同じように、金沢で、朝、瀬能代議士を射殺しておけば、いいんですから」

「いや、私は、検討の必要があると思いますよ」

と、十津川は、いった。

三浦由美子は、羽田を殺している。とすれば、どこかに破綻《はたん》があるはずなのだ。それを見つけ出せば、彼女のクロが証明できるだろう。

「一つずつ、検討してみましょう」

と、十津川は、いった。

5

「三浦由美子は、犯行後、逃げもせずに、九頭竜湖の近くの旅館に泊まっていました。それに、身辺整理をしているくせに、河原俊夫と一緒に撮った写真は、部屋に残しています。逮捕され、動機がわかることは、覚悟していたわけですよ。もう一つ、彼女は、犯行を否認したのではなく、黙秘しているのです。そこに興味をひかれますね。否認せずに、黙り続けるというのは、何のためでしょうか？」

十津川が、二人の顔を見ると、若い浜村のほうが、あまり自信なげに、

「普通は、下手なことを喋って、言質《げんち》をとられてはいけないからでしょうね」

「そうです」

と、十津川は、肯いた。が、井手は、

「しかし、十津川さん。今度の事件は、三浦由美子と、河原明、それに、片岡弁護士の三人で、綿密に計画されたものだと思うのですよ。そうだとすれば、下手なことを喋る恐れなんかはなかったんじゃありませんかね？」

と、疑問を提出した。

「綿密に計画されていたという点は、同感です。では、こういい直しましょう。彼女の知らないところで、はたして、計画どおりに実行されているかどうか、逮捕された由美子は、わからない。だから、黙秘していたと」

「彼女にわからないことが、あったでしょうか？　金沢で、瀬能代議士を殺したのは、私は、河原明だったと思っています。そうでなければ、おかしいですからね。河原明は、九時三十分には、瀬能代議士を殺せたわけです。一方、由美子は、一〇時〇五分大阪発の雷鳥九号に乗ったわけです。河原明は、瀬能代議士を射殺してから、に、列車に乗る前の由美子に、電話して知らせる余裕は、十分にあったことになります。と考えてくると、逮捕されたとき、彼女が知らなかったことは、何もないことになりますよ。九頭竜湖から、河原明に電話して、確かめることだって、できたわけですからね」

「では、こういい直しましょう。自分がやったこと以外のことと。それも、微妙なことについて、下手に喋ってはいけないと思ったんではないかということです」

「微妙なことというと、どんなことですか？」

「彼らが使ったトリックは、拳銃です。だから、拳銃について、下手なことをいったら、折角のトリックが駄目になってしまいます。彼女は、そう考えて、黙秘の態度をとっていたんじゃないかと思うんですがね」

「しかし、十津川さん。彼女は、雷鳥九号の車内で、あのブローニング自動拳銃で射殺したあと、トイレの窓から投げ捨てたんです。それに、彼女が逮捕されたとき、拳銃は、もう、下りの線路脇で、発見されていたんです。彼女が、投げ捨てたんだから、あそこで発見されることは、わかっていたと思いますよ。そうなると、彼女が、トリックが駄目になることを喋ることはあり得ないんじゃありませんか？　彼女は、すべてを知っていたわけだから」

「しかし、それなら、不自然な黙秘はしませんよ」

と、十津川は、いった。

だが、どう考えたらいいのだろうか？

二人とも、黙ってしまい、重苦しい空気になったとき、浜村警部補が、ぼそっとし

た声で、

「なぜ、トイレの中なんかで、射ったんでしょうね？」

と、呟《つぶや》いた。

「それは、ほかの乗客に見られずに射てるからだろう」

井手が、わかり切っているじゃないかという顔でいった。

「しかし、警部。わざわざ、拳銃を手に入れたんです。飛び道具です。遠くからでも人を殺せる道具が手に入ったのに、至近距離から射ったわけがわかりませんね。返り血を浴びる危険があるのにです」

浜村が、反論した。

「それは、至近距離から射つ必要があったからじゃありませんかね」

と、十津川がいった。

「どんなトクがあるでしょう？　マイナスのほうが多いような気がしますがねえ。今いったように、返り血を浴びる危険があるし――」

「心臓に命中させられるな」

と、井手。

「五、六メートル離れていても、命中させられますよ」

「至近距離から射てば、弾丸の速度が衰えていないから、人間の身体を貫通する。現に、羽田が射たれたときも、弾丸は、貫通しています」

十津川が、いった。いっているうちに、彼の顔が、朱《あか》く染まっていった。自分のいっていることの重大さに気がついたからである。

「わかりましたよ。今度の事件のトリックは、一にかかって、羽田真一郎を射った弾丸が、彼の身体を、貫通することにあったんです。だから、至近距離から射つ必要があったし、弾丸の初速を早くするために、火薬の量も多くしたと思いますね。そのため、射殺したあと、彼女が、必死に手を洗わなければならないくらい、硝煙反応が出てしまったんでしょう。凶器に、拳銃を使った理由も、これでわかりましたよ」

6

十津川は、急に、雄弁になった。

「簡単なトリックだったんですよ。拳銃は二挺あったんです」

「しかし、弾道検査の結果はどうなるんです?」

「それも、今、説明します。彼らは、二挺のブローニング自動拳銃を手に入れることから、この計画を始めたんですよ。それを、拳銃Aと、拳銃Bとしましょう。三月十二日の午前九時三十分。金沢で、河原明が、拳銃Aで瀬能代議士を射殺します。そして、大阪にいる三浦由美子に、電話で知らせます。計画の第一段階は終了したとですよ。由美子は、拳銃Bを持って、午前一〇時〇五分発の雷鳥九号に乗り込みます。新大阪から、羽田真一郎が乗ってくる。彼女に誘い出されたんでしょう。列車が、新深坂トンネルに入ったとき、彼女は、羽田を、トイレに誘い入れ、拳銃Bで射殺したのです。至近距離からなので、計画どおり、弾丸は、羽田の身体を貫通してしまいます。貫通した弾丸は、背後の壁に当たりますが、トイレの壁は、金属製なので、食い込まずに、へこますだけで、床に落下する。彼らは、前もって、拳銃Aを、一発、射っておきます。たぶん、部厚い電話帳を射ち抜くとか、レンガを射つかして、弾丸の先端をつぶしておいたと思います。由美子は、その弾丸と、トイレの床に落ちた弾丸とを、すりかえてしまったのです。だから、警察が、トイレの床から見つけた弾丸には、拳銃Aの条痕がついていたわけです。

由美子は、死体が発見された騒ぎをよそに、福井で降りてしまいます。一方、九時三十分に、金沢で、拳銃Aを使って、瀬能代議士を射殺した河原明は、その拳銃を、北陸本線の下りの線路脇に捨てました。彼の思惑どおり、拳銃は発見され、弾道検査が行なわれました。トイレの床から見つかった弾丸と一致する。一致するのが当然なんだが、このため、拾われた拳銃は、雷鳥九号の中で、羽田を射殺するのに使われたものだということになってしまい、公判になって、片岡弁護士に、手痛い一撃を浴びせられることになったわけです」

「すると、実際に、羽田を射った拳銃は、由美子が持って福井でおり、九頭竜湖に、捨てた可能性がありますね。そうなると、見つけようがないし、拳銃が二挺あったことを証明できなくなりますよ」

と、井手が、舌打ちをした。

十津川は、ニッコリ笑って、

「拳銃Bは、九頭竜湖には、捨ててありませんよ」

「じゃあ、どこに？」

「由美子は、羽田を射殺したあと、拳銃を、福井駅まで持っていたとは、考えられません。途中で死体が見つかったとき、困りますからね。拳銃Bのほうは、絶対に、発見されてはならないんです。だから、羽田を射殺したあと、すぐ、列車から投げ捨てたと思いますね。もちろん、線路脇などにではありません。川の中でしょう。雷鳥九号が、新深坂トンネルを抜けたあと、最初に渡った川か、次の川あたりで、彼女は、トイレの窓から、拳銃は捨てたと思いますよ」

「すぐ、川ざらいをしてみます」

と、浜村警部補が、部屋を飛び出して行った。

7

二人だけになってから、井手は、相変わらず、難しい顔で、

「まだわからないことが、いくつもありますが」

と、十津川を見た。

十津川は、新しい煙草に火をつけながら、

「わかっています。河原明が、どうやって、拳銃Aを、下りの線路の脇に、置くことができたかということですね？」

「そうです」

と、いって、井手は、地図を広げた。

「拳銃は、新疋田と敦賀の間の下りの線路脇で見つかったのです。この辺りは、勾配が急なため、上りと下りの線路が、大きく分かれていて、その下りの線路の脇です。

拾ったのは、深夜ですが、数々の証言から、三月十二日の午前十一時三十分から、一時間以内と思われます。九時三十分に、金沢で、瀬能代議士を射殺した河原明が、車を飛ばして行き、現場に、拳銃Aを置いておいたというわけですか？　約一三〇キロの距離を、二時間から三時間かけて走るのは、不可能じゃありません」

「いや、車は、使わなかったと思いますよ」

と、十津川は、いった。

「なぜ、そう断定できるんですか？」

「久木という車掌長に聞いたところ、拳銃が見つかった地点を、雷鳥九号が通過したのは、十一時四十五分ごろだそうです。あの拳銃を、雷鳥九号から投げ捨てたと思わせるためには、列車が通過したすぐあとに、現場になければいけないんですよ。ということは、河原明は、一三〇キロの距離を、二時間十五分で走らなければいけないんです。時速六〇キロです。不可能じゃないが、万一、渋滞なり、事故があれば、間に合わなくなります。それに、金沢で瀬能代議士を射殺した拳銃を、十一時四十五分に、下り線路脇に捨てておかなければ、計画のすべてが崩れてしまうんです。私だったら、時間に不安定な車は、使いませんね」

「しかし、車以外に、何がありますか？」

「列車です」

「列車？　上り列車ですか？」

「そうです」

「金沢で、瀬能代議士を殺した河原明が、金沢発上りの北陸本線に乗り、その列車から、拳銃Aを、投げ捨てたというわけですか？」

「ええ」

「しかし、十津川さん。上りと下りの線路が平行して走っている箇所ならできますが、問題の現場は、上りと下りの線路が大きく離れているんです。上り列車のトイレの窓から、投げ捨てても、現場に落ちませんよ。また、それだからこそ、雷鳥九号から投げ捨てた拳銃だということになったんです」

「そうでしたね」

と、十津川は、一応、肯いたが、

「一度、拳銃の落ちていた場所を見てみたいですね」

「いいでしょう。一緒に行きましょう。私も、まだ見ていないんですよ」

8

車が一台用意され、井手が、自ら運転した。

北陸本線沿いの道を走ったが、かなり渋滞している箇所があり、平均五〇キロで走るのが、やっとだった。

「やはり、車では、無理のようですね」と、井手が、いった。

「二時間十五分では、金沢から現場までは行けそうにありませんよ」

敦賀駅を過ぎると、上りと、下りの線路が、大きく離れて行く。

敦賀と、次の新疋田の間が、急勾配になっている。

下り線路は、直線だが、坂を登らなければならない上り線路は、直線では、勾配が急で、列車が、登れない。それで、上りの線路だけ、大きく円を描くように敷かれている。いわゆるループである。

現場近くに車を停め、十津川と、井手は、車を降りた。

下りの線路だけが、単線区間のように、眼の前に、伸びていた。

「この辺りですね」

と、井手がしゃがんで、線路の脇を、指さした。

上りの線路は、どこにも見えない。

(金沢で、瀬能代議士を射殺した河原明が、大阪行きの上り列車に乗り込み、現場近くで、拳銃を投げ捨てたという推理は、どうやら外れていたようだ)

と、十津川は、がっかりした。

となると、拳銃Aは、金沢から、河原明が、車で、運んだのだろうか？

しかし、綿密に組み立てられた犯罪計画の要《かなめ》の部分に、時間に不安定な車を、道具に使うとも、思えない。

(また、壁にぶつかったのか)

と、十津川が、憮然《ぶぜん》とした顔になったとき、突然、頭上で、轟音《ごうおん》が聞こえた。

思わず、振り仰ぐと、七、八メートルの高さのところに、橋梁《きょうりょう》がかかっていて、そこを、列車が通過して行くところだった。

「あれは、何線ですか？」

と、十津川が、井手に聞いた。

井手は、掌を庇《ひさし》のようにして、午後の西陽をさけるようにして、橋梁を通過して行く列車を見た。

「何線だったかなあ」

と、考えていたが、急に、クスクス笑い出した。

「あれは、北陸本線ですよ」

「しかし、こちらも、北陸本線でしょう？　北陸本線が、北陸本線を、またいでいるんですか？」

「そうなんです。敦賀と新疋田の間は、下りの線路が直線で、上りの線路は、大きな円を描いているんですが、いったん、下り線路から離れて行った上り線路が、ここで、直角に交叉し、反対側で、また円を描いて、次の新疋田で、一緒になるわけです」

「すると、ここでだけ、上り線路が、下りの線路を、直角にまたぐわけですね？」

「ええ」

「それなら、簡単じゃありませんか。あの橋梁の上に来たとき、トイレの窓から、拳銃を投げれば、下りの線路の脇に、うまく落ちますよ。犯人たちは、北陸本線のこれを利用したくて、東京からではなく、大阪から、北陸行きの雷鳥九号に乗せたんですよ。第三の疑問に対する答えがこれですよ。ほかの列車でも、同じ拳銃のトリックを使おうとすると、上りと下りの線路が平行だから、すぐ、反対の上り列車から投げ捨てたことがわかってしまいますからね」

「十津川さん。まだ、疑問が一つ残っていますよ」

「どんなことですか？」

「ちょうどこの辺りで、上り列車と、下り列車がすれ違うかということです。下りの雷鳥九号が、ここを通過して、あまりに間を置いて、頭上の橋梁を、上り列車が通過したのでは、綿密な計画が破綻してしまいますからね」

「どこへ行くと、わかりますか？」

「この辺りでは、敦賀の駅がいいでしょう」

と、井手がいい、また車に乗ると、敦賀駅に向けて、飛ばした。

9

敦賀駅では、佐藤という助役が、応対してくれた。佐藤は、職員用の複雑なダイヤグラムを見ていたが、

「雷鳥九号は、ちょうど、新疋田と、敦賀の間で上りの雷鳥八号とすれ違いますね。その時刻は、十一時四十五分ごろです」

と、二人にいった。

「あの辺りに、上りの線路が、下りの線路を直角にまたいでいるところがありますが、あの辺りですか？」

「そうですね。あの辺りで下りの雷鳥九号と、上りの雷鳥八号が、すれ違うわけです。雷鳥については、ほかの列車も同じです。例えば、次の下り雷鳥十一号も、あの辺りで、上りの雷鳥十号と、すれ違いますね」

と、佐藤は、冷静な口調でいった。

やはり、推理は当たっていたのだ。

三浦由美子たちは、下りの雷鳥と、上りの雷鳥が、あの付近で、すれ違うことを知って、殺人計画に利用することを思いついたに違いない。また、それ故に、大阪と、北陸を結ぶ、北陸本線を、殺人計画の舞台に選んだのだろう。

時刻表によれば、上りの雷鳥八号は、富山始発で、大阪行きだが、金沢発は、午前一〇時〇七分である。

「雷鳥8号」時刻表

富山	発	920
		レ
金沢	着	1005
	発	1007
		レ
福井	着	1102
	発	1103
		レ
敦賀	着	1140
	発	1142
新疋田		レ
近江塩津		レ
近江今津		レ
京都	着	1248
新大阪	〃	1319
大阪	〃	1325

金沢で、九時三十分に瀬能代議士を射殺した河原明は、片町一丁目の空家から、車で、金沢駅に行き、ゆっくり、この列車に乗ることができる。瀬能代議士を射殺した拳銃Aを持って、雷鳥八号に乗った河原は、列車が、敦賀の先のあの橋梁の上を通過するとき、トイレの窓から、拳銃を、下の下りの線路に向けて、投げ捨てたのだろう。それだけで、拳銃Aは、羽田真一郎を射殺した拳銃Bになってしまったのである。

トリックは、簡単だった。ただ、北陸本線の雷鳥だったから可能なトリックだったのだ。

10

一方、多くの警官を動員して行なわれた川ざらいの結果、笙《しょう》ノ川の川底から、同じブローニング自動拳銃が発見された。

笙ノ川は、新疋田と敦賀の間で、北陸本線の下りの線路が、またいでいる川である。笙ノ川にかかる橋梁を、雷鳥九号が通過したとき、三浦由美子が、トイレの窓から、川に向かって、投げ捨てたものに違いなかった。

公判は、一日延びただけで、再開され、新たな証拠として、笙ノ川の川底から発見されたブローニング自動拳銃も、法廷に提出された。

三浦由美子は、その拳銃が、提出されたのを見て、すべてが明らかにされたと、さとったらしく、態度を変えて、片岡弁護士の制止にもかかわらず、羽田真一郎殺しを認めると、山本検事にいった。

そのために、法廷は、ほんの少し混乱したが、混乱したのは、そのときだけだった。

十津川は、判決が下るのを待たずに、東京に戻り、新しい事件と取り組むことになったが、東京に帰って、すぐ知ったのは、瀬能代議士殺人の容疑で、河原明が逮捕されたということだった。

大垣行345M列車の殺意

1

中央電気で人事部長をやっている田村は、その日、大学時代の同窓だった三人と、銀座で飲んだ。

バラエティに富んだ仲間だった。

井上は、通商省の課長だし、十津川は、警視庁捜査一課の警部である。もう一人の外崎は、芸能プロダクションの社長だった。

十一時近くまで飲んで、熱海まで帰らなければならない田村は、先に帰ることになった。

十津川が、東京駅まで、送ってくれた。

「井上たちにつき合わなくていいのか？」

　心配して、田村が、きくと、十津川は、笑って、

「あの二人はいつも一緒に、飲んでるらしいんだ。今日も、どうせ、二時、三時まで飲むと思うよ。そこまでは、つき合い切れないんでね」

　東京駅に着くと、田村は、小走りに、9番線ホームへ、あがって行った。

　田村は、結婚してから、熱海に住んでいる。東京まで通うのに、新幹線を使っているのだが、今夜のように、おそくなると、もちろん、もう、新幹線はない。

　こんな時、利用するのが、二三時二五分東京発の大垣行の電車である。

　十津川は、ホームまで、送ってくれた。

「熱海の住み心地は、どうだい？」

　と、発車まで、あと、五、六分あるので、十津川が、きいた。

「冬は、暖かいね」

「すごい豪邸だそうじゃないか」

「家内の家でね。おれは、婿《むこ》養子なんだ」

「でも、社長の娘と結婚したんだから、将来は、約束されてるじゃないか。羨《うら》やましいよ」

と、十津川は、いった。

「それは、どうだかね」

田村は、肩をすくめてから、電車に乗り込んだ。

十二両編成の電車に、二両だけ、グリーン車がついている。

東京駅を発車すると、田村は、グリーン車に、歩いて行った。4号車と5号車が、グリーンである。

田村は、4号車に行き、座席に腰を下した。

二三時二五分発の大垣行、この電車は、鉄道マニアの間では、かなり有名である。

東京を深夜近くに出発する普通電車は、このあとに、二三時五三分発、小田原行もあるが、こちらの電車は、あまり特徴がない。

ちょっと遠距離までいく通勤電車の最終便という感じで、今日の田村のように、飲んで遅れたサラリーマンや、銀座周辺で働くホステスたちが、よく乗るわけだが、小田原停りなので、一般の旅行客は、利用しない。

それに反し、二三時二五分発の345M電車の場合は、翌朝、名古屋、大垣に着くので、一般の旅行者の利用も多い。

名古屋着が、翌朝の午前六時一〇分なので、名古屋発の早い新幹線を利用することが出来る。

名古屋発六時三二分の広島行「こだま491号」に乗れば、京都に七時三〇分、新大阪には七時四七分に着ける。名古屋発六時五三分の「ひかり91号」に、乗りかえてもいい。

朝早く、京都に着いて、経済的に観光を楽しみたい若者にとっては、格好の電車というわけである。

従って、二三時五三分発の933M電車の方は、ウィークデイ以外は、ガラガラだが、345M電車の方は、ウィークデイには、帰りの遅くなったサラリーマンや、ホステスたちで、混み、また土、日曜日は、京都方面に遊びに行くらしい若者たちが、乗ってくる。

座席に腰を下してから、田村は、今日が、土曜日だったことを、思い出した。乗客の中に、観光客らしい若者たちの姿を見たからである。

田村の勤める中央電気は、まだ、完全な週休二日制にはなってなくて、土曜日は、第二と、第四が休みである。

電車は、小田原まで、各駅に停車して行き、その先は、浜松まで快速に変る。

田村は、腕時計に眼をやった。

午前零時半を過ぎたところである。平塚を出たばかりだった。

熱海着は、一時二三分だから、あと、五十分近くある。

「熱海には、何時に着きます?」

と、車掌にきく若い女の声に、田村は、思わず、声のした方に、眼をやった。

通路をへだてて、斜めうしろの席にいる二十五、六歳の女性だった。

(ほう)

と、田村の眼が、大きくなったのは、なかなかの美人だったからである。

眼が合ってしまったので、あわてて、田村は、視線を戻したが、時間があるままに、

(何者だろう……)

と、あれこれ考えてみた。

OLにしてはちょっと派手だし、熱海から、都心に通うOLというのは、考えにくい。

と、いって、水商売の女という感じでもなかった。田村は、妻の悠子にかくれて、銀座のクラブのホステスと、半年ほど、つき合っていたことがあるのだが、彼女とも、印象が違うのである。

車内の明りが、暗くなると、この普通電車は、急に、夜行列車の感じになってくる。

　グリーン車の乗客も、思い思いの姿勢で、眠る人が、多くなってきた。

　熱海へ行くらしい美人のことを、いろいろと考えていた田村も、つられたように、うとうとした。

　気がつくと、湯河原駅を通過するところだった。間もなく、熱海である。

　田村は、あわてて、鞄《かばん》を手に取って、出口へ歩いて行った。ホームが見えて来た時、田村は、あの女のことを思い出した。

（熱海のどの辺に行くのだろう？）

　同じ方向だと楽しいのだがと、そんなことを思ったが、彼女は、いっこうに、デッキに現われなかった。

　どうやら、もう一つの出口から降りる気らしい。

　電車がつき、田村は、ホームに降りた。

　熱海で降りた乗客は、七、八人だった。足早やに、改札口の方へ歩いて行く。田村は、その中に入って、歩きながら、彼女がいないことに、首をかしげた。

2

翌日の日曜日は、妻の悠子と、南伊豆にあるゴルフコースに出かけた。というより、悠子のお供でといった方が、いいだろう。中央電気の社長で、悠子の父親である田村晋策や、彼の友人の政治家などと一緒のゴルフだったからである。

結婚したての頃は、こうしたゴルフの付き合いが苦手で、嫌だったのだが、最近は、苦にならなくなっている。

悠子が、父親と一緒にゴルフをやりたがるのは、父親と田村の仲を、より親しくさせたいからだろうと思うし、最近、ゴルフも、好きになっていた。

それに、四十歳で、部長になってからは、将来は、中央電気の社長になるのだという気持になっていて、それには、いろいろな人間との交際も、必要と割り切るように変って来ていた。

今日、相手をしたのは、若手の政治家で、田村社長にいわせれば、将来の大臣候補ということだった。

腰の低い男だが、大臣になれば、多分、尊大になるだろう。

昼食は、レストハウスで、とることになった。田村社長と、妻の悠子もこのコースの会員になっているが、田村自身は、まだ、なっていなかった。

食堂の隅にあるテレビが、昼のニュースをやっていた。

田村は、テレビは見ずに、社長や、三宅という代議士と、話を交わしていたのだが、

――東海道本線小田原駅近くの――

というアナウンサーの言葉が、耳に聞こえたので、ふと、テレビに眼をやった。

ブラウン管には、若い女性の顔が、写っていた。

（あの女だ！）

と、思った。

昨夜乗った３４５Ｍ電車の中で、何となく、気を引かれた女だった。

自然に、テーブルの会話から、テレビの方に、気持が移ってしまった。

――警察では、殺人事件とみて、捜査を始めています――

アナウンサーが、そういって、別のニュースに、移ってしまった。それが、余計、田村には、気になった。

(殺人事件というと、彼女が、殺されたのだろうか?)

「あなた!」

小声だが、妻の悠子が、叱るように、いった。

どうやら、三宅が話しかけているのに、生返事をしていたらしい。田村は、あわてて、

「どうも、考えごとをしていたものですから」

と、詫《わ》びた。

「人事は、大変でしょう」

と、相手も、いってくれて、何とか、その場は、おさまった。

家に帰ってから、田村は、やはり、気になって、テレビのニュースを、気をつけて、見た。

ゆっくり、自分の書斎で見ることが出来たのは、九時のニュースである。

その結果、わかったのは、次のようなことだった。

今日の午前五時十五分頃、国鉄小田原駅から、二十メートルほどの線路沿いに、若い女性が倒れているのを、ジョギング中の老人が発見した。

その女性は、すでに死亡しており、警察で調べたところ、首を絞められているのがわかった。

コートのポケットから、東京－小田原間の切符が発見された。その切符の日付は、昨日の四月五日のものである。

ハンドバッグは、見つからなかった。身元も不明である。


これだけだった。

（おかしいな）

と、田村は、思った。

彼女のコートに入っていたという切符のことである。

東京－小田原間の切符だという。電車から降りたのに、切符を持っていたこと自体もおかしいが、彼女は、車掌に、熱海へ着く時間を、きいていた筈《はず》である。それなら当然、熱海までの切符でなければ、おかしいのだ。

翌日、四月七日、いつものように、熱海から新幹線に乗ると、座席に腰を下してから、駅で買った各紙の朝刊を、次々に、広げていった。

どうしても、殺された女性のことが、気になったからである。

どの新聞の記事も、だいたい同じだった。

身元がわかったと、出ている。

新進のファッション・デザイナーの河内ますみ、二十五歳だという。

最初は、モデルだったというから、ちょっと見て、美人だなと思ったのは、当然だったかも知れない。

持っていた筈のハンドバッグは、いぜんとして、見つかっていないらしい。

（二十五歳で死んでしまうなんて、可哀そうに）

と、田村は、思った。将来有望なデザイナーというから、猶更《なおさら》である。

東京八重洲口にある中央電気本社に着くと、田村は、人事部長室に入り、机の上に鞄を置いた。

中にある書類を取り出そうとして、鞄を開けた。

黒いハンドバッグが、入っていた。

3

一瞬、呆然《ぼうぜん》とした。

シャネルの黒いハンドバッグである。やや小型で、特徴のある金色の鎖《チェーン》が、田村の眼に焼きついた。

当然、殺された女のこと、ハンドバッグがまだ見つかっていないことが思い出された。

同じハンドバッグかどうかは、わからないが、田村は、中身を調べる前に、十津川に、電話をかけた。

十津川は、興味を持ったらしく、飛んで来た。

「君が、指紋なんかを調べるだろうと思って、僕は、触っていないよ」

と、田村は、いった。

十津川は、手袋をはめて、そっと、鞄の中から、シャネルのハンドバッグを取り出し、中身を、テーブルの上に、ぶちまけた。

財布や、化粧品と一緒に、運転免許証、手帳などが、見つかった。

十津川は、手袋をはめた手で、運転免許証を、広げた。

「間違いなく、被害者のものだよ」

十津川は、その免許証を見せてくれた。

確かに、殺された女の写真が貼ってあり、河内ますみの名前だった。

次に、十津川は、赤皮の表紙のついた手帳を、取りあげたが、それは、田村に見せてくれなかった。

「なぜ、君の鞄に入っていたんだろう？」

と、十津川は、田村に、きいた。

「わからんよ。彼女が、同じグリーン車にいるのは、知っていたんだ。ちょっと目立つ美人だったからな」

田村は、彼女を、最初に見た時の印象や、車掌に、熱海へ着く時間を聞いていたことなどを、十津川に、話した。

「それで、熱海に一緒に降りたものとばかり思っていたんだよ」

「だが、途中で眠ってしまった？」

「ああ、酔ってたからね」

「鞄は、どこに置いてたんだ？」

「隣りの席が空いてたんで、そこに、置いておいたよ」

「鍵《かぎ》はかけずに？」

「別に、重要書類は、入っていなかったからね」

「なぜ、このハンドバッグが君の鞄に入っていたんだろう？」

「僕が知っているわけがないだろう。眠ってしまっていたんだから」

「彼女が、車掌に、熱海の到着時間をきいていたというのは、間違いないね？」

「ああ、間違いないよ。嘘《うそ》だと思うんなら、車掌に、きいてみるといい。車掌も、相手が美人だから、覚えていると思うよ」

「それは、何時頃だったか、わかるかね？」

「午前零時半を過ぎていたね、平塚を出たところだったよ」

「すると、小田原の手前だったわけだね？」

「そうだよ。かなり手前だね、どうも、わからないんだがね」

「被害者が、小田原で殺されていたことか？」

「それもあるが、なぜ、切符を持っていたのかってことだよ。小田原で降りたのなら、切符は、ない筈だろう？」

「ホームから、線路におりて、死体の発見された場所まで、歩いたのかも知れないね。午前一時を過ぎていたんだから、見つからずに、歩けた可能性がある」

「じゃあ、犯人も、一緒に、小田原で降りて、線路沿いに、彼女を連れて行って、絞殺したことになるのかね？」

「まあ、そんなことかも知れない。それで、君に、ききたいんだが」

「ちょっと待ってくれよ。この事件は、君が、捜査するのか？」

「いや、神奈川県警の仕事だが、被害者が、東京の人間だし東京から出る電車に乗っていた乗客だったということで、向うに、捜査協力することになったんだよ」

「なるほどね」

「それで、君に聞くんだが、君が乗っていたのは、グリーン車だったね？」

「4号車だよ。あの電車は、4号車と5号車が、グリーン車なんだ」

「混んでいたかい？」

「いや、土曜日だったから、空いていたね。ウィークデイは、飲んでおそくなったサラリーマンや、クラブのホステスで混むんだが、それが、少なかったんだ。銀座のクラブだって、僕たちの飲んだ店は、やっていたが、たいていの店は、土曜日は、休みだからね。半分くらいの乗車率だったんじゃないかな」

「君は、眠ってしまったんだが、他の乗客は、どうだった」

「ほとんどが、座席を、リクライニングにして、寝ていたな。多分、遠距離の客が多かったからだと思うよ」

「すると、犯人が、被害者を、小田原で降ろしても、君の鞄に、ハンドバッグを入れても、君も、他の乗客も気がつかなかったかも知れないわけだね」

「多分ね。平塚あたりから、車内の明りも、暗くなっていたしね」

と、田村は、いった。

4

十津川は、警視庁に戻ると、シャネルのハンドバッグについては、指紋の検出を頼み、改めて、手帳のページを、繰っていった。

ほとんどが、スケジュールの記入である。

仕事で会う相手の名前も、書いてある。十津川の知っている女優の名前があるのは、その女優のファッションの相談に、応じているのだろうか。

その中で、T・Tというイニシアルで書かれた人物がいることが、十津川の注目を引いた。

T・Tは、やたらに、出てくる。
○T・Tと、6・30から食事。――ホテルのレストランで。
○T・Tと、箱根までドライブ。
○T・T――ホテル。

こんな具合である。

ただ、ホテルとだけ書いてあるのは、恐らく、ホテルに、T・Tと泊ったということなのだろう。

実名で書いてないのは、普通の恋愛関係ではないということなのだろうか。

一月、二月と、T・Tと、ひんぱんに会っている様子が、わかる。

それが、三月に入ってから、少しばかり、おかしくなってくる。
○T・T――嘘つき！
と、いった文字も見える。

食事の約束と、書いておきながら、それを、消して、「バカ！」と、書いてあるのは、相手が、急に、その約束をキャンセルしてきたことへの腹立たしさが、表われている感じがした。

明らかに、三月になってから、二人の関係は、ぎくしゃくして来ているのだ。

問題の四月五日のページを、開いてみた。

四月五日から六日、七日にかけて、手帳には、「熱海－東西ホテル」と、書いてあった。

東西ホテルというのは、実在する。十津川は、そこに、電話をかけてみた。

「四月五日から七日まで、予約して、来なかったお客が、いますか？」

と、十津川は、予約係に、きいてみた。

「お二人いらっしゃいますが」

「名前は？」

「それは、ちょっと――」

「じゃあ、その中に、河内ますみという名前は、ありませんか？」

「ございます。東京世田谷の方ですが」

「予約の人数は？」

「お二人ということになっております。静かな部屋がいいと、特にご注文でしたので、離れを、用意して、お待ちしていたんですが、あのお客様は？」

「亡くなりましたよ」

「え？」

「殺されたんです。それで、協力して頂きたいんですが、予約は、電話であったんですか？」

「そうです。一週間前に、電話して下さいました」

「その時の様子で、何か、変なところは、ありませんでしたか？」

「いえ。別に、変ったところは、ありませんでしたが」

と、相手は、いってから、

「ああ、静かな部屋と、おっしゃった時、大事な話をするのでと、いわれたのは、覚えています」

「大事な話をするので、静かな部屋がいいと、いったわけですね？」

「はい。そうです」

と、相手は、いう。

十津川は、礼をいって、電話を切った。

恐らく、河内ますみは、Ｔ・Ｔとの仲が上手《うま》くいかなくなったので、熱海の東西ホテルの離れで、話し合いを持とうとしたのだろう。或いは、これは、Ｔ・Ｔからの申し出だったのかも知れない。予約したのが、河内ますみであったとしても。

河内ますみは、その途中で殺されたとみていいのではないか。

十津川は、神奈川県警で、今度の事件を担当することになった坂本という警部に、これまでに、わかったことを電話で、話した。

「手帳は、すぐ、お送りします。ハンドバッグもですが、残念ながら、被害者以外の指紋は、検出されませんでした」

と、十津川が、いうと、坂本は、男にしては、やや、甲高《かんだか》い声で、

「すると、ハンドバッグを、田村という人の鞄に入れたのは、被害者ということにな
りますか？」

「そうですね。被害者が、とっさに、入れたんだと思いますよ」

「なおさら、手帳にあるT・Tという人物のことを、知りたくなりますね」

「T・Tについては、こちらで調べます」

「こちらでは、車掌に当ってみます。現在、大垣にいるということなので、会いに行
って来ようと、思っています」

と、坂本警部は、いった。

十津川は、亀井を呼ぶと、問題のT・Tを見つけに出かけた。

彼女の手帳によれば、被害者と、T・Tとは、かなり親密な関係だったようだから、
彼女に親しい人間にきけば、T・Tについて、何か知っているかも知れない。

十津川たちはファッション・デザイナーの仲間に、会ってみた。

他人のプライバシイには、興味がないというデザイナーもいたが、同じ年頃の若い
女性デザイナーは、

「ますみさんが、特定の男の人とつき合っていたのは、知っています」

と、声をひそめて、いった。

「名前は、わかりますか？」

「一度、ますみさんから、聞いたことがあるんですよ。何ていったかな」

と、彼女は、しばらく、眉《まゆ》を寄せて、考えていたが、

「ああ、外崎さん。外《そと》って書いて、『と』って、読むんだと、教えてくれました」

「外崎？」

十津川の顔色が変った。

（まさか――）

と、思いながら、

「外崎何ていうのか、わからないかな？」

「そこまでは、聞いていません」

「何をしている人だと、ますみさんは、いっていましたか？」

「それが、芸能プロダクションの社長さんなんですって」

と、彼女は、いってから、

「だから、有名なタレントさんのサインなんか、簡単に貰《もら》えるんですって。私も、ますみさんに頼んで、Kさんのサインを貰いましたわ」

と、有名な歌手の名前を、いった。

十津川は、狼狽《ろうばい》を覚えながら、

「プロダクションの社長はきっと、もう、結婚しているんじゃないのかな？」

「ええ。ますみさんは、私に、『不倫してるの』って、いっていました」

「じゃあ、結婚できないのを承知で、つき合っていたんですか？」

「いいえ」

「というと、相手は、離婚すると、いっていたんですかね？」

「そうみたいですわ。間もなく、結婚できるようになるって、嬉《うれ》しそうに、いっていたのを覚えています」

「それ、いつ頃ですか？」

「今年の二月頃です」

「最近、彼女に、会いましたか？」

「ここ、二ケ月ほど会っていませんでした」

「外崎という男に、会ったことが、ありますか？」

「いいえ。一度、紹介してって、ますみさんにいったんです。とうとう、会わせてくれませんでした。多分、その人、奥さんがいて、不倫の関係だったからだと思いますけど」

「どこで、最初に出会ったのか、彼女は、いっていませんでしたか？」

「なんでも、銀座のクラブで一人で飲んでいたら、向うから、話しかけて来たんだと、ますみさんは、いっていました」

と、相手は、いった。

5

覆面パトカーに戻ると、亀井が、心配そうに、

「どうか、されたんですか？」

と、きいた。

十津川は、しばらく、迷ってから、

「実は、友人に、外崎という男がいるんだ。しかも、小さいが、芸能プロダクションの社長をやっている」

「T・Tですか？」

「外崎徹だからね。T・Tになるんだよ」

「そうですか？」

「結婚もしている」

「しかし、まだ犯人と決ったわけじゃありません」

亀井は、なぐさめるようにいった。

「そうだがね。外崎という名前が、そう沢山あるとは、思えないんだよ。しかも、芸能プロの社長となれば、猶更だ」

「どうされますか？」

「彼のアリバイを、調べてみる」

十津川は、きっぱりと、いった。

「きっと、アリバイがありますよ」

「実は、四月五日の夜、一緒に飲んだんだよ。四人でね。その中に、外崎もいたんだ。熱海へ帰るという田村を、私が東京駅まで送って行って、外崎は、もう一人の友人と一緒に、銀座で飲んでいた。もし、彼が、そのあとも、ずっと飲んでいて、問題の３４５Ｍ電車に乗れないとなれば、アリバイが成立するんだがね」

「その連れのお友だちに、きいてみたら、どうですか？」

「そうだな。本人にきいても、否定するだけだろうからね」

十津川も、肯《うなず》いた。

十津川は、通商省の井上に電話をかけておいてから、会いに出かけた。

省内の喫茶室で、井上に会った。

「何か、電話じゃあ、深刻な話みたいな感じだったが、いったい、何だい？」

と、井上は、十津川に、きいた。

十津川は、亀井を、紹介してから、

「小田原で起きた殺人事件のことは、知っているかね？」

「ニュースで見たよ。しかし、それが、僕たちと、どんな関係があるんだ？」

と、井上が、きいた。

十津川は、その質問には、答えず、

「四月五日の夜だがね。君と外崎は、残って、クラブで、飲んでいたね。僕と、田村が、出たあとだ」

「ああ。しかし、あの店は、すぐ、出たよ」

「すぐ出た？」

「ああ。君や田村がいなくなったんで、何となく、面白くなくなってね」

「それから、どうしたんだ？」

「いやに、深刻な顔をしてるじゃないか。どうかしたのか？」

井上は、探るような眼になって、十津川を見ている。

「とにかく、教えてくれないか。あのクラブを出てから、どうしたんだ？　すぐ、別れたのか？」

「外崎は、帰るといったんだが、僕は、まだ飲みたくてね。彼を、僕の家に連れて行ったんだ。丁度、家内が、実家に帰っていて、留守だったもんだからね」

「それ、本当か？」

「嘘ついたって、しようがないだろう」

と、井上は、笑った。

「それで、何時まで、君の家で、飲んでたんだ？」

「午前二時頃までだったかな。もう、タクシーもないんで、朝まで、僕のところで、寝ていったよ。帰ったのは、朝の六時頃じゃないかな」

「間違いないか？」

「ああ。間違いないよ」

「助かったよ」

「何が、助かったんだ？」

「いや、いいんだ。また、四人で、飲みに行こうじゃないか」

と、十津川は、いった。

「警部。良かったですね」

亀井は、外に出たところで、十津川に、いった。

十津川は、ほっとしながらも、あくまでも慎重に、

「いや、まだ、アリバイが確立したわけじゃないよ。友人の井上が、外崎のために、嘘をついたということだって、考えられるからね」

「しかし、それは、考え過ぎじゃありませんか」

「だといいと、思っているんだがね」

と、十津川は、いった。

「外崎さん本人にも、会われますか?」

亀井が、きいた。

「そうだな。外崎には、私一人で、会ってくるよ」

と、十津川は、いった。井上の証言は、第三者である亀井にも、聞いて貰う必要を感じたのだが、外崎とは、一人で、会いたかったのである。

井上の証言で、どうやら、外崎にアリバイがあるとわかって、ほっとしたのだが、

外崎が、T・Tなら、殺された河内ますみとの関係については、第三者には、聞かれたくないだろうと、思ったからである。

十津川は、外崎のプロダクションに、出向いて、彼に会った。

芸能プロといっても、外崎プロは、この業界では、小さい方だろう。十津川が知っている有名タレントは、ひとりもいない。それでも、外崎は、「これからの有望新人を沢山抱えているよ」と、いつも、威勢がいいのだが。十津川は、単刀直入に、河内ますみのことを、きいてみた。

「名前は、知っていたよ」

と、外崎は、いった。

「その程度の知り合いかね？」

「そうだよ。話したこともないな」

「君と、彼女が親しくしているという噂を聞いたんだがね」

十津川が、いうと、外崎は、顔をしかめて、

「よしてくれよ。そんなのは、デマだよ」

「そうかねえ」

「芸能界にいると、いろいろと、噂を流されるんだよ。僕みたいな人間でも、人気女

優のSと怪しいとさわがれたことがあるからね。噂なんて、そんなものさ」

「四月五日、僕と田村が、東京駅へ行ったあと、どうしたんだ？　ずっと、井上と飲んでたのか？　それとも、すぐ、別れたのか？」

十津川が、きくと、外崎は、眉をひそめて、

「何だい？　まるで、アリバイ調べだな？」

「答えてくれないか」

「その前に、理由を聞きたいね」

と、外崎は、いってから、

「わかったぞ。殺された河内ますみと、僕との間に、変な噂があるといっていたが、僕が、彼女を、殺したと思っているんだな？」

「どうなんだ？　あの日は、どうしたんだ？」

「例のクラブは、すぐ出て、そのあとは、井上の家へ行って朝まで、飲んでいたよ」

「間違いないか？」

「よしてくれよ。僕が、人を殺すような人間かどうか、わからないのか？」

外崎は、怒ったような声を出した。

友人として、怒るのが、当然だろう。しかし、刑事としては、たとえ友人でも、疑

わしければ、調べなければ、ならない。

「これが、仕事でね」

と、十津川は、あくまで、冷静にいってから、

「君以外で、Ｔ・Ｔというイニシアルの芸能プロの社長は、いるかね？」

「Ｔ・Ｔで、芸能プロの社長？」

「そうなんだ。結婚もしている人間だ」

「その男が、犯人というわけかい？」

「多分ね」

「調べてみるよ。心当りが出来たら、知らせる」

と、外崎はいった。

6

神奈川県小田原署では、坂本警部が、問題の３４５Ｍ電車の車掌に、会いに、大垣まで、出かけて行った。

十二両編成の３４５Ｍ電車には、東京車掌区の三人の車掌が、乗務した。

4号車、5号車を担当したのは、五十四歳の吉田車掌長である。

吉田は、4号車に乗っていた河内ますみのことを、よく覚えていた。

「きれいな人でしたからね」

と、吉田車掌長は、微笑した。

「彼女に、熱海の到着時刻をきかれたのは、覚えていますか？」

「ええ。覚えています。平塚を過ぎたあたりだったと思いますね。確かに、熱海に着く時刻を、きかれましたよ」

「彼女は、熱海までの切符を買っていたんですかね？」

「私の記憶では、車内改札をした時、熱海までの切符をお持ちでしたね。だから、小田原までの切符を持って、死んでいたというのが、不思議だったんですよ」

と、吉田車掌長は、いった。

「彼女は、車内で、一人でしたか？　それとも、連れが、ありましたか？」

「私が見たところは、お一人のようでしたよ」

「同じ4号車の車内で、彼女を、じろじろ見ていた客はいませんでしたか？」

「気がつきませんでしたね。申しわけないんですが」

「その他に、四月五日のあの電車のことで、何か、気になったことは、ありませんんでしたか？」

　と、坂本は、きいてみた。

「そうですねえ」

　と、吉田車掌長は、考えていたが、

「一人、妙なことを、おっしゃった乗客の方が、いらっしゃいましたね」

「どんなことですか？」

「名古屋で降りた男の方なんです。名古屋には、五分間停車するんですが、私が、ホームに降りていたら、4号車から降りた男の人が、私の傍に来ましてね。4号車のデッキで、男と女が、ケンカしてたぞっていわれるんですよ」

「ケンカをね」

「ケンカといっても、口論だったみたいなんですが、いつ頃ですかと、きくと、小田原に着く前だというんです」

「なるほど」

「私は、きっと、恋人同士でしょうと、いったんですがね。あとで考えてみると、4号車には、男女のカップルは、乗っていなかったんですよ」

「その男女の顔付きは、わかっているんですか？」

「いや、そこまでは、私も、聞きませんでした。というのは、発車時刻が迫っていましたし、口ゲンカだったといいますし、現実に、女性の方が殴られて、怪我をしたということも、ありませんでしたから」

「名古屋で、あなたに、その話をしたのは、どんな人ですか？」

「四十二、三歳の男の方でした。きちんと、三つ揃いの背広を着て、コートを、手に持っていらっしゃいましたね」

「サラリーマンですかね？」

「管理職のような感じの方でしたが――」

「名古屋に住む人ですか？」

「さあ、それは、わかりません。東京から、名古屋に用があって、行かれた方かも知れませんしね」

「言葉に、訛《なま》りはありませんでしたか？　例えば、名古屋弁が、あったとかです」

「さあ、別に、訛りは、感じませんでしたが」

吉田車掌長は、あやふやないい方をした。

「その他、その男の人のことで、何か覚えていることは、ありませんかね？」

と、坂本は、きいた。

彼が、その男の乗客に拘《こだわ》ったのは、口ゲンカをしていた女の客が、殺された河内ますみのような気がしたからである。

「背の高い方だったですね。ずいぶん、大きな人だなと思いましたから」

「どのくらいですか？」

「一八〇センチくらいは、あったと思いますね」

「太っていました？　それとも、痩《や》せていましたか？」

「痩せていましたよ。スタイルがいいなと、思いましたから」

「バッジか何か、つけていませんでしたか？」

「それは、気がつきませんでしたね。ああ、髪に、白いものが、混っていましたよ。私が、髪がうすいもんですから、気になるんです」

と、吉田は人の好さそうな笑い方をした。

7

四月八日になった。

十津川と、神奈川県警の坂本警部とは、情報を交換しあった。

「名古屋でおりた客が、犯人を見ている可能性があると思っています」

と、坂本は、いった。

「私も、同感ですね。しかし、その乗客を見つけるのが、大変でしょう」

「それで、新聞に助けて貰おうと思っているんです。本部長の方から、新聞、特に、東京と名古屋に重点を置いて、呼びかけをやって貰うつもりです。名古屋の人かも知れないし、東京の人間かも知れないので」

「なるほど。その男性が、名乗り出なくても、犯人にとっては、圧力になりますね。目撃者がいたということでね」

と、十津川は、いった。

「手帳の中にあったT・Tについては、まだ、該当者が、見つかりませんか？」

「一人、それらしい人物が、浮んだんですが、アリバイがありました。今、別の該当者を探しているところです」

と、十津川は、いった。

坂本との間の電話が終ってすぐ、外崎から、連絡があった。

小さなプロダクションだが、そこの社長の名前が、田中富夫だという。それなら、確かに、T・Tになる。

そのプロダクションの所在地を聞いてから、亀井と、出かけて行った。

「田中企画」は、神田にあった。外崎のところも、そうだったが、雑居ビルの中に、事務所がある。

田中は、昔、二枚目の俳優として、何本かの映画に出たというだけに、今でも、渋い美男子だった。

「うちの人間が、何かご迷惑をおかけしましたか？」

と、田中は、心配そうに、十津川に、きいた。

「いや、あなた自身のことを、伺いたいんです。河内ますみさんを、ご存知ですか？」

「先日、亡くなった人でしょう？　名前は、知っていますよ。それが、どうかしたんですか？」

「四月五日の二三時二五分東京発の大垣行の電車に乗っていて、殺されたと思われるのです。マニアには、よく知られた電車なんですが」

と、十津川が、いうと、田中は、ニヤッと笑って、

「あの電車なら、よく知っていますよ。私は、今、四谷のマンション住いですが、前は、辻堂に住んでいましてね。銀座で飲んだ時なんかに、よく利用させて貰いました

よ。グリーン車がついていて、座席が、リクライニングなんで、楽なんですよ」

「四月五日も、利用しましたか？」

十津川が、きくと、田中は変な顔をして、

「今もいったように、去年の十月に、四谷のマンションに引っ越しましたから、あの電車には、ここんところ、ずっと乗っていませんね」

「四月五日、土曜日の夜は、どこに、おられましたか？」

「ちょっと待って下さい」

と、田中はいい、内ポケットから、手帳を取り出して、ページを繰っていたが、

「Nテレビのプロデューサーと、銀座で飲んで、そのあと、六本木へ出て、カラオケをやりましたよ。別れたのは、午前三時過ぎじゃなかったかな」

田中は、銀座のクラブと、六本木の店の名前を、教えてくれた。

（どうも、嘘はついていないらしい）

と、十津川は、思った。いい方が、歯切れが良かったからである。

「外崎さんは、知っていますか？」

十津川は、急に、話題を変えた。

「ああ、知っていますよ。何回か、会っていますね」

「どう思います？」

「と、いいますと？」

「同業者として、やり手であるとか、女性にもてるとか、ちょっと、こんなところが、欠点だとかですが」

　十津川が、いうと、田中は困ったような顔になって、

「あれこれ、いえるほど、親しくありませんのでね。ただ、お世辞でなく、いい人ですよ。この世界では、珍しく、裏表のない人ですからね」

「女性には、もてますか？」

「もてるでしょうね。親身になって、相談にのる方ですからね」

「しかし、彼には、奥さんがいますよ」

「ええ」

　と、田中は、笑って、

「だから、自重されているんじゃありませんか。私なんかも、そうですが」

　と、いった。

　十津川は、亀井に、田中のアリバイを調べるように、頼んだ。

　その結果は、十津川が、予想した通りのものだった。

四月五日の夜、田中は、銀座のクラブで、Nテレビのプロデューサーと、看板の十二時まで飲み、そのあと、六本木の「パピヨン」という店に流れて、午前三時頃まで、カラオケで唄ったりしている。ここでは、タレントのAや、コメディアンのWも、一緒になっていた。

「田中は、ここで、五曲唄っています。なかなか、上手いそうですよ」

と、亀井は、十津川に、いった。

「アリバイ成立か？」

「そうですね。銀座のクラブでは、ママや、ホステスが、看板の十二時まで、いたと証言していますし、六本木の店でも、同様です。四月五日から六日にかけての、アリバイは、完全ですね」

「やっぱりね」

「手帳にあったT・Tとは、別の人間が、犯人ということも、考えられませんか？」

と、亀井が、いった。

「別の人間？」

「そうです。彼女は、魅力的な女性です。スタイルもいいし、美人ですからね。T・T以外にも、彼女に惚《ほ》れていた男が、いたとしても、おかしくは、ありません。しかし、彼女の方は、その男に、見向きもせずに、妻のあるT・Tに惚れている。カッとした男は、四月五日に、彼女の乗った電車に、乗り込んで、小田原で、無理矢理おろし、くびを絞めて、殺したということも、考えられるんじゃありませんか？」

「しかし、彼女が、あの日、３４５M電車に乗ると、どうして、知っていたんだろう？」

「別に、知らなくてもいいと思うんです。彼女を、つけ廻していたと考えれば、いいんじゃありませんか」

「なるほどね。東京駅まで、つけて行って、同じ電車に、乗り込んだか」

「そうです」

「彼女のあの日の行動を、調べてみる必要があるかも知れないな。二三時二五分発の電車に、乗るまでの行動だ」

と、十津川は、いった。

亀井は、すぐ、若い西本刑事を連れて、出かけて行った。

8

四月五日の河内ますみの行動は、次のようなものと、わかった。

彼女は、新宿東口に、自分のブティック兼事務所を、持っている。

四月五日は、午後一時過ぎに、彼女は、店へ顔を出した。

午後三時に、女性タレントのM子が、車でやって来て、パーティに着て行くドレスのデザインを、ますみに、頼んでいる。

午後六時に、店の従業員と夕食をとった。近くのレストランからの出前である。

午後九時に、店を閉めた。この時間は、いつもと、同じである。

そのあと、ますみは、新宿歌舞伎町のディスコで、一時間ほど踊っている。これも、目撃者がいる。

それから、東京駅へ行き、二三時二五分発の電車に、乗ったらしい。

「彼女の店には、従業員が、五人います。全員女性です」

と、亀井が、報告した。

「彼女たちに、聞いてみたんですが、河内ますみに、惚れていたと思われる男が、二人、浮んで来ました。一人は、彼女が、時々、コーヒーを飲みに行く店が、近くにあるんですが、そこの常連で、シナリオライターの原田という男です。二十九歳で、独身、まだ、無名に近いということでした。もう一人は、彼女の店の近くで、カメラ店をやっている羽島という男で、三十八歳。三年前に、離婚して、現在、やもめ暮しです」

「二人とも、河内ますみに、惚れていたのかね？」

「従業員たちは、この二人が河内ますみにいい寄っていたと、いっていますが、彼女の方では、問題にしていなかったようです」

「それで、この二人のアリバイは？」

「シナリオライターの原田。四月五日は、新宿で、飲んで、仲間と殴り合いのケンカをして、病院に運ばれています」

「アリバイありか？」

「そうです。もう一人の羽島の方は、今、西本刑事が、調べています」

と、亀井は、いった。

西本刑事が、戻って来ない中《うち》に、夕刊が、配られて来た。

出ていた。今度の事件に対する神奈川県警のお願いというのがである。

〈神奈川県警からのお願い

去る四月五日、二三時二五分東京駅発の大垣行の電車で、名古屋まで行かれた中年の男の方を、探しています。

小田原駅近くで起きた殺人事件について、是非、お話をおききしたいと思っています。その男の方は、名古屋で降りてから、車掌に、車内の出来事について、話をされた人です。

もし、お心当りの方がおられたら、すぐ、神奈川県警の坂本警部宛に、連絡して下さい。電話番号は、――――です〉

これで、果して、連絡してくるだろうか？

可能性は、五分五分だと、十津川は、思った。

だが、犯人に対しては、この記事は、大きな効果を発揮するだろうと、思った。

犯人は、かっとして、相手を殺したのであれ、冷静に、計画して、殺したのであれ、その後の動きは、気になる筈である。

この記事には、犯人を目撃したという言葉はないが、乗客の一人を、警察が、必死になって、捜しているとなれば、その理由は、想像がつくだろう。

犯人は、目撃者と考える筈である。

目撃者がいたという恐怖が、犯人に、どんな動きをさせるだろうか？

翌日、十津川は、神奈川県警の坂本に、電話をかけてみた。

「どうですか？　問題の乗客からの連絡は、ありましたか？」

と、きいてみた。

「残念ながら、まだ、ありません。期待しているんですがね」

「本人が、まだ、あの新聞記事を読んでいないかも知れませんね」

「ええ。なるべく早く、読んで、名乗り出て欲しいんですがねえ」

と、坂本は、いった。

あと、二、三日、様子を見てみたいと、坂本はいう。

十津川が、それに期待して、電話を切ったとき、他の電話が鳴った。

受話器を取った亀井が、「井上さんからです」と、十津川に、いった。

「通商省の井上だと、おっしゃっています」

「ああ」

と、肯いて、十津川は、受話器を受け取った。

「どうしたんだ?」

と、十津川が、きくと、井上は、

「外崎が、いなくなったんだ」

「いなくなった? どういうことなんだ?」

「僕にも、わからないよ。さっき、外崎の奥さんから、役所の方に電話があって、昨夜おそく、急に、外出したまま、帰って来ないというんだよ。僕は、すぐ、行きたいんだが、仕事の関係で、脱《ぬ》け出せなくてね」

「わかった。僕が行って来る」

と、十津川は、いった。

9

外崎は、石神井《しゃくじい》に住んでいた。

十津川は、一人で、出かけて行った。外崎の妻は、前に、女優をやっていた人で、今でも、なかなかの美人だった。名前は、冴子である。

「事務所にも、いないんです」

と、冴子は、蒼《あお》い顔で、十津川に、いった。

「昨夜おそく、突然、外出したそうですね？」

と、十津川は、きいた。

「ええ。十時頃だったと思います。二階の書斎にいたんですけど、急に、外出の支度をして、おりて来て、急用が出来たんで、出てくるといって、出かけたんですわ。そのまま、今日になっても、帰って来なくて。心配で、井上さんにも、お電話したんですけど」

「行先は、いわなかったんですか？」

「ええ。きいてみたんですけど、いいませんでしたわ」

「書斎を見せて貰って、いいですか？」

「どうぞ」

と、冴子は、二階に案内してくれた。

二階の八畳の洋間が、書斎になっていた。

読書好きの外崎らしく、書棚には、一杯の本が、並んでいる。

十津川は、机の上に、眼をやった。

そこに、昨日の夕刊が、広げてあるのに、気がついた。

(やっぱりか)

と、思った。

神奈川県警からのお願いのところに、赤いマークがついている。

明らかに、外崎は、この記事を読み、それから、急に、外出したのだ。

「この部屋に、電話がありますが、外崎は、外出する前、どこかへ、電話をかけませんでしたか？」

と、十津川は、冴子に、きいた。

「わかりませんわ。私は、あの時、階下《した》にいましたので」

「四月五日の土曜日ですが、何時頃、帰って来ましたか？」

「いつも朝帰りですから、その日も、翌朝、帰ったと思いますけど」

「正確なことが、知りたいんです。間違いなく、翌朝、帰ったんですか？」

「ええ。日曜日の朝、帰った筈ですわ」

「時間は？」

「私が、七時に起きた時には、もう、帰っていましたけど」

「どこで飲んだか、いっていませんでしたか？」

「いつものことなので、きくこともしませんでしたけど、それが、何か？」

「いや、まだ、わかりません。ここ二、三日、外崎の様子が、変だったということは、ありませんでしたか？」

「そういえば……」

と、冴子は、考えてから、

「何か、心配そうな感じは、していましたけど」

「その理由は、ききませんでしたか？」

「多分、仕事のことで、悩んでいるんだと思いましてね。仕事に、女は口を出すなといわれていたので、ききませんでしたわ」

「そうですか」

「主人は、何か、危険なことに、巻き込まれたんでしょうか？」

「いや、そう即断は出来ません。外崎に、最近、来た郵便物や、最近撮った写真は、ありませんか」

「その机の引出しに入っていると、思いますわ」

と、冴子が、いった。

十津川は、大きな机の引出しを開けてみた。なるほど、郵便物の束や、真新しいアルバムが、入っていた。

それを取り出して、調べてみた。

しかし、河内ますみからの手紙も、彼女の写真も、見つからなかった。

だからといって、外崎が、彼女と関係がなかったとは、いい切れない。秘密のつき合いだったとすれば、妻の手前もあるから、彼女の手紙も、写真も、どこかへ隠すか、処分している筈だからである。

「河内ますみという名前を、外崎が、口にしたことが、ありませんか?」

「その方、小田原で殺された女の人でしょう?」

「そうです」

「主人が、あの事件に、関係しているんですか?」

「いや、そんなことはありませんが、きいていませんか?」

「いいえ」

と、冴子は、いった。

十津川は、考え込んでしまった。

外崎には、アリバイがあったので、T・Tではない。事件には、無関係と考えて、ほっとした。

しかし、少しばかり、考えが、甘かったのだろうか?

いや、甘いことは、わかっていたのだ。もし、外崎が、大学時代からの友人でなかったら、あんなアリバイで、容疑者から外しただろうか？

きっと、友人に頼んで、アリバイ証言をして貰ったに違いないと、疑った筈である。

十津川は、すぐ、霞が関の通商省に行くことにした。

省内の喫茶室で、井上に、会った。

「外崎の家へ行って来たよ」

と、十津川が、いうと、井上は、

「どうだった？　彼は、見つかったのかい」

「いや。まだ、見つからん。それで、君に、ききたいんだがね」

「僕も、彼が、どこにいるか、知らないんだよ」

「それは、わかっている。ききたいのは、四月五日のことだ。君は、あの夜、外崎と、君の家で、朝まで飲んだといっていたね？」

「その通りだよ」

「本当に、外崎は、君の家に行って、朝まで飲んだのか？」

と、十津川は、改めて、きいた。

「なぜ、そんなことをきくんだ？」

井上は、険しい眼で、十津川を、見返した。

10

「外崎を、疑いたくはないんだがね。T・Tに該当する人物が、他にいないんだよ」

十津川がいうと、井上は、更に、不機嫌になって、

「君は、友人を、疑うのか？」

「だから、疑いたくはないがと、いってるんだ」

「彼は、あの夜、僕の家へ来て、朝まで飲んでいたんだ。間違いないよ」

「神に誓って、そういい切れるのか？」

「神にだって、何にだって、誓えるさ」

と、井上は、いった。

「もし、それが嘘だったら、大変なことになるのが、わかっているのかね？」

「わかっている積りだよ」

「もし、外崎が、犯人なら、河内ますみという女性を殺しただけじゃない。彼は、彼女とデッキで口論しているところを、乗客の一人に、目撃されているんだ。その乗客

も、殺す恐れがあるんだ」

「新聞に出ていた乗客のことか？」

「そうだよ」

「君が、なぜ、心配するのかわからんね。外崎には、僕と夜明けまで一緒に飲んでいたというアリバイがあるんだよ。その目撃者が出てくれれば、なおさら、外崎が犯人じゃないとわかって、いいじゃないか」

「そうなら、いいんだがね」

十津川は、根負けした形で、溜息《ためいき》をついた。

十津川は、井上が、外崎に頼まれて、アリバイ証言をしているのではないかと、疑っている。

もし、外崎が、犯人だとすれば、必死になって、目撃者を、消そうとするだろう。

十津川は、すぐ、警視庁に戻った。神奈川県警に、連絡してみたが、問題の人物は、まだ、連絡して来ないという。

「参ったよ」

と、十津川は、亀井に、いった。

「外崎さんは、まだ、見つかりませんか？」

「ああ、見つからん。彼が、あの新聞記事を見てから、姿を消したことは、はっきりしているんだよ。それだけに、心配でね」

「しかし、外崎さんは、事件の夜、もう一人のお友だちと、徹夜で、飲んでいたんでしょう?」

「井上は、嘘をついているのさ。頼まれて、嘘の証言をしているんだよ」

「そう思われるんですか?」

「ああ、思っているよ。外崎に、これ以上の犯罪は、やらせたくないんだ。それには、彼より早く、目撃者を、見つけなければならないんだが」

「今度の土曜日に、問題の列車に、乗ってみませんか」

と、亀井が、いった。

「大垣行の345M電車か」

「そうです。目撃者ですが、ひょっとすると、毎週土曜日に、その電車に乗って、名古屋まで行っているのかも知れません。もし、そうなら、今度の土曜日にも、同じ電車に、乗る可能性があるんじゃないでしょうか」

「そうだな。少しでも、可能性があれば、やってみるか」

と、十津川は、いった。

次の土曜日になっても、いぜんとして、目撃者は、名乗り出て来なかったし、外崎も、行方不明のままだった。

十津川は、亀井と、その夜、問題の列車に乗ってみることにした。

ひょっとしたら、名古屋で降りた目撃者に会えるかも知れないという期待があった。が、もう一つの期待も、持っていた。

外崎が犯人なら、彼も、同じことを考えるのではないか。

土曜日の３４５Ｍ電車に乗れば、目撃者を、捕えられると、外崎も、思うのではないか。その期待である。

午後十時半に、二人は、東京駅の９番線ホームに、上って行った。

10番線には、大阪行の寝台急行「銀河」が、ブルーの車体を、横たえている。

９番線には、まだ、問題の電車は、入っていない。

寝台急行「銀河」の方は、かなり混んでいるようだった。この時間帯に、東京駅を出発する寝台列車は、他にないからだろう。

二二時四五分に「銀河」は、出発して行った。

大垣行の３４５Ｍ電車が、９番線に入線して来たのは、十一時を過ぎてからである。

十津川と、亀井は、ホームの中ほどに立って、煙草を吸いながら、注意深く、ホームに上ってくる乗客を、見ていた。

目撃者と思われる男が、乗って来ないかどうか、それに、外崎が、現われないかどうかを、見ていたのである。

だが、二人の姿が、見つからない中に、発車時刻が、来てしまった。

二人が、乗り込むと、ほとんど同時に、345M電車は、発車した。

十津川と、亀井は、グリーンの4号車に行き、デッキで会った車掌長に、警察手帳を見せて、事情を説明した。

「新聞の記事のことは、私も読みました」

と、酒井という車掌長はいい、協力を約束してくれた。

グリーン車の車内改札は、すぐ始められた。

それが終って、デッキに戻って来ると、酒井車掌長は、十津川に向って、

「該当するような男の人は、乗っていませんね」

と、いった。

十津川と、亀井も、4号車、5号車の二両のグリーン車を、歩いてみた。

七十パーセントぐらいの乗車率で、早くも、眼を閉じて、眠ってしまっている乗客もいたが、その中に、問題の目撃者らしい男はいなかったし、外崎の姿もなかった。

　３４５Ｍ電車は、小田原までは、新橋、品川、川崎と、各駅停車である。

横浜に着いたのは、二三時五三分である。

ここは、一分停車である。

ホームが、何か、あわただしかった。

「何かあったんですか？」

と、十津川は、身体を、のり出すようにして、駅員に、きいた。

「このホームで、人が殺されたんです」

と、その若い駅員が、いう。

十津川の背筋を、一瞬、冷たいものが、走った。

「どんな人です？」

「四十歳ぐらいの男の人です」

「背は、高いですか？」

「ええ。痩せて、背の高い人です」

「カメさん。降りるぞ！」

と、十津川は、怒鳴った。

発車寸前に、二人は、ホームに、飛び降りた。

二人は、横浜駅構内の派出所に、急いだ。

派出所の奥に、問題の死体が、横たえられていた。

痩せた、背の高い男である。

十津川は、派出所の警官に断って、ゆっくり、その死体を見せて貰った。

三つ揃いの背広を着ているのだが、毛布の上に、横たえられた顔は、すでに、生気がなかった。

背中を刺されたのか、毛布が、真っ赤だ。

「ホームの売店の裏で、死んでいたんです」

と、中年の警官が、十津川に、いった。

売店は、もう閉っていたから、誰も気がつかなかったらしいという。

「大垣行の電車が来るというので、駅員が、ホームに出て、死体を発見したんです」

「所持品は？」

「これで、全てです」

警官は、ポリ袋に入ったものを、見せた。

財布、腕時計、運転免許証などと一緒に、名古屋までの切符も入っていた。それに、グリーン券もである。

「間違いないようだね」

と、十津川は、亀井と、顔を見合せた。

「名刺の裏に、こんなことが、書いてありました」

派出所の警官が、名刺を一枚、十津川に、見せた。

〈東西興業企画部長　広田由紀夫〉

と、印刷された名刺である。運転免許証も、同じ名前だから、被害者本人のものだろう。

十津川は、その名刺の裏を見た。

〈外崎。横浜駅ホーム。23・45〉

と、ボールペンで、書いてあった。

11

十津川は、気が重くなった。

外崎というのは、友人の外崎のことだろう。

23・45というのは、時刻とみていい。外崎と、横浜駅のホームで、二十三時四十五分に、会う約束になっていたのではないか。

そして、外崎が、殺したのか？

「まだ、外崎さんが、殺したとは、限りませんよ」

と、亀井が、いってくれたが、十津川は、首を横に振って、

「財布が、盗《と》られていないところをみれば、これは、物盗りじゃない。そのくらいのことは、カメさんにだって、わかっている筈だよ」

と、いった。

「しかし、この被害者を、殺したのは、外崎さんとは限らんでしょう。他にも、いろいろと、恨みを買っていることが、あったのかも知れません。企画部長ともなれば、敵も多かったでしょうし――」

と、亀井が、いった。

「かも知れないが、被害者は、名刺の裏に、外崎の名前を書いているんだ。それに、時間もね。二三時四五分。大垣行の電車が来る十分前だよ。被害者は、今日も、名古屋へ行く積りだったんだと思う。だから、この時刻に会うことを承知したんだと思うね」

「しかし、外崎さんは、どうして、この被害者の住所か、電話番号を、知っていたんでしょう？」

「彼は、先週の土曜日に、３４５Ｍ電車のデッキで、被害者に、河内ますみと口論しているところを見られた。だから、今日まで、必死になって、名前や、住所や電話番号を、調べたんだろう。例えば、被害者の背広の襟《えり》についているバッジだ。前の時、車掌は気がつかなかったが、外崎は、ちゃんと、見ていたんじゃないかね。英語のＥとＷを組み合せたバッジで、東西興業のマークだと思う。東西興業というのは、かなり大きな会社だから、そこの企画部長を、見つけ出すのは、そう難しくはなかったと思うよ」

「かも知れませんね」

「横浜駅へ呼び出して、恐らく、被害者が、自分の顔を覚えているかどうか、試したんだと思う。最初から、殺す気だったとは、思いたくないんだ。会ったとき、被害者は、外崎の顔を思い出した。覚えていた。それで、外崎は、用意していたナイフで、刺したんだろう」

と、十津川は、重い口調で、いった。

被害者、広田由紀夫のことも、わかって来た。

東西興業は、最近、急速に業績をあげて来たリース会社である。

本社は、東京だが、二ケ月前に、名古屋に支社が出来た。

企画部長の広田は、週一回、業務指導のため、名古屋に出かける。

東西興業は、日曜日は、休まない。リースという仕事で、日曜日に、かえって、需要が大きいからである。

〈日曜日でも、リース引き受けます〉

が、東西興業のモットーだった。

十津川は、広田の妻にも会ってみた。

広田は、例の新聞記事を読んでいたという。

妻の君子にも、３４５M電車でのことを告げ、警察に、話したものかどうか、相談したらしい。

だが、結局、事件に巻き込まれるのが嫌なのと、口論していた男をもう一度見ても、果して、覚えているかどうか、自信がなかったのとで、警察には、連絡しなかったという。

「その口論していた男のことを、ご主人は、どういっていました？」

と、十津川は、君子に、きいた。

「顔つきなんかですか？」

「そうです。どんな顔つきの男だったと、いっていましたか？」

「それは、いいませんでしたけど、尊大な口の利き方をする男だったと、いっていました。あれでは、女の方が怒るのが当然だって」

「そうですか」

「女の人は、男の人に向って、しきりに、嘘つきと、なじっていたと、主人は、いっていました」

「嘘つきですか――」

外崎は、河内ますみに、結婚するとでも、いったのだろうか。

よくあるケースである。結婚する気もないのに、妻と別れるといって、河内ますみに、接近したのか。

それが、嘘とわかって、二人の仲が、険悪になり、ついに、外崎は、彼女を、絞殺してしまったのか。

広田を誘い出すのに、東京駅でなく、横浜駅にしたのは、東京では、ひょっとして、十津川たちが、張っているかも知れないと、思ったからだろう。

横浜駅での聞き込みを、神奈川県警と協力して行った。

広田由紀夫殺害については、捜査本部は、横浜警察署に設けられた。

当然、十津川たちの東京警視庁と、神奈川県警との合同捜査ということになった。

外崎と思われる男を、事件の前後に見たという目撃者は、なかなか、見つからなかった。

これは、考えてみれば、当然かも知れない。

殺害は、横浜駅の東海道本線のホームで、行われた。が、外崎は、必ずしも、横浜駅で、切符を買って、改札を入ったとは、限らないからである。

新橋、品川、或いは、他の駅から入って、横浜に電車で来て、待ち受けていた可能性もある。

刺した後もである。

横浜駅から逃げたとは限らない。ひょっとすると、十津川たちの乗って来た345

M電車に乗り込んで、逃げたことだって、考えられるのだ。

12

いぜんとして、外崎は、行方不明のままである。

外崎の顔写真が、重要容疑者として、横浜署にも、小田原署にも、配られたが、この頃から、十津川は、一つの疑問に、ぶつかっていた。

その疑問を、十津川は、しばらくの間、亀井にもいわず、自分一人の胸に、しまっておいた。

外崎が、見つかれば、その疑問は氷解すると、思ったからである。

外崎の家にも、親戚《しんせき》、知人の家にも、刑事が、張り込んでいる。が、外崎は、どこにも現われない。

十津川は、そうした緊張の連日の中で、友人の田村と会った。

昼休みに、彼の会社の近くの喫茶店に、誘い出したのである。

田村も、外崎のことが、心配だったとみえて、会うなり、

「外崎は、まだ、見つからないのか？」

と、十津川に、きいた。

「残念だがね」

「僕も、あの時、乗った電車が、事件の発端みたいなんで、早く、解決して貰いたいんだ。外崎は、もう、日本に、いないんじゃないのか？　彼は、仕事柄、よく外国へ行ってたからね」

「それはないよ。横浜駅で、第二の殺人があってから、各空港も、チェックされているからね」

「そうか。袋の鼠《ねずみ》というやつか」

「君は、外崎を、どう思う？」

と、十津川が、きいた。

田村は、戸惑いを見せて、

「どうって？」

「外崎は、女にもてるかな？」

「そりゃあ、もてるだろう。顔だって、いいし、小さいが芸能プロの社長だ。女の扱い方は、大学時代から、うまかったからね」

「大学時代から、あいつは、プレイボーイだったな」

と、十津川は、昔を思い出しながら、いった。

「そうさ。あいつだけ、やたらにもてて、ずいぶん、羨《うら》やましかったじゃないか」

「ああ、覚えてるよ」

「今だから、打ち明けるがね。大学時代、あいつに、何人か、女の子を紹介して貰ったことがあるんだ」

と、田村は、笑ってから、

「いつだったか、女とうまく遊ぶ方法を、外崎に、きいたことがある」

「それ、いつ頃のことだ？」

「最近だよ。三月頃に、会った時かな。君もそうだろうが、僕も、女房が怖くて、浮気はしたいくせに、あとが怖くて、女に、手が出せない。うまく、浮気できないかと思って、外崎に、きいたんだ」

「彼は、何と答えたんだ？」

「おい、おい、そんなことが、捜査と関係があるのか？」

「いいから、外崎が、何と答えたのか、教えてくれないか」

「あいつは、こういったね。おれには、相手が、あとでごたつく女かどうか、すぐわかる。だから、そういう女には、最初から、手を出さないってね。自信満々だったんだが、今度の事件のことを考えると、外崎でも、失敗することがあるんだなと、思ったね」

「それ、今年の三月か？」

「そうだよ。うちは、四月に、人事異動があるんだ。その直前だったからね」

「外崎は、その時、自信満々だったんだね？」

「ああ。それが、どうかしたのか？」

「ひょっとすると、外崎は、犯人じゃないかも知れない」

「本当かい？」

田村は、眼を大きくして、十津川を見た。

「その可能性が、出て来たんだ」

「それにしちゃあ、元気がないじゃないか。大学時代からの友人が、シロらしいんだから、もっと、明るい顔をしたらどうなんだ？」

「それが、出来ないんだよ」

と、十津川は、いった。

十津川は、警視庁に戻ると、河内ますみの手帳のコピーを、取り出して、改めて、眼を通した。

Ｔ・Ｔの文字が見える日だけを、抜き書きしてみた。

十津川が、関心を持ったのは、三月のところだった。

一月、二月は、河内ますみと、Ｔ・Ｔとは、うまくいっているのがわかるが、三月に入ってから、怪しくなっている。

「Ｔ・Ｔ——嘘つき！」といった文字も見える。

だが、田村によると、その頃、外崎は、女とのつき合い方について、自信満々に、喋っていたという。

（虚勢を張っていたのか？）

どうも、そんな風には、思えない。十津川の知っている外崎は、感情の起伏の激しい男で、悩みは、すぐ、顔に出る方である。

十津川は、亀井を誘って、皇居のお濠《ほり》の周辺を、歩いた。

桜田門から、祝田橋に向って、ゆっくり歩く。

「どうなさったんですか？　何か、お話があるんじゃありませんか？」

亀井は、黙っている十津川の顔を、のぞき込んだ。

「実は、カメさんに判断して貰いたいことがある」

「どんなことですか？」

「どうも、外崎は、河内ますみを殺した犯人じゃないような気がして来たんだ」

「なぜですか？」

亀井が、冷静に、きいた。

「横浜で、目撃者の広田由紀夫が、殺されてからなんだよ。彼は、名刺の裏に、『外崎。横浜駅ホーム。23・45』と、書いていた。そのせいなんだ。これを見た時から、外崎は、シロではないかと、思うようになった」

「なぜです？」

「あれは、多分、広田が、相手の電話を、そのまま、書き写したものだろう。外崎が犯人なら、わざわざ、自分の名前を、いう筈がない。警察だと、嘘をついて、会おうとする筈だ」

「なるほど。そういえば、おかしいですね」

「広田が、偶然、大垣行の電車の中で会った男の名前を、知っている筈がない。だから、外崎というのは、相手が、電話で、そう名乗ったんだ」

「外崎さんに、罪をかぶせるためにですか？」

「そうとしか思えない」

十津川は、田村の話と、河内ますみの手帳のことを、亀井に、いった。

亀井は、微笑して、

「もし、警部の考えられる通りなら、お友だちは、犯人じゃなくて、良かったじゃないですか。これから、真犯人を、探せばいい」

と、いった。

だが、十津川は、暗い眼をしたまま、

「問題が、一つあるんだ。外崎がシロなら、なぜ、突然、姿を消してしまったのかということが一つだよ。それに、もう一つ、外崎は、例の新聞のお願いを見て、すぐ、家を飛び出し、そのまま、行方不明になってしまった。シロなら、あの新聞記事を見て、急に驚いたり、あわてたりすることはなかった筈なのにだよ」

「そうですね」

亀井は、肯いた。が、そのまま、黙ってしまった。

二人は、そのまま、押し黙って、濠端を、しばらく歩いた。

日比谷交叉点近くまで歩いたところで、亀井が、急に立ち止まった。

「警部は、もう、一つの答を見つけていらっしゃるんじゃありませんか」

と、亀井が、十津川に、いった。

「実は、そうなんだが、外崎も、他の連中も、昔の友人だからね。どうしても、冷静に見られなくなっているんだ。甘くなったり、時には、必要以上に、厳しくなったりね。だから、カメさんの意見を、聞きたいんだよ」

「正直に、いっていいですか?」

「それが、欲しくて、カメさんを、散歩に、誘ったんだよ」

「外崎さんに、私は、会ったことがありませんが、友情に厚い方だと思います」

「私も、そう思っている」

「外崎さんは、最初から犯人の目星がついていたんじゃないでしょうか。それも、自分の知っている人間だった。そして、あの新聞記事を読んでいて、犯人が、第二の殺人を犯すかもしれない、と思った。だから、警察に連絡せず、その当人に、会いに行って、自分で、確めようとされたんだと思いますね。まずいことに、相手は、外崎さんが疑ったように、真犯人だった。それで、外崎さんを、殺すか、監禁するかしてしまった」

「続けてくれ」

「普通なら、ただ殺してしまうところです。だが、相手は、そうしなかった。行方不明の形にしました。それは、警察が、外崎さんを疑っているのを知っていて、行方不明にしておけば、追いつめられて、逃げたと、解釈されるだろうと、期待したからだ

「外崎の名前は、新聞には、出ていなかったんだよ」

「そうでしたね」

「事件の日、外崎は、おそくまで、飲んだ。私たち四人でね。その中、田村は、問題の電車に乗っていて、小田原で降りていないから、犯人ではない。外崎は、井上と二人で、行動しているから、私は、井上に、外崎のアリバイを、聞いた」

「すると、井上という人は、警察が、外崎さんを疑っていることを、知っていたわけですね」

亀井は、相変らず、冷静な口調で、いった。

十津川は、一層、気が重くなるのを覚えながら、

「やっぱり、カメさんも、井上に、行きつくかね？」

「警部も、その結論だったんですか？」

「ああ。ただ、自分が、冷静に考えたかどうか、わからなくてね」

「ただ、井上さんは、外崎さんのアリバイを証言されたんでしょう？」

「それは、いいんだ」

と、十津川は、いった。

13

十津川は、亀井と、通商省に、井上を訪ねた。

課長室で、井上に、会った。

「どうしたんだ？　いやに、深刻な顔をしているじゃないか」

と、井上は、二人を見た。

亀井は、黙っている。黙って、聞いていてくれと、十津川は、頼んであった。

十津川は、じっと、井上を見て、

「実は、外崎が、犯人だという確証が、手に入ったんだよ。残念だがね」

「本当なのか？」

「そうなんだ。河内ますみが殺された日に、小田原駅で、外崎を見たという証人が出たんだ。これで、外崎が、彼女を殺したことは、確実になってしまったよ」

「残念だな。友人として――」

「今、彼は、行方不明だが、警察としては、逃亡したと思っているんだ。その上、今度は、横浜駅で、第二の殺人まで犯した。こうなると、殺人犯と断定して、全国指名手配をするつもりだ」

「外崎が、そんなことをするとは、思わなかったんだがね」

「それで、問題は、君の証言だ。君は、第一の事件の時、外崎のために、アリバイを証言してくれた。しかし、あれは、外崎を助けようとして、君が、嘘をついたんじゃないのか？　友人としては、嬉しいんだが、外崎が犯人と決った今となっては、偽証になってしまうよ。君も辛いだろうが、正直に、いってくれないかね」

「わかった」

と、井上は、いった。

「やっぱり、外崎には、アリバイが、なかったんだね？」

「そうなんだ。彼に頼まれて、嘘をついたんだよ。君や田村と別れたあと、外崎は、急用を思い出したといって、どこかへ消えてしまったんだよ。僕とは、一緒じゃなかったんだ」

「そうだろうと、思っていたんだ。この証言に、間違いないね」

「ああ。外崎には、悪いんだが、もう、嘘はついていられないんでね」

と、井上は、いった。

十津川は、亀井を促して、課長室を出た。

廊下を、出口に向って歩きながら、亀井は、

「これで、いいんですか？」

「ああ。井上の証言は、カメさんにも、聞いておいて、貰いたかったんだ」

「しかし、あれでは、新しい解決には、ならないんじゃありませんか？」

「いや、いいんだ。井上は、あの夜、自宅に、外崎を連れて行って、夜明けまで、飲んだと、いっていたんだよ。丁度、井上の奥さんが、留守でね。二人で、飲んだというんだ」

「ああ、そうか――」

と、亀井は、急に、肯いて、

「外崎さんのアリバイが消えるということは、井上さんのアリバイも、無くなってしまうことなんですね」

「そうなんだ。井上は、外崎に対する友情から、嘘のアリバイを、口にしていたわけじゃなかったんだよ。悲しいことだが、あれは、井上自身のためだったんだ。外崎も一緒に飲んでいたことにすれば、自分のアリバイの証明にもなるんだよ。井上は、うかつにも、その足場を、自分で、崩してしまったのさ」

と、十津川は、いった。

「これから、どうされますか？」

「これで、井上が犯人だという確信が持てたよ。井上は、河内ますみとつき合う時、外崎の名前を、使ったんだ。それほど、深い魂胆もなく、最初は、使ったんだと思うね。だが、それが、抜き差しならなくなってしまった。彼女との仲が、深くなり過ぎたんだろう。その上、嘘がばれた。彼女の手帳に、『T・T――嘘つき！』とあったのを、最初は、外崎が、結婚を約束しておいて、その約束を破ったので、嘘つきと、書いたのだと考えていたが、井上が、外崎の名前を使っていたのが、ばれたということなのかも知れない」

「外崎さんは、自分の名前が、使われていたのを、知っていたんでしょうか？」

「もちろん、知らなかったと思うよ。井上は、外崎に頼まれて、嘘のアリバイを証言したみたいにいってるが、あれは、逆だね。外崎に、井上が、頼んだんだ。だから、外崎に、最初に会ったとき、外崎も、井上と一緒に、朝まで飲んだと、いったんだ」

「しかし、外崎さんは、今、どこにいると、思われますか？」

「カメさんの思っている通りだよ」

「じゃあ、すでに、死んでいると？」

「井上に、殺されていると思うね。外崎は、犯人じゃないとなれば、姿を消す理由がないんだ。と、すれば、外崎の名前を使っていた井上が、それを咎《とが》められ、殺人が、ばれそうになって、殺したと考えるね」

「外崎さんの死体は、どこにあるんでしょうか？」

「井上は、一日も、役所を休んでいない。昨日は、日曜日だったが、彼は、車を持っていないから、遠くへ運んだとは、思えないんだよ」

「すると、まだ、近くに埋められているということですか？」

「外崎は、新聞記事を見て、井上を訪ねて行った。井上は、そんな外崎を、家の近くの人気のない場所に連れて行って、殺したんだと思うね」

「井上さんの住所は、どこですか？」

「深大寺の近くだよ」

「あの辺なら、まだ、雑木林なんかが、ありますね。ひそかに、探してみますか？」

「いや、井上にわかるように、朝早くから、始めてくれ。彼が、出勤する前だ。彼が、あわてて、動くのを期待してみようと思っている」

と、十津川は、いった。

翌朝早く、十津川は、十名の警官を動員し、井上の家の近くを、探し始めた。雑木林では、シャベルを使って、掘り起こした。

午後五時まで、この作業を続け、そのあとは、中止して、警官たちを、引き揚げさせた。

十津川と、亀井の二人だけが、車の中に、身をかくして、井上の家を、監視した。

井上は、午後六時には、あわただしく、帰宅した。

そのまま、なかなか、出て来なかった。

井上が、再び、姿を見せたのは、午後十時過ぎである。

自転車に乗り、走り出した。折りたたみのシャベルを、積み込んでいる。

十津川と、亀井は、少し離れて、車で、あとをつけた。

井上は、自転車で、七、八分走り、雑木林の傍で、おりた。この雑木林までは、警官たちは、探していなかった。

井上は、シャベルと、懐中電灯を持って、雑木林の中に、入って行った。

十津川と、亀井は、車をおり、足音を殺して、井上のあとをつけた。

月明りが少いので、周囲は暗い。井上の持つ懐中電灯の灯が雑木林の中を、動いて行く。

それが、とまった。

井上は、シャベルで、土を掘り始めた。

三十分もすると、毛布に包んだものを掘り出した。

今度は、それを引きずって、雑木林の奥へ奥へと、入って行く。

やがて、雑木林を抜けたところに、池が現われた。

井上は、毛布に包まれたものを、その池に投げ込もうとした。

「そこまでだ！」

と、十津川が、大声で、いった。

×

毛布に包まれた外崎の死体は、広田由紀夫と同じように、背中を刺されていた。

井上は、その場に、へなへなと、座り込んでしまっている。

「僕が、犯人だと、知っていたのか？」

と、井上は、座り込んだまま、十津川に、きいた。

暗いので、井上の表情は、よくわからないが、声の調子には、深い疲労が、くみとれた。

「わかってはいたが、君だとは、思いたくなかったんだ」

と、十津川は、いった。

「こんな風になるとは、思っていなかったんだ。嘘じゃない」

「ちょっと、外崎の名前を、借りただけか？」

「外崎に、いろいろと、芸能界のことを聞いていたからね。何となく、彼女に、芸能プロの社長で、外崎だと、いってしまったんだ。それが、三人も殺すことになるとは、考えても、いなかったんだ」

「彼女は、途中で、気がついたんだろう？」

「そうだ」

「それで、どうしたんだ？」

「二千万円よこせといったよ。嘘をついて、自分をもてあそんだことに対する弁償だというんだ。もし、くれなければ、今までのことを、何もかも、雑誌社に話すといったよ。そうなったら、役所を、やめなければならないし、外崎にも、責められると思ったんだ。それも、怖かった」

「それで、殺したのか？」

「熱海に、三日間旅行し、その時、二千万円払うし、それで、きれいに別れようといったんだ。大垣行の３４５Ｍ電車に乗ることは、前から、彼女がいっていたんだが、それに、田村も乗ることになるとは、思っていなかった」

「彼女が持っていた小田原までの切符は？」

「あれは殺した後、僕が擬装のために持たせたんだ。田村のせいで何の役にも立たなかったがね」

「田村の鞄に、彼女のハンドバッグを入れたのは、君か？」

「僕が、なぜ、そんなことをするんだ。小田原で、彼女を強引に降ろそうとしたら、彼女がハンドバッグを席に忘れたといったんだ。それで、取りに戻ったが、持って来なかった。多分、彼女は、ひょっとして、殺されるかも知れないと、思って、近くの席で寝ていた、田村の鞄の中に、かくしたんだろう。それとも、田村は、彼女みたいな女に弱いから、時々、車内で、彼女を見ていたんじゃないか。それなら、自分のことを覚えていてくれると思って、田村の鞄に入れたのかも知れないな」

「そのあとは？」

「そのあとは、君の知ってる通りだよ」

と、井上は、いった。

（馬鹿なことをしたな）

と、十津川は、いいかけて、その言葉を、呑み込んだ。

再婚旅行殺人事件

第一章　再婚列車

1

尚子《ひさこ》は、突然、別れた前夫の井村から電話をもらった。

三年ぶりで、最初「僕だよ」といわれても、とっさに、井村の声とわからなかった。

もともと、特徴のない声ではあったが、やはり、三年という歳月のせいだろう。

「今、京都駅だ」

と、井村は、相変わらずの身勝手さで、

「ちょっと会ってくれないかな。三年ぶりに君の顔が見たくてね」

「そんなこと、急にいわれても、困るわ」

「でも、今日は日曜日で、お店は休みだろう」

「なぜ、お店のことを知ってるの？」

尚子は、びっくりして、きき返した。

京都で生まれ育った尚子は、井村と結婚して、初めて京都を離れ、東京で暮らした。

井村は、一匹狼のプロデューサーで、その男らしさに惹《ひ》かれたのだが、生活は、不安定だった。

一本の映画が当たれば、面白いように金が入ってくるが、失敗すれば、億単位の借金を抱え込むことになる。

最初の頃は、井村のプロデュースしたアニメ映画や、外国の音楽家を呼んでのイベントが、次々に当たって、景気がよかったが、それに気をよくして、ミュージカル映画を作ったのが失敗だった。

「日本のウエストサイド物語」と、意気込んだのだが、これが、散々の不入りで、約五億円の借金が出来てしまった。それでも、井村は、過去の実績によりかかって、次々に、新しい企画を打ち出したのだが、焦りがいけなかったのか、どれも、上手《うま》くいかなかった。

時には、成功するものもあったが、結局は、借金を増やしただけのことだった。

借金返済のために、尚子は、実家の家屋敷を、売り払うこともした。

尚子が、疲れ切って、井村と別れたのは、結婚して四年目である。

京都に戻った尚子は、祇園《ぎおん》の花見小路《はなみこうじ》のビルの中に、小さな店を持った。若いホステスが三人と、ママの尚子、それにバーテンひとりの店である。

最初は、順調だったが、不景気が、祇園にもひびいて、客足が遠のき、最近は、青息吐息の状態だった。借金も増えている。

「実は、僕の友だちが、京都へ行った時、祇園で飲んで、君の噂《うわさ》を聞いたんだよ」

と、井村がいった。

「そうなの」

「あんまり、お店のほうが、上手くいっていないということも聞いたんだが」

「不景気だから、仕方がないんだけど、ちょっと、苦しいのよ。だから、休みだからといって、のんびりしていられないの」

「僕は、君に、ずいぶん、迷惑をかけたから、一千万くらいの金なら、融通してもいいよ」

「本当?」

急に、尚子の声が、大きくなった。

店を続けていくのに、さしあたって、一千万円近い金が必要で、心当たりを当たっているのだが、なかなか出来ずに、弱っていたところだったからである。

「本当だよ。君にかけた迷惑を考えれば、一千万ぐらい、どうということはないさ。幸い、僕も、この頃は仕事のほうも上手くいってるんでね。そのくらいの金なら、用立てられるんだ。どうだね？　そんな話もしたいし、京都の駅の近くまで、出てこないか？」

「いいわ」

と、尚子は、肯《うなず》いた。

三年ぶりに会った井村は、前より太《ふと》って、貫禄《かんろく》がついたように見えた。尚子が結婚した頃の井村は、ただ精悍《せいかん》なだけで、猪突《ちょとつ》猛進するところがあったが、今は、どっしりと、落ち着いて見える。

井村は、この三年間の尚子のことを、よく知っているようだが、彼女のほうは、別れてからの井村の生活について、まったく知らなかった。知りたいとも思わなかったし、女ひとりの生活に追われていたこともある。

京都駅前に出来た地下街《ポルタ》の名店街で食事をしたあと、井村は、あっさりと、五百万円の小切手を切って、尚子に渡した。

「よかったら、使ってくれないか」

「なぜ、私に、こんな大金を——？」

「電話でもいったけど、昔、君に迷惑をかけたことへのお詫《わ》びかな」

「でも、こんな大金を、ただ、貸して頂くわけにはいかないわ。もちろん、利子は、払いますけど」

「その五百万円は、君にあげるんだ。それで足《た》りなければ、あと五百万、あげてもいい」

「条件は？　何の条件もなしに、頂くわけにはいかないわ」

「僕と旅行してくれればいい」

「旅行？」

「そうだ。僕たちは、山陰の出雲《いずも》大社で、結婚式をあげた。覚えているだろう？　もう一度、君と、出雲大社へ行き、山陰を旅行したいんだ。もし、一緒に行ってくれる気になったら、明日の朝、九時十分までに、京都駅の烏丸口《からすまぐち》に来てくれないか」

2

翌月曜日の朝を迎えても、尚子は、決心がつきかねていた。

井村の気持を、はかりかねたからである。

七年前、二人は、わざわざ、出雲大社まで行って、式をあげ、山陰を、新婚旅行した。

しかし、すでに、それから、七年の歳月がすぎている。別れてからも、三年たち、その間、尚子は、水商売に手を染めて苦労してきた。別れた女に、五百万円もの大金をくれるような男が、いるとは考えられなくなっている。

それに、昨日は日曜日だから、銀行に問い合わせることが出来なかった。ひょっとすると、この小切手は、不渡りかもしれないとも考えた。

不渡りの五百万円の小切手を切って、ちょっと、昔の女をからかったのかもわからない。

九時になった。

尚子は、東京の銀行に、電話をかけてみた。賭《か》けでもするような気持で、井村の名前をいってみると、五百万円の小切手は、有効だという返事が戻ってきた。

「井村さまなら、いつも、ごひいきにして頂いております」

と、行員が、いい添えた。

それで、尚子は、井村と一緒に、山陰へ行く決心がついた。

もともと、憎み合って、別れたわけではない。面白い男なのだが、一か八かの生活や、借金がなくなれば、別に嫌う理由はなかった。

何よりも、五百万円とまとまった金が入るのが嬉《うれ》しかった。これで、花見小路の店を手放さずにすむ。

尚子は、あわてて、マンションを出て、タクシーを拾って、京都駅に向かった。

尚子の住む五条河原町のマンションからは、五、六分で着く。

井村は、先にきて、待っていた。

「よくきてくれたね」

井村は、満面に笑みを浮かべて、尚子を迎えた。

「本当に、出雲大社に行くの？」

「もちろんだよ。切符も、ちゃんと買ってあるんだ。二十分の発車だから、もう入らないと」

井村は、出雲大社駅までの切符を尚子に渡し、手を引っ張るようにして、改札口を入った。

この時刻に、出雲まで行く適当な列車はない。山陰本線は、電化されていないうえに、単線なので、本数が少ないのである。

九時二〇分京都発の特急「あさしお3号」に乗った。これは、途中の倉吉《くらよし》行である。グリーン車に並んで腰を下ろした。まだ、学校の夏休みが始まらないせいか、九時二〇分発という早い列車のせいか、車内は、がらがらだった。

井村は、ボストンバッグの中から、みかんを取り出して、その一つを、尚子に渡した。

「京都駅で、君を待っている間に買ったんだ。確か、君は、みかんが好きだったと思ってね」

「ありがとう」

井村は、変わったなと、尚子は思った。

井村は、明るい男だったし、やり手だったが、自分中心の男でもあった。みかん一つにしても、自分が食べたくなければ、相手のことは関係なく、決して、買ったりしない男だった。

三年間、会わないうちに、井村にも、他人への思いやりが出てきたのだろうか。

「今、何をしていらっしゃるの？」

と、尚子は、みかんをむきながら、きいてみた。

「相変わらず、プロデューサーの仕事をしているんだ」

と、井村は、笑ってから、

「だが、昔みたいに、大きなことばかり狙《ねら》ってはいないよ。地道にというのも僕みたいな仕事ではおかしいんだが、堅実にといったらいいかな。社員は僅《わず》かだが、会社組織にして、やっている。今のところ成功していてね、銀行にも、信用されるようになった」

「そうみたいね」

「なぜ、知ってるの？」

「ごめんなさい。今朝、あの小切手が不渡りじゃないかと思って、銀行に電話してみたの。そしたら、銀行は、あなたを信用していたわ。本当に、ごめんなさい」

「あやまることはないよ。君と別れる頃の僕は、不渡り手形を乱発していて、誰にも信用がなかったからね」

そんな反省の仕方も、昔の井村にはないことだった。三年間の苦労が、井村を、いい意味で、大人にしたのだろう。

「一度、君の店で飲んでみたいね」

と、井村がいう。

「小さなお店よ」

「君が、水商売に入ったと聞いた時は、びっくりしたね。僕は、君が、京都の旧家のお嬢さんとばかり思っていたからね」

「あなたとの四年間で、強い女になったのかしら。あなたと別れて、京都に帰った時は、生きるために、何でもやる気だったわ。とにかく、お金が、ほとんどなかったし――」

「君は、本当は、強い女だったんだな」

「さあ、それは、どうかしら。一生懸命にやったんだけど、結局は、素人《しろうと》なのね。借金をこしらえて、あなたに、助けてもらうことになってしまったもの」

「その代わり、こうして、一緒に、思い出の山陰に行ってもらっている。これで、十分だよ」

「本当に？」

「ああ、本当だとも」

井村は、嬉しそうにいった。

五百万円をくれるというが、尚子は、もらうつもりはない。あくまでも、借りるだけのつもりだった。

それでも、ぽんと、何の担保もとらずに、五百万円もの大金を貸してくれて、その代償が、一緒に、山陰を旅行するだけだというのは、寛大すぎるような気がするのだ。

（まだ、井村は、私に未練があるのだろうか？）

ふと、そんなことを考えた。

そう考えると、悪い気はしなかった。

尚子は、今、ちょうど三十歳である。二十三歳で、井村と結婚したのだが、当時の尚子は、言葉どおりの箱入り娘で、彼も、そこに魅力を感じたようだった。

井村と別れて、水商売に入ってから、自分でも、変わったのがわかった。昔から、尚子を知っている友人は、やっと、大人の魅力が出てきたねという。

井村も、今の尚子に、新しい魅力を感じているのかもしれない。

尚子は、腕時計に眼をやった。

間もなく、十時になる。列車は、まだ園部を通過したばかりである。出雲大社に着くのは、夕方だろう。

当然、一泊することになる。その時、井村が、抱きたいといったら、どうしようか。

と、そこまで考えて、何となく、おかしくなって、尚子は、井村の視線の外で、苦笑してしまった。

三年間、花見小路で店をやっている間、関係の出来た男がいなかったわけではない。

K大の若い助教授の客とホテルへ行ったこともあるし、西陣のぼんぼんと寝たこともある。金のために、やむを得ずなどとはいわない。寂しさから、彼女が誘ったこともある。

今さら、井村に求められたからといって、悩むのもおかしいのだが、一瞬でも、どうしようかと考えたのは、二人の新婚旅行の地へ行くことに、やはり、感傷的な気分になっているからだろう。

城崎《きのさき》には、十二時ちょうどに着いた。

3

大阪発九時五〇分、大社・浜田行の「だいせん1号」は、福知山経由で、福知山から山陰本線に入ってくる。

「だいせん1号」の福知山着が、一二時、城崎着が一三時二一分である。

その「だいせん1号」に乗りかえるまでに、一時間以上ある。

尚子と井村は、城崎で途中下車して、昼食をとった。

食事のあと、ひと休みしてから、二人は「だいせん1号」に乗った。

この列車は、浜田行だが、一部が切り離されて、出雲市駅から、大社駅に向かう。終着、大社駅に着いたのは、一七時五七分である。

まだ、周囲は、明るかった。

出雲大社に似せて造られた駅を出ると、駅前で、タクシーを拾い、まず、大社に行ってもらった。

夕映えの中に、雄大な社《やしろ》の屋根が、浮かびあがり、いやでも、尚子に、七年前、ここで、井村と結婚式をあげた時のことを思い出させた。

出雲大社は、色彩のない社である。色彩を拒否したところに、荘厳《そうごん》さが生まれている。

二人が挙式した結婚式場は、今でもあった。

タクシーに待っていてもらって、尚子は、井村と、夕暮れの中を、歩いた。

社の周囲の山々の青葉が、燃えるようだった。むせかえるような青葉の匂いだった。

ふいに、真っ赤な衣裳をつけた若い巫女《みこ》が二人、笑いながら、尚子たちの前を走り去っていった。きっと、一日のお勤めを終わったところなのだろう。

「ここで、再婚の式をあげてはいけないのかな」

と、井村は、冗談のような、真面目なような、どちらともとれる口調でいった。

「再婚の話が、おありなの？」

「君のほうは、どうなんだ？」

「私は、お店がどうなるかで、必死なところですもの。浮いた話なんかあるはずがないわ」

「そりゃあ、よかった」

「何が？」

わかっていて、きくのも、何となく楽しかった。

井村は、微笑しただけだったが、車に戻ってから、

「あの時と同じように、今日は、松江に泊まりたいね。同じホテルを予約しておいたんだよ。もちろん、行ってくれるね」

と、いった。

タクシーは、宍道湖《しんじこ》の湖岸を、松江に向かって走った。

七年前と、同じ道であった。窓の外に広がる景色も、ほとんど変わっていない。山陰地方は、それだけ発展がおくれているということなのだろうが、家々を強風から守る松の防風林や、夕焼けの宍道湖を眺めていると、七年の空白が、一瞬のうちに消えてしまったような錯覚に落ちていった。

松江では、一番大きいというIホテルに泊まった。

井村のいったように、七年前の新婚旅行《ハネムーン》の時にも泊まったホテルである。

井村は、当然のように、ダブルの部屋を予約していた。

尚子は、別に反対もせず、井村が、宿泊カードに「井村正義、妻尚子」と書き込むのを、微笑しながら見守っていた。まるで、子供が、悪戯描きを楽しんでいるように見えたからだった。

部屋にいると、窓から、宍道湖の夜景が見えた。

ホテルの外に、湖をめぐる遊歩道がある。その歩道に沿って、街路灯が、点《とも》り、その灯《あかり》が、宍道湖に映《は》えている。若いアベックが、肩を抱き合うようにして、遊歩道を歩いている。

「この部屋も、あの時と同じ部屋なんだよ。予約したら、運よく同じ部屋がとれてね」

井村が、背後《うしろ》から、そっと、尚子の肩を抱くようにして、ささやいた。

尚子が、ふり向くと、自然に唇が重ね合わされてきた。

4

尚子は、快いけだるさの中で、眼をさました。

部厚いカーテンの隙間《すきま》から、夏の太陽が、差し込んでいる。

バスルームから、シャワーの音が聞こえた。

「もう起きたの？」

「八時だよ、もう。朝食もきている」

「え？　八時？」

尚子は、あわてて、ベッドから起き上がった。腕時計を見ると、井村のいうとおり、八時を過ぎていた。

顔を洗い、手早く、化粧をして、次の間に行くと、ルームサービスで、朝食が、運ばれてきていた。

「旅へ出たのは、本当に久しぶりだわ」

と、尚子は、はずんだ声でいった。

「ご機嫌うるわしくて、何より」

と、井村は、おどけていったが、急に、きまじめな顔になって、

「どうかな。こんな場所でいうのも何だけど、僕も、やもめ暮らしだし、君も、幸い、まだひとりだということだから」

「――」

「お金のことで、二度と、君に苦労をかけることはないと思うよ。僕も、三年間、ひとりで暮らしてみて、君の素晴らしさを再認識したんだ。君だって、再婚を考えないわけじゃないだろう？」

「急にいわれても――」

と、尚子は、いった。

正直にいえば、ひょっとして、井村の口から、再婚の話が出るのではないかという気もしていたのである。

だが、いざ、いわれてみると、どう返事してよいかわからなくなった。

嬉しくないといえば、嘘《うそ》になる。それに、今の井村は、安定した生活を送っているようだ。

困っている尚子に、無条件で、五百万円の大金を融通してくれる優しさも持っている。

結婚の相手としたら、申し分ない異性といえるかもしれない。年齢《とし》とともに、貫禄もついてきたし、男ぶりも悪くはない。

だが、すぐに、イエスといえないのは、やはり、結婚して四年目に破局という傷のためだろう。

井村は、そんな尚子の気持を、敏感に、察したとみえて、

「君が、ためらう気持もよくわかる。当然かもしれない」

「少し、考えさせてくださらない？」

「いいとも。ただ、僕は、来週、アメリカに行って、半年ばかり、向こうにいるんでね」

「アメリカに？　そうなの」

「だから、出来れば、今度の旅行のうちに、返事をもらえたらと思ったんだ」

「私だって、あなたが嫌いじゃないけど——」

「そうだ」

と、井村は、急に、膝《ひざ》を叩くような感じで、

「再婚列車というのがあるのを知っているかい？」

「再婚列車？　そんな列車があるの？」

尚子が、笑いながら、きいた。冗談だと思ったのだ。

だが、井村は、まじめな顔で、

「それがあるんだよ。山陰本線を走っている列車でね。ちょっと待ってくれよ」

と、いい、ボストンバッグの中から、時刻表を取り出すと、ぱらぱら、ページをくっていった。

「再婚列車なんて名前は、聞いたことないけど――」

「それがあるのさ。ああ、これさ」

と、井村は、山陰本線の「下り」のページを、彼女に見せた。

井村の指先が、押えているところを見ると、

「さんべ3号」

という字が読めた。

「これが、再婚列車なの？」

「そうなんだ」

「どうしてなの？」

「よく、途中まで連結して走ってきて、そこから、切り離して、別の線区を走る列車のことは、知っているだろう？」

「それは知ってるわ。山陰本線を走るブルートレインの『出雲3号』は、名古屋まで十四両できて、そこから、前部の八両が山陰本線を出雲市まで行き、後部の六両は、切り離されて、紀勢《きせい》本線を、紀伊勝浦まで行くわ。そういう列車のことでしょう？」

「そのとおり。ただ、この『さんべ3号』の場合は、ちょっと違うんだ。この列車は、鳥取から博多まで、山陰本線を走る急行なんだが、途中の長門《ながと》市で、いったん切り離されて、山陰本線と、美祢《みね》線の二手に分かれる。面白いのは、この先で、下関で、また一緒になって、博多まで行くんだよ」

「いったん分かれて、また、一緒になるから再婚列車なの？」

「そう。われても末に、会わんとぞ思うというやつさ。日本の列車の中で、この『さんべ3号』だけが、いったん分かれて、そのあとで、また、元の鞘《さや》に納まるんだ」

「面白い列車ね」

「どうだい？　この列車に乗ってみないか？」

「今から、間に合うの？」

「鳥取発八時二六分で、松江は、一〇時三三分発だから、ゆっくり間に合うよ。今いったように、長門市で分かれて、下関でまた一緒になるんだが、その間、一時間半ぐらいの時間がある。どうだろう？　これから、この再婚列車に乗って、長門市まで、一緒に行き、ここで、別れ別れに、僕たちもなる。そして、一時間半後に、列車が、また合体した時、君の返事をもらうというのは。再婚のことを考えるには、もっともふさわしい、列車じゃないかと思うんだがね」

「一時間半で、結論が出なかったら？」

「その時は、その時でいいさ。それでも、楽しい旅行にはなると思うんだけどね」

（再婚列車か――）

面白いなと、尚子は、思った。ユーモアがあって、楽しそうだ。

「いいわ。その再婚列車に乗りましょうよ」

と、尚子は、賛成した。

5

松江の駅には、十時少し前に着いてしまった。

問題の再婚列車「さんべ3号」が着くまでには、まだ三十分ある。

井村が、博多までの切符を買ってくれている間、尚子は、駅の構内の土産物《みやげもの》店を歩いてみた。

日本海に面した松江だけに、海産物の土産物が圧倒的に多い。カニは、冬が美味《うま》いといわれるが、夏の今も、いろいろな形で、土産物になっている。酒の肴《さかな》も多い。

そんな土産物を、あれこれ、ひやかして歩くのは、楽しかった。店の切り回しや、借金の返済に追われていた時には、忘れてしまっていた楽しみだった。

店のホステスたちに、土産を買う気になって、土産物店の女店員に声をかけた時、尚子は、ふと、自分が、誰かに見られているような気がした。

女店員に、金を払い、品物を受け取りながら、尚子は、小柄な女店員の肩越しに、視線を走らせた。

柱のかげに、中年の男がいた。

四十歳ぐらいの、背の高い男である。尚子と視線が合うと、ふっと、柱のかげから出て、背を見せて歩き出した。

尚子の知らない男だった。

「ありがとうございます」

と、いう女店員の声に送られて、その店を出た時には、中年男の姿は、どこかに消えてしまった。

改札口のところに行くと、井村が、切符を渡してくれた。

さっきの中年男の姿は、どこにも見えない。

(見られていると思ったのは、気のせいだったのだろうか?)

だが、その男は、尚子と視線が合ったとたんに、柱のかげから歩き去ったのである。

あれは、どう考えても、偶然とは思えないのだが。

「どうかしたの?」

と、井村が、改札口を通りながら、尚子にきいた。

「誰かが、私を見つめていたと思ったんですけど」

「君をね」

と、井村は、じっと、尚子を見て、

「君は美しく魅力的だから、たいていの男が見とれるよ」

「私は、もう年齢《とし》だわ」

「君は、前よりも、ずっと魅力的になっているよ。もちろん、昔だって、美しかったさ。だが、どこか硬かった。だが、今は、本当の女の美しさに輝やいている。だからこそ、僕だって、惚《ほ》れ直したんだ。他の男が、君に見とれたって、別に不思議はないさ」


井村の言葉は、お世辞と思っても、楽しく、尚子の心をくすぐった。

ホームに出た時には、背の高い中年男のことは、忘れてしまっていた。

「さんべ3号」は、予定より二分ほどおくれて、松江に着いた。

七両連結の気動車である。

赤とだいだい色に塗りわけられた車体が、ところどころ、煤《すす》けたようになっているのは、ディーゼルエンジンの排気のせいだろう。

七両のうちの前四両には「鳥取－博多（美祢線経由）」の表示板がつき、後の三両には、「鳥取－博多（山陰本線経由）」がついていた。

つまり、前の四両が、長門市から分かれて、美祢線に入るわけである。

三両目が、グリーン車だった。

たった七両のうちの一両に、グリーン車があるというのは、ぜいたくな感じだが、二人は、そのグリーン車に、並んで腰を下ろした。

「今は、特急時代だが、たまには、急行の旅もいいと思ってね」

と、井村は、いった。

「さんべって、面白い名前だけど、どんな意味かしら？」

尚子は、走り出した車内で、井村にきいた。

「僕もよく知らないんだが、山陰地方の山の名前らしいね」

「三瓶《さんべ》山？」

「そうなんだろうね」

井村の言葉は、あまり自信がなさそうだった。

井村が、特急時代の急行といったように「さんべ3号」は、五時間近くかけて、長門市に着いた。

ここで、前の四両と、後の三両が切り離される。

そのため、長門市駅には、数分間停車する。

「君は、このグリーン車で行きたまえ。僕は後の三両のほうに移る」

と、井村がいった。

「後の三両に、グリーン車はついていなかったわ」

「ああ、昔なつかしい四人掛けの座席の普通車だよ」

「それじゃあ、私が、そっちへ乗るわ」

「いいから、いいから」

と、井村は、笑って、

「君は、急に僕が呼び出したんで、疲れているだろうから、グリーン車で、少し眠るといい」

「そういわれると、ちょっと眠いわ」

「そんな感じだよ。それから、これ」

と、井村は、白い封筒を差し出した。

「なあに？」

「何年ぶりかに、君に書いたラブレターかな」

井村は、照れたように笑った。

そういえば、その白い封筒には、松江のホテルの名前が、小さく刷り込んである。あのホテルで、尚子が眠っている間に、書いたものだろうか。

「私も、何年ぶりかにもらったラブレターだわ」

と、尚子がいった。

「そろそろ、美祢線回りのほうが発車するよ。君は、もう乗りたまえ」

井村にいわれて、尚子は、ホームから、グリーン車に乗った。

「僕も、山陰本線回りに乗る。じゃあ、下関での再会を楽しみにしているよ」

と、井村はいい、ホームの後部のほうに歩いていった。

第二章　グリーン車の客

1

美祢線回りの「さんべ3号」は、一五時三六分に、長門市駅を出発した。

美祢線は、長門市から、山口県の中央部を北から南へ抜けて、厚狭《あさ》まで行く。ここからは、山陽本線に入って、下関へ走る。

急行と名がついていても、ゆっくりした走り方で、長門市から厚狭まで四十六キロを、一時間かける。

尚子は、井村のくれたラブレターを読みたかったが、疲れたのか、ひどく眠くて、手紙を膝の上にのせたまま、いつの間にか、眠ってしまった。

「さんべ3号」ののんびりした走り方が、眠りを誘ったということもあったのかもしれない。

眼をさました時、列車は、すでに、美祢線から、山陽本線に入っていた。

まだ、何となく眠い。

眼をこすりながら、洗面所へ行こうと立ち上がった。

が、その時になって、井村にもらったラブレターが、膝の上から消えているのに気がついた。

眠っているうちに、床に落ちたのだろうと、足元を探してみたが、見つからなかった。

（どこへ行ってしまったのだろうか？）

まさか、ラブレターに足が生《は》えて、歩き出すはずもない。

（困ったな）

と、思いながら、尚子は、とにかく、顔を洗って、すっきりしてから、もう一度、探してみようと、席を立って、洗面所のほうへ歩いていった。

グリーン車は、空《す》いていて、まばらな客しかいなかった。

うしろのほうの席に、一人の男が腰を下ろしていて、その膝の上に、白い封筒がのっているのが、眼に入った。

男は、顔を伏せるようにして、眠っている。

（私のラブレターじゃないかしら？）

尚子は、思わず、立ち止まって、男の膝の上の白い封筒を見つめてしまった。

松江のホテルの名前が入った封筒である。

井村のくれたラブレターに間違いなかった。

なぜ、それが、見知らぬ男の膝の上にのっているのだろうかと考えているうちに、
尚子は、無性に腹が立ってきた。

（きっと、この男は、私が膝の上に手紙をのせて眠っているのを見て、面白半分に、持ち去って、読んだに違いない）

と、考えたからである。

どちらかといえば、気の強いほうである。三年間の水商売で、男との口論にもなれている。

窓際に座っている男に向かって、

「ちょっと。その手紙は、私のですよ。返してください」

と、強い声でいい、手を伸ばして、膝の上の手紙を取りあげた。

その瞬間、男の身体が、ぐらりとゆれて、シートから落ちて、床に転がった。

仰向《あおむ》けになったその顔は、血の気がなく、かたく閉じた口元から、血が流れ出て、それが、すでに、赤黒くかたまっていた。

松江で、尚子を見つめていた男だった。

思わず、尚子は、甲高《かんだか》い悲鳴をあげていた。

2

グリーン車の中が、騒然となった。

まばらな乗客が、集まってきた。車掌が、飛んできた。

「皆さん、退《さが》ってください！」

と、車掌の山下は、大声でいってから、屈《かが》み込んで、仰向けに倒れたまま動かない男を、のぞき込んだ。

別に、山下車掌は、応急手当ての講習を受けたわけでもなく、死人を見たこともないが、この乗客は、もう、事切れていると思った。

（とにかく、次の駅で、警察に知らせなければ）

と、考えた。

間もなく、新下関である。

ここには、一分間しか停車しないが、山下車掌は、運転士に連絡してから、駅の公安室に走った。

公安官二人が血相を変えて「さんべ3号」のグリーン車に飛び込んできた。

大柄な公安官が車内に入ってきて、一層、重苦しい空気になった。

三十五、六歳に見える公安官は、同僚の若いほうと小声で相談していたが、死体を、ホームにおろしてから、また、車内に戻ってきて、

「最初に、死んでいるのに気がついた人は、誰ですか？」

と、グリーン車内の乗客の顔を見回した。

山下車掌が「あの方が」と、尚子を、指さした。

尚子は、まだ、蒼《あお》い顔をしている。

指さされて、はっとしながらも、とっさに、手紙のことは、いうまいと、決心した。別れた夫から、ラブレターをもらい、それが、見知らぬ男の膝の上にのっていたなどという話を、公安官が、信じてくれるとは、思えなかったからである。

「トイレに行こうと、通路を、ここまで歩いてきたら、あの男の人が、変な格好で、座っていらっしゃったんです。病気かなと思って、声をかけながら、軽く、肩に手を

触れたら、急に、倒れてしまって――」

「お知り合いですか？」

「ぜんぜん、知らない方です」

「あなたのお名前を、おききしたいんですがね。これは、規則なので」

「構いませんわ」

尚子は、自分の名前と住所を、公安官に伝えた。

「京都の方ですか」

と、公安官は、ほうという表情をしてから、

「お一人で、旅行ですか？」

「ええ」

尚子は、嘘をついた。井村のことをいえば、また、いろいろときかれるだろうと思ったからである。

面倒なことに巻き込まれるのは嫌だった。

それでも、公安官は、どこまで行くのかとか、旅行の目的は、何かなどと、しつこく質問し、彼女の答えを、手帳に書き留めていった。

尚子への質問が終わると、公安官は、次に、グリーン車の少ない乗客全員の住所と

名前を、きいて回った。

(公安官は、殺人事件と思っているのかしら)

と、尚子は、思った。そうでなければ、同じ車内の乗客全員の名前と住所をきいたりはしないだろう。

(困ったことになったな)

と、尚子は、改めて、暗い気分になった。

殺人事件と決まったら、自分が、まっ先に疑われるだろうと思ったからである。

事件のために「さんべ3号」の発車は、大幅におくれた。

二十分近くおくれてから、列車は、新下関を出発した。

山陰本線を回った「さんべ3号」は、予定どおり、一七時一七分に下関に到着していた。時刻表どおりでも、美祢線回りのほうは、三分おくれの一七時二〇分に着くことになっていたから、二十三分おくれになった。

再び、車両が連結されると、井村が、通路を歩いて、グリーン車にやってきた。

「ずいぶんおくれたけど、途中で、事故でもあったの?」

と、井村が、きいた。

尚子は、車内で起きた事件のことを小声で話した。

が、話しているうちに、ふいに、涙が出てきてしまった。井村に会って、ほっとしたせいかもしれない。

「そいつは、大変な目にあったね」

「おまけに、松江で、私を見ていた男の人だったから、気持が悪くて」

「わかるよ。しかし、なぜ、あの手紙を、その男が持っていたのかな？」

「私にも、わからないわ。いたずら半分で、持っていったんだと思うんだけど」

「そうかもしれないね。男というのは、美人の持っている日記だとか、手紙だとかに、興味を持つものだからね。松江駅で、君に見とれていたんなら、なおさらだ」

「私、どうしたらいいかしら？」

「別に、どうする必要もないさ。君は、その男が死んだことと無関係なんだから、平気でいればいいよ」

「でも、手紙のことで、公安官に嘘をついてしまったわ」

「構わないさ」

と、井村は、こともなげにいってから、

「そんな表情だと、僕の手紙は、まだ読んでないわけだね？」

「ごめんなさい。まだ、この手紙を持っていていい？」

「もちろんさ。もともと、君に読んでもらおうと思って書いた手紙なんだから」

と、井村は、微笑した。

連結が終わり、元どおりの七両編成に戻った「さんべ3号」は、一七時五〇分、定刻より二十二分おくれて、下関を発車して、博多に向かった。

尚子は、手紙に眼を通した。

井村は、照れ臭そうに、横を向いて、煙草を吸っている。

〈君の可愛らしい寝顔を見ながら、この手紙を書いている。君になら、どんなことでも書けそうな気がする。僕には、君が必要なんだ。君の助けが必要なんだ。――〉

3

「カメさん。ちょっときてくれ」

警視庁捜査一課で、十津川警部が、部下の亀井刑事を呼んだ。

「山口県警から、協力要請があった。君に頼むよ」

「どんな事件ですか?」

「今日の午後、山陽本線の新下関近くを走っていた急行列車の中で、男がひとり、毒死した。殺人の可能性が強いらしい。その男なんだが――」

と、十津川は、メモに眼をやって、

「名前は、木元謙一郎。住所は、新宿区左門町のHマンション五〇二号室となっている」

「どんな男か、調べてきましょう」

亀井は、そのメモを受け取って、警視庁を出た。

夜に入っても、三十度を超す暑さが続いている。熱帯夜である。

東北出身の亀井は、東京の暑さが苦手《にがて》である。これから、二カ月は、その苦手な夏が続く。

地下鉄を四谷三丁目で降りて、夜の暑さの中を、汗を拭《ふ》きながら、亀井は、国鉄の信濃町《しなのまち》駅のほうに歩いていった。

Hマンションは、すぐわかった。

五階にあがっていくと「木元探偵事務所」という大きな看板がかかっていた。

ベルを押してみたが、応答はなかった。

木元という男は、ひとり者だったのだろうかと考えながら、亀井は、エレベーターで、一階に降り、管理人に会った。

山口での事件は、夕刊には出ていなかったが、テレビのニュースには出たはずだが、中年の陽気な管理人は、木元の死んだことは知らなかった。

「へえ。あの木元さんが死んだんですか」

管理人は、別段、悲しみの色も見せなかった。

「それで、部屋を見せてもらいたいんだがね」

と、亀井が、いった。

「いいですとも」

「木元という人は、ひとり者だったのかね？」

再び、エレベーターで五階にあがりながら、亀井がきいた。

「三年前に、離婚したとかいってましたね」

「やもめ暮らしか」

「ちょっと変わった人でしたからねえ。なかなか、再婚できなかったんじゃないですか」

「どう変わってたのかね？」

「うまくいえませんが、気分屋さんでね。今日は、機嫌よくあいさつしたかと思うと、次の日は、そっぽを向くみたいなところがありましたね。このマンションでも、近所づき合いはしてなかったみたいですよ」

エレベーターを降りて、五〇二号室へ行く。

「この看板は、何なのかね？」

と、亀井は、看板を叩いた。

「何やってるんですかって、きいてみたことが、ありますよ」

と、管理人は、マスターキーで、がちゃがちゃやりながら、亀井にいった。

「それで、何だって？」

「ハイエナみたいな仕事だが、時には、大金が手に入るっていってましたよ。ハイエナってのは、腐った肉でも食べるってやつでしょう？」

「ハイエナねえ」

亀井は、管理人の開けてくれたドアから、五〇二号室に入った。

１ＬＤＫといった間取りだが、十二畳ぐらいある居間のほうは、事務所代わりになっていて、奥の六畳の和室には、いかにも、男やもめの部屋らしく、布団が敷きっ放しになっていて、その上に、下着が散らばっている。

（女がいる感じはないいな）

と、亀井は思った。

居間兼事務所を、調べてみた。

大きな机と、ロッカーがある。それに、客用のソファ。

ハイエナみたいなという言葉で、木元が何をしていたか、亀井には、およその想像がついた。時には、大金が手に入ることもあったというが、それが、命取りになったのかもしれない。

机の引出しに入っていた鍵で、ロッカーをあけた。

案の定「調査報告書」なるものが、何通か入っていた。

亀井は、ソファに腰を下ろして、八通ばかりあった調査報告書に、眼を通した。

写しになっているから、正《せい》のほうは、依頼人に渡っているはずである。

人妻の浮気の調査報告書もあったし、逆に、夫の素行を調べたものもある。

ある会社の信用調査もある。

もっとも、大会社の調査は、こんな一匹狼には頼むまい。内容を読むと、やはり、小さな会社のようだった。

「入口の看板は、いつ頃からかけていたのかね？」

と、亀井は、管理人にきいた。

管理人は、じろじろ、亀井のやることを眺めていたが、

「ここに越してみえた時からですよ」

「何年前？」

「三年前です」

「じゃあ、奥さんと別れて、ここに引っ越してきたのかね？」

「そうですよ。あの時は、別れて、せいせいしたなんて、強がりをいってましたがねえ。私の睨《にら》んだところじゃあ、大いに未練があるみたいでしたよ。なかなか、きれいな人で、銀座でホステスをしているとかいってましたから」

「三年間ねえ」

三年間で、八通の調査報告書というのは、少なすぎはしまいか。

素行調査などを、いくらで請け負っていたのかわからないが、たとえ、百万円貰ったとしても、三年間で、わずか八件の仕事では、生活していけないだろう。

亀井は、不審を感じると、徹底的に調べなければ、気がすまない性格である。事件が、山口県警の依頼でも、それは、変わらない。

ロッカーの引出しを全部あけてみたが、他に調査報告書の類《たぐい》は、見当たらなかった。

次は、机の引出しである。ロッカーの鍵以外に、何かあるかもしれないと思い、一

つずつ、調べていった。

真ん中に、大きな引出しがあり、右の袖に小さな引出しが、たてに五つ並んでいる。

一番下の引出しには、鍵がかかっていた。

管理人に、ドライバーを借りて、むりに、こじ開けた。

手帳が、一冊だけ入っていた。

4

部厚い手帳だが、ぎっしり書き込みがある。

一件ずつ、依頼された調査が、簡単に記されている。

全部で、三十六件だった。

やはり、八件だけではなかったのだ。

面白いのは、一つ一つの調査に、二重丸や三角や、×印がついていることだった。

亀井は、調査報告書のあった八件を、手帳の中から、拾い出してみた。

（なるほどな）

と、亀井は、思った。

手帳の中で、×印のついた調査報告書だけが、ロッカーに残っていたからである。

二重丸や、三角の印のついたものは、調査報告書が、残っていないのだ。

亀井には、二重丸や、三角の意味が、だいたい呑み込めてきた。

私立探偵というのは、客から依頼を受けて、調査をする。

Aという男から、妻の素行調査を頼まれた場合、浮気の現場を写真に撮り、報告書に添えて客に渡せば、それで仕事は終わる。

だが、これでは、規定料金しか貰えない。

もっと、金にしようと思えばどうするか。

答えは、子供でもわかる。奥さんと、彼女の浮気の相手を、ゆするのである。口止め料として、金を貰い、調査を依頼してきたAには、奥さんは、浮気はしていないという嘘の報告書を渡す。

木元も、それをやっていたらしい。

二重丸がついているのは、ゆすれば金になりそうだということだろうし、三角は、可能性ありの印ではないのか。

そして、×印は、どう脅しても、金にはなりそうにないと、木元が判断したものだろうし、だからこそ、×印の報告書だけが、残ってしまったのだ。

亀井は、手帳と、八通の調査報告書を持って、警視庁に帰った。

十津川は、その報告を聞くと、

「山口県警には、君が、伝えてくれ。電話で依頼してきたのは、捜査一課長の島田さんだが、捜査に当たっているのは、外山《とやま》という部長刑事らしい」

と、亀井にいった。

亀井は、外山部長刑事に、電話をかけた。

「この手帳と、調査報告書は、すぐ、そちらに送ります」

「ありがとうございます」

と、山口県警の外山は、几帳面に礼をいってから、

「電話で悪いんですが、手帳にある名前を、いってくれませんか」

「容疑者がいるんですか?」

「木元謙一郎が死んでいたのは『さんべ3号』のグリーン車でなんですが、その時、グリーン車には、他に十二名の乗客がいましてね。その名前は、全部、書き留めてあるので、それと、照合して、みたいんです」

「わかりました」

亀井は、三十六件の調査に出てくる名前を、ひとりひとり、あげていった。

「どうですか？　一致した名前がありましたか？」

「いや、残念ながら、ありませんでした」

電話口の外山の声は、いかにも、口惜《くや》しそうだった。

「使われた毒の種類は、わかったんですか？」

と、亀井がきいた。

「青酸カリです」

「どうやって、飲んだのかということは、わかりましたか？」

「問題は、それなんですが、被害者が倒れていたあたりには、ビールや、コーラの空缶などは、一つもありませんでね。そこで、問題の列車を、くまなく調べてみました。そうしたところ、グリーン車に近いくず物入れに、ビールやコーラの空缶が、八個ばかり投げ込んでありましてね。それを、一つずつ、調べてみたところ、缶ビールの空缶の中に、青酸反応がありました。恐らく、犯人が、青酸カリを入れたビールを、木元に飲ませたものと思われます」

「死人が、その空缶を捨てにいくはずがないから、犯人が捨てたと考えていいでしょうね。その空缶から、指紋は、検出されませんでしたか？　特定の人間の指紋が」

「それが、犯人が拭き取ったらしく、ぜんぜん、検出されないんですよ。しかし、これで、犯人も、同じ列車に乗っていたに違いないと、再確認しました」
どうやら、山口県警は、被害者木元謙一郎を毒殺した犯人は、同じ列車に乗ってい
たと考えているらしい。
電話のあと、亀井は、手帳と、調査報告書を、山口県警に送る手続きをした。
それきり、亀井も、十津川も、この事件を忘れてしまった。
彼らが、解決しなければならない血なまぐさい事件が、連夜のように起きていたか
らである。「急行さんべ3号内毒殺事件」が、とうとう、迷宮《おみや》入りしたと知ったのは、
八月中旬になってからだった。
その時も、十津川たちは、都内で起きた連続殺人事件の捜査に追われていた。

第三章　アリバイ工作

1

もし、十津川の部下に、二十六歳の若い西本刑事がいなかったら、彼も、亀井も、二度と、山口県の事件に関心は持たなかったろう。

西本は、刑事になって、まだ、一年である。

十津川や、亀井の若い頃といえば、刑事の仕事が、即、趣味みたいなものだった。それに、読書といえば、精神修養書みたいなものが多く、音楽は、たいてい、演歌だった。

亀井は、今でも、演歌か、民謡しか聞く気がしない。

何となく、一つの刑事像みたいなものがあって、誰もが、それを目ざしていたものだったが、最近は、ずいぶん、変わってきた。

ニューミュージックが趣味という刑事もいるし、劇画雑誌の愛読者もいる。

都民をふるえあがらせていた連続殺人事件の犯人があがって、捜査一課に、束の間の平和が訪れていた時であった。

スポーツ新聞の芸能欄を読んでいた西本刑事が、

「へえ。井村正義が、再婚かあ」

と、呟《つぶや》いた。

それが、ふと、十津川の耳に入って、

「井村正義って、何者だね？　今、売出し中のタレントか何かかね？」

「昔『宇宙人間アポロ』というアニメのプロデュースをしたんです」

「そのアニメ映画なら覚えているよ。ずいぶん当たったそうじゃないか」

「私は、子供にせがまれて、二回も見にいきましたよ」

と、亀井が、傍らからいった。

「私は、その頃、まだ大学にいたんです」

と、西本がいった。

「友だちにアニメ好きが多かったんで、一匹狼で、この映画を作って、何億という大儲《もう》けをした井村正義は、英雄でしたね」

「その井村という人は、ずっと、プロデューサーをやってきたのかね？」

「『宇宙人間アポロ』の続篇を作ったあと、確か、ミュージカル映画に手を出して、大損をしたというのは、聞いたことがあるんです。そのあと、何をしていたのか知らなかったんですよ。この記事を読むと、不死鳥のように甦《よみがえ》ったみたいですね。何しろ、再婚の相手に、五百万円の指輪を贈ったと出ていますから」

「ふーん」

「面白いことに、再婚の相手は、前に別れた奥さんだそうです。やっぱり、こういう人は、やることが違いますね」

「アニメねえ」

と、十津川は、あまり気のない声を出してから、

「カメさん。どうしたんだね？」

と、亀井に、声をかけた。このベテラン刑事が、しきりに、考え込んでしまっているからだった。

「どうも、この井村正義という名前を、前にどこかで聞いたことがあるような気がするんです」

「何かの事件でかね？」

十津川がきく。

若い西本が、笑って、

「そんなことは考えられませんよ。新聞によると、二人の愛の巣は、六本木に新しく出来た三億円の豪華マンションで、八月二十九日に、一億円かけて、再婚披露パーティをやるそうです。そんな金持ちが、事件には関係してこないでしょう」

「億万長者だって、人は殺すさ」

と、亀井は、いってから、急に、指を、ぱちんと鳴らして、

「思い出しましたよ。山口県警から協力要請のあった事件です」

と、十津川にいった。

「ああ、急行列車の中で、毒殺された男の事件だったね。しかし、調査を依頼された被害者の名前は、確か、木元だったよ」

「木元謙一郎です。私立探偵で、ゆすりもやっていたらしいんですが、この男の残した手帳に、三十六人の名前が書いてあったんです。その最後に書かれていた名前が、井村正義です」

2

「あの事件は、山口県警で、迷宮入りになったんじゃなかったかな」

「ええ。そうです」

「どうするかだが――」

十津川は、考え込んだ。

何しろ、山口県警の事件である。

問題の手帳は、山口県警に送られたから、向こうは、当然、手帳に書かれた人物は、すべて、洗ってみただろう。それでも、犯人は捕まらず、迷宮入りになってしまったのである。

今、その一人が、二十九日に再婚するようですよと連絡してみたところで、山口県警は、当惑するだけではあるまいか。

かつての容疑者のひとりが、再婚するというだけでは、事件解決のヒントにはならないだろう。

しかし、何もせずにいていいのかという気も、十津川はした。

「結婚式、じゃなくて、再婚式か、それは、二十九日だね？」

と、十津川は、西本にきいた。

「そうです。明日です。Mホテルで二時からと書いてあります」

「とにかく、山口県警に連絡しておこう」

十津川は、受話器を取ると、山口県警捜査一課長の島田を呼んだ。

「警視庁の十津川です」

と、いうと、島田は、こちらが、何もいわない先に、

「申しわけない。そちらから、貴重な資料を送って頂きながら、とうとう、迷宮入りにしてしまって」

「あの事件のことなんですが、被害者の手帳にあった井村正義が、明日、結婚式をあげます。再婚ですが」

「なるほど」

「井村正義は、容疑者のひとりだったんでしょう？」

「そうですが、われわれとしては、同じグリーン車にいた乗客の中に、犯人がいると考えたんですよ。青酸反応のある缶ビールの空缶も、車内のくず物入れの中に捨ててありました。その乗客十二名の中に、井村正義の名前は、ありませんでした」

「なるほど」

「十津川さんは、なぜ、井村正義が、明日、結婚式をあげるのをご存じなんですか？」

「スポーツ新聞に出ていたんです。私は知らなかったんですが、昔『宇宙人間アポロ』というアニメをプロデュースして、大儲けをしたらしいんです」

「その映画は、子供と一緒に見にいきましたよ」

と、島田は、笑ってから、

「念のために、その記事を読んでもらえませんか？　恐縮ですが――」

「いや、構いませんよ」

十津川は、西本から新聞を受け取ると、

「では、読みます。

アニメ『宇宙人間アポロ』のプロデューサーとして著名な井村正義さん（三十九歳）が、このたび、京都に住む尾形尚子さん（三十歳）と、結婚することになった。

面白いことに、この二人は、三年前までは、れっきとした夫婦で――」

「ちょっと待ってください！」

急に、電話口で、島田が、大きな声を出した。

十津川が、びっくりして、

「どうかしたんですか？」

「今、尾形尚子といいましたね？」

「ええ」

「京都に住むといわれましたね？」

「新聞に、そう書いてありますが——？」

「その尾形尚子という女性は、問題のグリーン車の乗客のひとりだったんですよ」

「本当ですか？」

今度は、十津川の声が大きくなった。

「しかも、木元謙一郎が死んでいるのに、最初に気がついたのが、彼女なんです。二人の席は、離れていたんですが、トイレに行くために、通路を歩いてきたら、乗客のひとりが、俯《うつむ》いて、病気みたいに見えた。それで、大丈夫ですかと、肩に軽く触れたら、突然、床に引っくり返った。その乗客が、木元謙一郎だったというのです」

「彼女のことも、調べられたんでしょう？」

「もちろん、調べましたが、いくら調べても、被害者木元謙一郎と結びつかんのですよ。二人の間には、まったく、接点がないんです」

「井村正義を、間に入れると、結びつくかもしれませんよ」

「そうですね」

「二人のことを、こちらで、調べてみましょう。その結果をお知らせしますよ」

と、十津川は、約束した。

3

幸い、今のところ、関係している事件はない。

「カメさんと、西本君で、この二人の身辺を調べてくれ」

と、十津川は、二人にいった。

四十代と二十代の刑事は、並んで、警視庁の真新しい建物を出た。

六本木に新しく出来た豪華マンションを訪ねてみた。

「三億円の豪華マンションが見られますよ」

と、西本が、嬉しそうにいった。

「私には、一生、縁がないだろうね」

亀井は、肩をすくめるようにした。

「そう、簡単に諦《あきら》めることはありませんよ」

「君は、持てると思っているのかね？」

「人間の一生って、何が起きるかわかりませんからね。私に、遠い親戚の大金持ちがいて、その遺産が、入ってくることだって、まったくあり得ないことじゃありませんからね」

西本は、若者らしく、明るくいう。

亀井は、苦笑するより仕方がない。亀井が、一生、縁があるまいといった意味は、金銭的なこともあるが、たとえ、三億円のあぶく銭が入ったとしても、きんきらきんのマンションには住む気になれないだろうということもあったのである。

それを、若い西本は、可能性の問題だけと考えている。

そのマンションは、今はやりの、赤レンガを壁面にはめ込んだ造りで、このあたりには珍しく、庭も、駐車場も広くとってある。

駐車場に、ずらりと高級車が並んでいるのも、豪華マンションならではの光景なのだろう。

管理人室で、警察手帳を見せ、井村さんに会いたいと告げると、管理人は、電話連絡をとった。

「おいでくださいということです。部屋は、十階の1号室です」

と、管理人は、受話器を置いてから、亀井と、西本にいった。

広いロビーを横切って、エレベーターに乗った。

静かだった。十階にあがり、じゅうたんを敷きつめた廊下を歩いていく。

廊下の端に、扉があって、そこが、1号室だった。

チャイムを鳴らして待つと、扉が開いて、和服姿の三十代の女性が顔を出した。

(尾形尚子だな)

と、直感した。

明日、結婚式である。それに、もともと、井村とは夫婦だったことを考えれば、ここにいてもおかしくはない。

居間に通された。

二十畳はある広い居間である。スウェーデン製の家具が置かれ、部屋の隅には、ホームバーもある。

こういう広い居間は、落ち着かないものだと思いながら、亀井は、

「あまり、いいことで伺ったんじゃありません。先月、あなたが乗った『さんべ3号』で起きた毒殺事件のことです」

「ああ、あの事件」

と、尚子は、やはり眉《まゆ》をひそめた。

「結婚式を明日に控えて、殺人事件のことで、あれこれ伺うのは、申しわけないんですが、これも、仕事でしてね」

「でも、あの事件のことは、すべて、向こうの警察の方にお話ししましたけど」

尚子は、落ち着いていった。

「それは、わかっていますが、もう一度、われわれに話して頂きたいんですよ。あの日、ひとりで『さんべ3号』に乗られたんですか？」

「あの――」

「何ですか？」

「私は、犯人じゃありませんわ。死んだ木元という方は、まったく知らない人ですし、初めて会ったんですから」

「なるほど」

「それなのに、なぜ、ひとりで旅行していたかどうか、そんなことまで、いちいち、お話ししなければなりませんの？」

「あの事件は、まだ片付いていませんし、実をいうと、井村正義さんが、容疑者のひとりでしてね」

「井村が？」

尚子の顔色が変わった。

「井村さんから、何にも聞いておられないんですか？」

「ええ。何にも――」

「そうですか」

「でも、なぜ、井村が、容疑者のひとりにされるんですの？」

「毒殺された木元謙一郎は、ひとりで私立探偵事務所をやっていましてね。発見された彼の手帳には、扱った調査がすべて書き込んでありました。その最後に、井村さんの名前があったんです」

「でも、井村は、何を調べられていたんでしょうか？」

「それがわかりません。というのは、井村さんの調査をおこなっている間に、殺されてしまったからです。ですから、他の件については、調査内容が書いてありましたが、井村さんのところは、名前が書いてあっただけでしてね」

「井村は、事件とは関係ありませんわ」

「なぜ、そういい切れるんですか？」

亀井は、突っ込んだ。

尚子は、ちょっとためらってから、決心がついたという感じで、

「あの旅行には、井村も一緒でした」

「やっぱり、そうですか」

と、亀井は、微笑した。

それで、納得がいくと思った。つまり、その旅行で、二人が、よりを戻す気になったのだろう。

「でも、井村は、無実ですわ。それは、私が保証します」

尚子が、強い調子でいった。

「その理由を聞かせて頂けますか?」

「私と井村は、出雲大社へ行き、その日は、松江のIホテルに一泊しました。翌日、井村が『さんべ3号』という面白い列車があるから、それで、博多まで行かないかといったんです」

「面白い列車ですか?」

「ええ。『さんべ3号』は、鳥取から博多へ行く急行ですけど、途中の長門市駅で、山陰本線と、美祢線の二つに分かれるんです。途中で分かれる列車というのは、いく

らもありますけど『さんべ３号』の場合は、分かれたのが、また、下関で一緒になって、博多へ行きます。ですから、再婚列車ともいうんですって」

「なるほど。だから、あなた方にふさわしい列車というわけですか」

「井村は、そういいましたわ。それで、私も賛成して、松江から、この列車に乗ったんです。七両連結で、前の四両が、美祢線回りで、後の三両が、山陰本線回りなんです。グリーン車は一両で、長門市で、私たちも、二手に分かれることにしました。グリーン車の私は、美祢線回り、後の三両に乗った井村は、山陰本線回りということになったんです。事件は、私が乗ったグリーン車で起きたんですよ。木元さんとかいう人が、毒殺されたとき、井村は、遠く離れた山陰本線回りの列車に乗っていたんですもの。どうして、彼に、殺すことが出来ますの？」

４

「問題は、毒殺だということです」

と、亀井は、いった。

「それが、どうかしましたの？」

「しかも、犯人は、市販されている缶ビールに青酸カリを混入させておいて、それを、被害者に飲ませたと思われるのです。井村さんは、長門市駅で分かれた山陰本線のほうの車両に乗ったとしても、その前に、被害者に、毒入りの缶ビールを渡しておけば、楽に、毒殺できるわけです。毒殺の場合は、死んだとき、遠くにいても、アリバイは成立しないのです」

「それは違いますわ」

尚子は、きっぱりといった。

「どう違うんですか?」

「あの時の旅行で、私と、井村は、ずっと一緒でした。松江のホテルでも、一緒の部屋でしたわ。『さんべ3号』の中でもです。木元さんが、私たちに近づいたこともありませんし、井村が、話しかけたこともありませんわ。だから、毒入りの缶ビールを渡すなんてことはできないはずです」

「しかし、奥さん。奥さんと呼んでよろしいですか?」

「どうぞ。今さら、否定するのも不自然ですしね」

「では、奥さん。奥さんと井村さんは『さんべ3号』の中で、別々になっていたわけでしょう? 奥さんは、美祢線回りのグリーン車に乗り、井村さんは、山陰本線回りの普通車にいたわけでしょう？　それなら、井村さんが毒入り缶ビールを、被害者に渡したとしても、あなたは、それに気付かなかったんじゃありませんか？」

「そうじゃないんです」

と、尚子は、もどかしげに、首を振って、

「長門市駅までは、井村は、グリーン車で、私の隣に腰を下ろしていたんです。彼が、うしろの普通車に移ったのは、長門市駅で『さんべ3号』が、二つに分離してからですわ。それに、美祢線回りのほうが、先に出発したんですけど、出発する直前まで、井村は、私と話をしていて、向こうの三両に移ったんです。だから、被害者の方に、毒入りの缶ビールを渡す時間なんて、なかったはずですわ」

「うーん」

と、亀井は、唸《うな》った。

尚子は、そんな亀井に向かって、たたみかけるように、

「第一、刑事さん。もし、井村が、木元さんを殺したのだとしたら、二人は、憎み合っていたということになりますわね。そんな敵対関係の井村から貰った缶ビールを、なぜ、木元さんが、平気で飲んだりするんでしょうか？　そうでしょう？　刑事さん」

と、いった。

確かに、尚子のいうことは、当たっていなくもない。

木元が、何か、井村の暗い部分を調べていたとしたら、彼から、平気で、缶ビールを貰ったりはしないだろう。

「じゃあ、他のことをおききしたい。奥さんは、グリーン車の中で、トイレに立った時、様子のおかしい乗客がいたので、声をかけたところ、突然、床に倒れたんでしたね？」

「ええ。でも、声をかけながら、軽く、肩にふれたんです。そしたら、突然、倒れたんですわ」

「どんなふうに、木元は、おかしかったんですか？」

「身体を丸くして、ふらふらしていたんです。最初は、酔って気分が悪いのか、病気なのか、どちらかと思ったんですよ。私は京都では、水商売をしていたので、酔って苦しむ人なんて、いくらも見てましたから。それで、心配になって、声をかけながら、軽く、身体をゆすってみたんです。そしたら、突然、床に倒れてしまって――」

「それから、どうなりました？」

「はっきり覚えてませんけど、悲鳴をあげたと思うんです。すぐ、車掌さんがきてくださって、次の新下関で、車掌さんが、鉄道公安官に連絡して」

「では、新下関では、時間を食いましたね？」

「ええ。二十分近く、新下関にとまっていたと思いますわ」

「それから、合流地点である下関に向かったわけですね？」

「ええ」

「当然、山陰本線回りの三両は、先に着いていたわけですね？」

「ええ。もともと、山陰本線回りのほうが、三分早く下関駅に着くんですから」

「井村さんは、そちらに乗っていましたか？」

「ええ。もちろんですわ」

「何か、かくしていることはありませんか？」

「全部、警察に話しましたわ。それも、何回もね」

尚子は、皮肉な調子でいった。

5

亀井と西本は、警視庁に戻った。

「肝心の井村のほうには、仕事で飛び回っているとかで、会えませんでした」

と、亀井は、十津川に報告した。

「いいさ。明日の披露宴に行けば、いやでも会えるだろう」

「尾形尚子の証言ですが、どう思われますか？」

「カメさんの報告どおりだとすれば、彼女も、井村も、シロになってしまうね」

「山口県警が、一カ月調べて、迷宮入りにしたんですから、彼女の証言に、嘘はなかったんじゃないでしょうか」

「しかし、木元謙一郎は、間違いなく、毒殺されているんだ」

「そのとおりです」

「井村が犯人だとすれば、どうやって、青酸入りの缶ビールを、木元に飲ませたかが、問題になるね」

「そのはずですが、彼女のいうことも、一理あると思いますね」

と、西本がいった。

「どこがだね？」

「井村と、木元とは、敵対関係にあったんだから、井村が、缶ビールをすすめても、木元は、用心して飲まなかったはずだと、彼女はいいましたが、そのとおりだと思いますね」

「だが、木元は、飲んで死んだんだよ」

「警部」と、亀井が、いった。

「私は、どうも、尾形尚子が、何かをかくしているような気がして仕方がないんですが」

「なぜ、そう思ったのかね？」

「木元が、あんなところで殺されたのは、明らかに、井村をつけていたからだと思うんです。ところが『さんべ3号』が、長門市駅で二つに分かれた時、井村の乗った三両編成のほうには乗らず、尾形尚子の乗った四両編成のほうに乗っているんです。彼女をつけたように見えます。なぜ、木元が、そんなことをしたのか、その理由を、彼女が知っているような気がして仕方がないんです」

「うん。それは考えられるね。それに、もう一つ、木元が、井村正義の何を調べていたのかも知りたいね」

「問題は、もう一つあります」

と、亀井はいった。

「何だい？　カメさん」

「犯人が、井村とすると、彼は『さんべ3号』という急行列車の特殊性を、最大限に利用して、アリバイを作ったと思われます。彼は、どう利用したかということなんですが」

「どうも、その列車のことが、よくわからないんですが」

と、西本が、頭をかきながらいった。

亀井は、黒板に、チョークで、図解して見せた。

「木元謙一郎が、死んでいると確認されたのは、新下関の手前ですから、十七時頃と思われます。この時刻に、井村の乗った三両は、山陰本線を走っていたわけです」

と、亀井がいった。

「山口県警から、木元謙一郎の遺体を解剖してわかった死亡推定時刻を知らせてくれたんだが、十五時頃から十七時頃までの間ということだ」

「すると、長門市駅を出てから、と、新下関に着く直前までとなりますね」

「美祢線を走る『さんべ3号』の所要時間が一時間三十分ぐらいだから、走っている間に殺されたといっているようなものだな。もっと死亡時刻を限定できればいいんだがね」

「井村は、本当に、山陰本線回りの三両に乗っていたんでしょうか？」

と、西本が、肩をあげるようにして、いった。

「というと？」

十津川が、きいた。

「私は、井村が、尾形尚子と同じ美祢線回りのほうに乗ったんじゃないかと思っているんです。彼は、美祢線に入る列車を見送ったといっていますが、出発する直前に、尾形尚子の前から姿を消しているんです。彼女は、井村が、山陰本線回りの三両に移ったといっていますが、それを見たわけじゃありません。三両のほうに移るといって、本当は、四両のほうのトイレにかくれたのかもしれません。そうしておいて、青酸入りの缶ビールを飲ませて殺したあと、問題の缶ビールの指紋を消して、くず物入れに捨てたんです。木元の指紋だけ残したかったんでしょうが、手早くやらなければならないので、全部消してしまったんだと思いますね。当然、死体は発見されます。そうなると、最寄りの駅に停車した時、公安官が乗り込んで来て、一応調べますから、どうしても、時間を食います。現に、新下関で二十分も停車しました」

「井村は、それを見越していたということだね？」

「そうです。新下関に停車すると、井村は、タクシーを拾って『さんべ3号』の合流地点である下関に急行します。新下関と下関の間は、距離にして、七、八キロのものですから、車で、十分もあれば着きます。下関には『さんべ3号』の片割れが着いていますから、何食わぬ顔をして乗り込み、おくれてくる美祢線回りを待った――」

「面白いが、君はさっき、尾形尚子のいうことも、一理あるといったんじゃなかったかね」

と、十津川は、じっと、若い西本を見て、

「敵対関係にあった木元が、井村の渡した缶ビールを飲むはずがないというやつさ。あれはどうしたんだね？　君の今の話では、井村が、木元に飲ませたわけだろう？」

「それですが、私は、こう考えてみたんです。木元は、調べたことをネタに、相手をゆすることもしていたわけです。井村は、木元に向けて、金をちらつかせたんじゃないでしょうか？　木元も、それで、妥協する気になった。すかさず、井村は、仲直りの乾杯をしようと、毒入りの缶ビールを木元に渡した。どうでしょうか？　こういう推理は」

第四章　一億円の披露宴

1

翌日の午後二時からMホテルの広間でおこなわれた井村正義と尾形尚子の再婚披露宴には、多数の芸能人が参加して、華やかであった。

昔、一匹狼のプロデューサーとして鳴らしたからだろう。会場でも、その頃の話に花が咲いていたりした。

亀井と西本も、Mホテルに出かけていった。

井村に会うためというより、井村のことを聞くためだった。

何よりも知りたいのは、殺された木元謙一郎が誰に頼まれて、井村の何を調べていたかということだが、依頼主は名乗り出てこないし、肝心の木元は、死んでしまっている。となると、井村そのものを調べてみるより仕方がなかったからである。

亀井たちは、披露宴で、いくつかのテーブルを回りながら、井村のことを聞いてみた。奇妙なことが一つあった。

誰もが、井村の全盛期を知っている。アニメの傑作といわれた「宇宙人間アポロ」を、ひとりで手がけ、巨万の富を得たこと。そして、ミュージカル映画を製作して、遂に、何億という借金を背負い込んでしまったこと。その後は、何をやっても上手くいかず、突然、姿を消してしまったこと。

そういう過去は、誰もが知っていた。

しかし、一年後に、井村は、奇跡のように、この世界にカムバックし、井村プロダクションを作り、プロデューサーとして成功しているのだが、空白の一年間、彼がいったい何をしていたのか、莫大な借金を、どうやって返済したのか、それを知っている者が、誰もいないということだった。

恐らく、私立探偵の木元は、その暗部を調べていて、殺されたのではあるまいか。

この推測が当たっているとすれば、空白の一年間、井村は、表沙汰《おもてざた》に出来ない仕事をやっていたのかもしれない。

亀井は、披露宴が終わりに近づいた頃、直接、井村に、その疑問をぶつけてみた。

「一年間の空白ですか」

と、井村は、顔色も変えずに、微笑して、

「莫大な借金を返すために、何でもしましたよ。まあ、いい友人がいて、助けてくれたので、一年間で借金が返せたんだと思いますがね」

「具体的に、どんな仕事をなさっていたのか教えて頂けませんか」

「なぜ、そんなプライバシーまで、警察に喋《しゃべ》らなければならんのですか？」

「殺人事件ですのでね」

「私が、殺人事件の容疑者だということですか？」

「そうです。『さんべ3号』の車内で、木元謙一郎という私立探偵が毒殺されました。彼は、あなたのことを調べていたと思われるのです」

「私のいったい何をです？　また、誰が、私立探偵をやとって、私を調べさせたというんですか？　私は、木元などという私立探偵は知らんし、調べられて困るようなことは、していませんよ」

「それなら、話してくれませんか」

と、亀井は、食いさがった。

「私は、法律に触れるようなことは、していませんよ」

と、井村は、次第に不機嫌さを見せていい、腕時計に眼をやって、

「そろそろ、花嫁と旅行に出かけなければならないので、失礼します。まさか、いくら警察でも、新婚、いや、再婚旅行の邪魔をするような不粋《ぶすい》な真似はなさらんでしょうな」

といい、椅子から立ち上がった。

亀井は、仕方なく、彼から離れたが、若い西本刑事に、

「どこへ旅行するのか、尾行してみてくれ」

と、小声でいった。

「海外へ行くことになったらどうしますか?」

「そうだったら、成田空港までついていくさ」

2

亀井ひとりが、警視庁に帰ったのは、午後六時である。

十津川は、亀井の報告を聞くと、

「その空白の一年間に、すべての謎がかくされているとみていいだろうね」

「私も、そう思います」

「問題は、一年間に、井村が、何をやって儲けたかだが、まさか、銀行強盗をやったとも思えないが」

「あの男は、銀行強盗とか、誘拐みたいな荒っぽいことをやるタイプの男じゃありませんし、そんな事件の記憶もありません」

「とすると、知能犯的なことだな。捜査二課に行って、問題の一年間に起きた経済事犯をすべて洗い出してみてくれ。どれかに、井村が関係しているかもしれん」

「調べてみます」

と、亀井が勢い込んで、部屋を出ていったあとで、西本刑事から、電話が入った。

「今、東京駅です」

と、西本がいった。

バックに、駅の構内らしい喧騒《けんそう》が聞こえてくる。

「井村正義も、東京駅かね？」

「そうです。井村は、彼女と一緒に、ブルートレイン『出雲1号』に乗るつもりです。あと十一分で、発車します。一八時一五分発ですから」

「どこまで行くつもりなんだろう？」

「出雲市までの個室寝台を二枚、買っています。私は、どうしますか？」

「君も、出雲市まで行ってくれ」

と、十津川は、いった。

電話を切ったが、十津川の顔は、緊張していた。

一億円もの披露宴をやったカップルなら、当然、ハネムーンは、海外旅行ということになる。

世界一周ぐらいは、当たり前なのに、井村は、国内旅行を選んだ。

そのことに、十津川は、引っかかるものを感じないわけには、いかなかった。

しかも、行き先は、出雲市である。

先日、井村は、尾形尚子を誘って、出雲市に出かけ、松江に一泊したあと、翌日「さんべ3号」に乗った。

そして、その車内で、木元謙一郎が、毒殺されたのである。

井村は、また尚子と「さんべ3号」に、乗るつもりなのだろうか？

自分たちを、また結びつけてくれた列車だから、もう一度、乗ってみようじゃないかといわれれば、彼女も、その気になるのではないだろうか？

もし「さんべ3号」に乗るために、二人が、寝台特急《ブルートレイン》「出雲1号」に、乗るのだとしたら――。

尚子が、井村に頼まれて、木元を毒殺したとは思わない。

だが、亀井刑事がいうように、彼女は、何かをかくしているような気がしてならない。

それを考えると、井村が、彼女の口をふさぐために「さんべ3号」という列車を利用して、再び、殺人を犯す可能性も出てくる。

十津川は、山口県警に電話をかけた。

島田捜査一課長に、井村と、尚子が、出雲市に向かったことを話した。

「それで、先日の事件のことですが、井村は、間違いなく、山陰本線回りの『さんべ3号』に乗っていたんでしょうか？　と、いいますのは、うちの西本という若い刑事が、こんな推理をしたんです。井村は、山陰本線回りに乗ったと見せて、実は、美祢線回りに乗っていたのではないか。そして、木元に、毒入りの缶ビールを飲ませて毒殺した。車内で死体が発見されれば、当然、列車は、近くの駅で停車し、公安官が乗り込んできて、調査をする。現に、美祢線回りの『さんべ3号』に、死体が見つかったあと、新下関で、公安官が乗り込んできて、グリーン車の乗客を調べています。そのため、列車は、約二十分間、新下関に停まっていました。井村は、その間に、駅を出てタクシーを拾い、下関まで飛ばしたのではないかというわけです。下関へ着くと、山陰本線回りの『さんべ3号』に、何食わぬ顔で乗り込み、あたかも、ずっと、乗っていたように振舞ったというのですが」

「実は、私も、同じことを考えましてね」

と、島田がいった。

「それで、調べた結果は、どうでした？」

「まず、新下関から、下関までタクシーに乗ったのではないかというので、このあたりで動いているタクシーを全部調べてみました。しかし、事件当日、井村正義を乗せたタクシーは見つからんのです」

「そうですか。しかし、タクシーではなく、金を出して、自家用車か、トラックに乗せてもらったかもしれませんよ」

「私も、その線はあると思ったんですが、駄目だとわかりました」

「なぜですか？」

「昨日になって、あの日、井村が、山陰本線回りに乗っていたという証人が見つかったんです」

「本当ですか？」

「外山部長刑事が、見つけた証人です。博多に住む短大生で、十九歳の女性です。名前は、池内伸子で、なかなかの美人です」

「その池内伸子が、事件当日、山陰本線回りの『さんべ3号』の中で、井村に会ったといってるんですか？」

「そうです。私も、会って話を聞きましたが、嘘をつくような娘《こ》には見えません。長門市駅から、山陰本線回りになる『さんべ3号』は、下関までの間に、人丸《ひとまる》、滝部《たきべ》、小串《こぐし》、川棚《かわたな》温泉と停車しますが、彼女は、滝部を出たすぐあたりで、突然、井村に声をかけられたといっています。時計は、午後四時三十分少し前だったそうです」

「それで、井村は、どんなことを、彼女にいったんですか？」

「自分は、東京で芸能プロダクションをやっているが、あなたは、非常に魅力がある。もし、その気があるのなら、東京に訪ねてきなさいといって、名刺をくれたそうです」

「それで、彼女は、訪ねていったんですか？」

「彼女自身は、相当、引かれたらしいんですが、恋人が駄目だというので、東京行きを諦めたんだといっていましたよ」

「彼女に話しかけたのは、井村に間違いないんですか？」

「名刺も本物でしたし、彼女に、井村の写真を見せたところ、車内で話しかけてきた男に間違いないといっています」

と、島田は、いった。

(これで、井村正義のアリバイは、完璧《かんぺき》になってしまったな)

3

十津川が、落胆しているところへ、亀井が捜査二課の相沢警部と一緒に戻ってきた。

相沢と、十津川は、大学が同期だった。

「カメさんが、井村正義のことを調べているといったものでね」

と、相沢は、太った身体を、十津川の横の椅子に下ろしてから、いった。

「じゃあ、捜査二課でも、井村正義を調べたことがあるのかい?」

十津川が、眼を光らせて、きいた。

「ああ、三年ほど前だがね」

「どんな事件で、井村を調べたんだ?」

「あの頃、東京と大阪を股《また》にかけた手形詐欺事件が、頻発してね。そのために、中堅会社のいくつかが、潰《つぶ》れている。大きな手形詐欺グループが存在することがわかって、調べていくうちに、井村正義の名前が、浮かんできたんだよ」

「それで？」

「一年間、井村を追い回したが、結局、証拠がつかめずでね。恐らく、井村は、グループのリーダー格だったと思うから、十億近い金を手に入れたはずだよ」

「それで、借金を返して、カムバックしたのか」

「彼らのおかげで、会社が潰れ、自殺した社長もいるよ。一家心中した者もいる」

「グループの他の連中は、どうなっているんだ？　今でも、手形詐欺をやっているんなら、逮捕のチャンスは、あるわけだろう？」

「去年、大阪で、ひとり逮捕されたんだ。石川有一という四十歳の男でね。三年前の大型手形詐欺グループの一員だったらしいので、色めき立ったんだが、拘置所で、自殺してしまったよ」

「なぜ、自殺をしたんだろう？　まだ、刑は決まってなかったんだろう？」

「どうも、あのグループには、鉄の掟《おきて》みたいなものがあるんじゃないかという気がするんだよ。裏切ったり、警察に自供したりしたら、大変なことになるというね」

「しかし、掟なんてものが、通用するのかねえ。そのグループは、別に、暴力団とか、ヤクザの組織じゃないんだろう？」

十津川が、首をかしげると、相沢は、肯いて、

「暴力的な強制力というんじゃないと思う。これは、おれの推理なんだが、それをバラされたら致命傷になるという秘密があるとして、その秘密を、リーダー格の人間が、握っているとすれば、恐怖から、団結するだろうし、裏切らなくなる」

「その男が、井村正義というわけだな」

「おれは、そう見てるよ」

「致命傷となるような秘密か。十人ぐらいのグループだったんだろう？　そうなると、十人の秘密ということになる。井村は、それをどこに保存しておいたのかな？」

「実は、井村を追っている時、彼のマンションを強制捜査したことがあるんだ。グループの秘密を書いたものが、見つかりやしないかと思ってね」

「何か見つかったのか？」

「いや、何も見つからなかったよ」

「じゃあ、そんなものは、存在しないんじゃないのか？」

「いや、あるね」

と、相沢は、断言した。

「なぜ、断定できるんだ？」

「井村は、一年後に、きれいに足を洗って、芸能界にカムバックしているからさ。そんなことをすれば、たいていは、昔の仲間からゆすられたりするものだが、井村に限っては、その形跡が皆無なんだ。大阪で捕まった石川有一にしても、金に困っている時も、井村に、たかったりしていない。それができないものを、井村が持っている証拠だと思っているんだ」

「しかし、家探ししても、何も見つからなかったんだろう？」

「そうだ。といって、井村が、銀行の貸金庫に何かをかくしている形跡もなかったよ」

「それじゃあ、井村は、どこに持っていると思うんだね？」

4

「一つだけ、ある可能性を考えたんだよ」

と、相沢が、いった。

「手帳か？」

「いや、手帳に書ける言葉は、たかが知れている。おれは、井村が、プロデューサーとして、普通の劇映画も、アニメも手がけたことを思いだした。つまり、彼は、フィルムのことや、カメラのことに詳しいわけだよ」

「マイクロフィルムか！」

と、十津川が叫んだ。

「そうさ。マイクロフィルムだよ。これなら、いつでも、身につけていられるからね」

「それで、木元が、井村を尾行していたんだな」

十津川は、大きく肯いた。

木元に、井村の調査を頼んだのは、多分、手形詐欺にあって倒産した会社の関係者だろう。

木元は、井村を調べていくうちに、井村をリーダーにした手形詐欺グループの秘密が、マイクロフィルムになっていて、それを井村が持っているのを突きとめた。木元が、それを手に入れて、依頼主に渡すつもりだったとは思えない。

木元のことだから、手に入れたら、井村をゆするつもりだったろう。

井村だけではない、手形詐欺グループの全員を、ゆすれるのだ。億単位の金だって、取れる。

　だから、必死になって、井村を追い回していたに違いない。

　そして、逆に殺されてしまった。

「その井村は、今『出雲1号』で、出雲市に向かっているよ」

　と、十津川は、相沢にいった。

「ハネムーンかい？」

「そうだ」

「一億円もかけて披露宴をやったにしちゃあ、みみっちいハネムーンだねえ。なぜ、海外旅行にしなかったんだろうか？」

「問題は、そこさ。井村は、先月、山陰本線を走る急行『さんべ3号』の車内で、彼のことを調べていた私立探偵の木元を毒殺している。もし、また、この列車に乗る気だとすると、今度は、今日結婚式をあげた尚子を殺すかもしれない」

「口封じにかね？」

「そうだ」

「もし、彼がそのつもりなら、何としてでも、阻止しなけりゃなりませんね」

　と、今まで黙っていた亀井刑事が、十津川に向かって、いった。

「そのとおりさ。今、西本君が、彼らと一緒に『出雲1号』に乗っているはずだよ」

「それで、どうするつもりだ？」

相沢が、きいた。

「先月『さんべ3号』で起きた木元謙一郎の毒殺については、井村には、完全なアリバイがある。彼が犯人だとすると、木元を毒殺した方法がわからないんだ。これでは、逮捕はできないよ。君のほうだって、三年前の手形詐欺について、彼が犯人だという証拠はないんだろう？」

「だから、放ってあるのさ」

「となると、今は、井村の行動を見守るより仕方がない」

と、十津川は、いってから、語気を強くして、

「だが、今度は『さんべ3号』で、殺人はさせんよ。絶対にね」

5

相沢が、捜査二課に帰ったあと、十津川は、時刻表を広げてみた。

亀井が、横から、のぞき込む。

「『出雲1号』は、出雲市駅には、明日の午前八時一六分に着く。この日のうちに『さんべ3号』に乗ろうと思えば乗れるが、そうはしないだろう」

と、十津川は、いった。

「前の時と同じように、松江に泊まるということですか？」

「そうだ。前の時、井村のほうは、企みを持って、山陰に誘い『さんべ3号』に乗せたんだろうが、尚子のほうは、ロマンチックに受け取ったんだろうと思う。だからこそ、再婚を承知したに違いない。井村は、それでまた『さんべ3号』に乗せようとしているように思える」

「だが、尚子にしてみたら、何となく、気持が悪いんじゃありませんか、自分が乗っていたグリーン車の中で、男がひとり毒殺されたんですから」

「それを、もう一度、乗る気にさせようというんだから、井村は、できるだけ、ロマンチックに話を持っていったんだと思うね。それを考えれば、今日中に『さんべ3号』には乗らず、君のいうように、松江に一泊すると思う」

「二人は、本当に、また『さんべ3号』に乗るつもりなんでしょうか？」

亀井は、疑問を提起した。

十津川は、あっさりと、

『さんべ3号』に乗らないのに、わざわざ、山陰に行く理由が、どこにあるんだい？　当然、海外旅行へ出かけているよ」

「とすると、やはり、井村は、彼女を『さんべ3号』を利用して殺すつもりなんでしょうか？」

「恐らくね」

「殺すくらいなら、なぜ、結婚式をあげたり、あんな豪華な披露宴をやったりしたんでしょうか？」

「逆にいえば、殺すために、やったのかもしれんよ」

と、十津川は、いった。

「それで、どうしますか？　われわれも、山陰に乗り込みますか？」

亀井がきく。

十津川の顔に、迷いの色が浮かんだ。彼の勘は、井村が「さんべ3号」を利用して、尚子を殺すに違いないと思う。他に、井村が、ハネムーンの場所として、山陰へ行った理由が考えられないのだ。

しかし、あの事件は、あくまでも、山口県警の事件である。それに、井村が「さんべ3号」を利用して、尚子を殺すだろうというのは、想像でしかない。

推測で、警察が動くことは出来ないし、それが、他県の警察の事件に関連しているとなれば、なおさらである。

すでに、西本刑事が、山陰へ出かけている。このうえ、十津川と亀井が押しかけたら、問題化してくるだろう。

西本を行かせたのだって、十津川の独断である。事件が起きなければ、彼の責任が問われることになるかもしれない。

「それは出来ないな。若い西本君に委せておくより仕方がないよ」

と、十津川はいった。

そのうえ、夜中近くになって、世田谷で、家庭の主婦が、暴行されたうえ、殺されるという事件が発生した。

十津川は、亀井を連れて、すぐ、世田谷の現場に急行した。

十津川たちの戦場は、山陰ではなくて、あくまでも、東京なのである。

井村たちの動きは、気になりながらも、十津川や亀井は、世田谷の主婦殺しに、全力をあげた。

第五章　急行「さんべ」

1

「出雲1号」は、定刻より、三分ほどおくれて、出雲市駅に到着した。

山陰は、雨であった。

夏の終わりを告げるような、細かい雨である。秋雨《あきさめ》の感じといったほうがいいかもしれない。

西本刑事は、井村と尚子の二人が、改札口を出るのを見てから、自分も歩き出した。

二人は、前もって、電話しておいたとみえて、黒い大型車のハイヤーが、迎えにきていた。

二人が、それに乗り込む。

西本も、近くに止まっていたタクシーを拾った。

警察手帳を見せて、運転手に、

「前を行くハイヤーをつけてくれ」

「何か事件ですか？」

若い運転手が、張り切ってきいた。

「まだ、事件にはなっていないが、ちょっと気になることがあるんでね」

とだけ、西本は、いった。

井村と尚子の乗ったハイヤーは、まっすぐ、出雲大社に向かっている。

雨は、小止みなく降り続いていた。

「前の車の二人は、年齢《とし》からいって、新婚さんには見えませんねえ」

と、運転手がいった。

表参道近くの駐車場に、ハイヤーが停まった。

西本が、車の中から見ていると、井村と尚子の二人は、ハイヤーから降りて、運転手の差し出した傘をさして、大社のほうへ歩いていく。

「どうします？」

と、運転手が、西本にきいた。

雨は、相変わらず降り続いていて、こちらは、傘がない。それに、井村たちは、ハイヤーにスーツケースを置いていっている。

「ここで、戻ってくるのを待とう」

と、西本は、いい、車の中で、煙草に、火をつけた。

時間が、ゆっくりと過ぎていく。待つのは、退屈なものである。ハイヤーの運転手も、週刊誌を読んでいる。

三十分たち、やがて、一時間が過ぎたが、二人は、戻ってこない。

出雲大社の境内《けいだい》は広いだろうが、それにしても、戻ってくるのが遅すぎるなと思った時、ハイヤーの運転手が、急にエンジンをかけた。

二人が戻ってこないのに、ハイヤーが走り出した。

西本は、狼狽《ろうばい》した。一瞬、どうしたらいいのかわからなかった。が、

「あのハイヤーを止めてくれ」

と、運転手にいった。

「止めるって、どうやってです?」

「何でもいいから、前に回って止めるんだ。責任は、私が持つ」

そんなことをいっている間にも、ハイヤーは、出雲市駅に向かって、走っていく。

「早くしろ！」

と、思わず、西本は、怒鳴った。

はじかれたように、タクシーも走り出し、スピードをあげると、三百メートルほど先で、ハイヤーの前に回り込んだ。

ハイヤーの運転手が、小窓を開け、こちらに向かって、怒鳴っている。

西本は、雨の中に降りていって、相手の眼の前に、警察手帳を突きつけた。

「なぜ、客の二人が戻ってこないうちに、走り出したんだ？」

西本は、荒い声できいた。

六十歳近い運転手は、蒼《あお》い顔で、

「一時間たっても戻ってこなかったら、先に、ホテルへ行っていてくれと、いわれていたからですよ」

「ホテルって？」

「駅前のKホテルです。そこまでの往復運賃は貰っていましたからね」

「じゃあ、二人の客は、どこへ行ったんだ？」

「さあ、ゆっくり見物されて、タクシーでも拾ってお帰りになるか、大社駅まで歩かれて、そこから、汽車に乗られるんじゃありませんか」

「どうするか、いってなかったのか?」

「ええ。何にも」

「くそッ」

と、思わず、舌打ちした。

井村は、警察がつけてくるのを予想していて、まんまと、出し抜いたのかもしれない。

西本は、迷った。

井村たちが、どう行動するつもりなのか、わからなかったからである。

ハイヤーの運転手がいうように、出雲市内のKホテルで、今日は一泊するつもりなのか。

しかし、先月の再婚旅行の時は、タクシーを松江に飛ばして、松江のIホテルに泊まっている。

それに、まだ、午前十時になっていない。「さんべ3号」が、鳥取を出発して、出雲市に到着するのは、午前一一時〇八分、出発は、同一〇分だから、今からでも、ゆっくり間に合うのだ。

つまり、三通りの予測が出来る。

出雲市のKホテルに泊まるか、松江へ行くか、それとも、今日出発する「さんべ3号」に乗るかである。

「私は、もう帰ってよろしいですか？」

ハイヤーの運転手が、恐る恐るきいた。

「ああ、いいよ」

と、西本は、肯いた。ハイヤーの運転手を引き止めておいても、どうにもならない。

ハイヤーが、走り去ってから、西本は、念のために、雨の中を、大社の境内を走り回った。

が、井村と尚子は、見つからなかった。

こうしている間にも、時間が、容赦なく、過ぎていく。

「市内のKホテルへ行ってくれ」

と、タクシーの運転手にいった。

2

Kホテルは、駅前に新しく出来たホテルだった。

フロントできくと、確かに、井村正義の名前で、予約がしてあった。

「スーツケースを、ハイヤーで、運んできたと思うんだが？」

「はい。まだ、ご本人がお見えになりませんので、クロークに預かっていますが」

と、フロント係がいった。

西本は、ロビーの電話で、松江のIホテルにも、確かめてみた。

案の定、井村は、そちらにも、今日の宿泊を、予約していた。

どんなふうにでも出来るように、井村は、用意してあるのだ。また、これは、警察にマークされた時、警察を混乱させる目的もあるに違いない。

確かに、西本は、当惑した。

島根県警に電話して、三通りのルートを調べてもらうには、時間が切迫していた。あと、三十分足らずで「さんべ3号」が、出雲市駅に到着するからである。

二人が、出雲市にも、松江にも一泊せず、今日の「さんべ3号」に乗る気なら、今から、駅に行かなければ、間に合わない。

指示を仰ぐつもりで、東京に電話を入れたが、十津川たちは、世田谷で起きた事件に出かけてしまっていた。

二十六歳の西本は、ひとりで、決断しなければならないことになった。

時間を気にしながら、駅へ行ってみた。

入場券を買って、ホームに入った。

六分ほどして「さんべ3号」が、入ってきた。

あまり乗り降りがない。西本は、じっと、注意したが、乗客の中に、井村と、尚子の姿はなかった。

出雲市駅の停車時間は、二分間である。ホームを歩きながら、七両の車内を、窓越しに見ていったが、やはり、二人の姿は見つからなかった。

一一時一〇分になって「さんべ3号」は博多に向かって、発車した。

七両連結の小ぢんまりした急行列車が、西本の視界から消えてしまっても、井村たちは、姿を見せなかった。

(松江に行ったのだろうか？)

西本は、駅を出ると、もう一度、Kホテルへ行ってみた。

ようやく、雨があがって、陽《ひ》が射してきている。

Kホテルのフロント係は、西本を見ると、ニコニコして、

「井村さまから、ついさっき、お電話がありました」

「どんな電話だった？」

「私どもが想像したとおり、井村さまたちは、出雲大社を見学なさってから、日御碕《ひのみさき》のほうへ行かれたんです」

「日御碕というと？」

「日本海へ突き出したところで、新婚さんがよく行かれるところです」

フロント係は、観光地図を持ち出してきて、西本に説明してくれた。

日御碕には、天照大神《あまてらすおおみかみ》と、弟の須佐之男命《すさのおのみこと》を祀《まつ》った神社があり、その東には、島根半島海中公園もある。

「いろいろと見学なすってからお帰りになるので、当ホテルへのチェックインは、午後四時頃になるといわれました。あのあたりは、景色のいいところですから、ゆっくり、ご見物くださいと申しあげましたが――」

「午後四時か」

念のために、松江のIホテルに電話できいてみると、井村から、何の連絡もないという。

すると、今夜は、出雲市のKホテルへ一泊するつもりなのだろうか？

西本は、もう一度、タクシーに乗り、日御碕へ行ってみた。なるほど、島根半島の突端で、海の景色が美しく、白亜の灯台や、真紅《しんく》の神社が、強い陽差しを受けて、きらきら光っている。

観光客も、多かった。

その中に、井村たちを探したが、なかなか見つからなかった。

場所が、広すぎるのだ。

日御碕から、東へ走り、島根半島海中公園にも、足を伸ばしてみた。

グラスボートも出ている。二人は、それに乗っているのかもしれないが、いちいち、確かめるわけにもいかない。

時間が、いたずらに、たっていく。

午後一時になり、二時になり、三時近くになった。

（午後四時には、Kホテルに、チェックインするといっていたな）

何となく、中途半端な時刻だなと思った。

夕食を外ですませてから、チェックインするなら、午後六時頃だろう。

（なぜ、井村は、わざわざ、ホテルに電話を入れて、午後四時にチェックインすると、いったのだろうか？）

西本は、あわてて、丸めて、ポケットに突っ込んでいた時刻表を取り出して、ページをくってみた。山陰本線のページを見て、

「あッ」

と、声をあげた。

「さんべ3号」の長門市駅着が、一五時二九分になっている。ここで、二つに分割され、美祢線回りが、一五時三六分発、山陰本線回りは、一五時三八分に、発車する。

つまり、午後四時には、どちらも、すでに、発車してしまっているのである。

西本は、腕時計を見た。午後三時四十三分。すでに、分割され、それぞれの線区を走っている。

今日の「さんべ3号」に、松江と、出雲市で、二人が乗らなかったことは、確認している。

しかし、タクシーを飛ばして、出雲市の先で、乗ったかもしれないのだ。

特急ではなく「さんべ3号」は、急行だから、かなり停車駅がある。

出雲市から長門市までの間でも、十一の駅に停車するのだ。

例えば、出雲市の次の大田市《おおだし》駅着は、一一時四三分である。そして、出雲市から大田市までは、約三十二キロである。井村たちが、出雲大社にいたのが、九時半頃だから、タクシーで、ゆうゆう間に合うのだ。

井村は、警察にマークされていなかったら、松江なり、出雲市のホテルで一泊して、翌日「さんべ3号」に乗るつもりだったのかもしれない。

ところが、西本がつけているのに気付いて、急遽《きゅうきょ》、方針を変えて、今日の「さんべ3号」に乗ったのではないか？

もし、そうなら井村の目的は、一つしか考えられない。「さんべ3号」を利用して、尚子を殺すのだ。

西本は、山口県警に応援を頼むことにした。

（だが、間に合うだろうか？）

3

同じ頃。

美祢線に入った「さんべ3号」は、たった四両という可愛らしい編成で、走っていた。

車内は、すいていた。

一六時一四分（午後四時十四分）列車は、美祢についた。

秋吉台が近いために、大理石の土産物で有名なところである。

グリーン車への乗り降りはなかったが、自由席の車両へは、ここで、十二、三人の乗客が乗ってきた。

先頭の1号車に、子供連れの若い母親が乗ってきた。

五歳の男の子は、乗り込むなり、素早く、窓側の席にあがってきた。

1号車は、自由席で、昔なつかしい四人掛けの、向かい合った座席である。

母親は、あとから腰を下ろして、前に座っている女性に、

「子供が騒いで、申しわけありませんねえ」

と、声をかけた。

相手は、聞こえないのか、黙って、俯いている。

がくんとゆれて、列車が動き出した。

そのとたん、前に座っていた女性の身体が、ふいに、倒れてきた。

若い母親は、思いっきり甲高い悲鳴をあげた。

車掌が、駆けつけてきた。

床に倒れた女性は、すでに死亡していることは、明らかだった。ぴくりとも動かなかったし、皮膚の色が変わっていた。

車掌が、心臓の鼓動を聞こうとして、胸に耳を近づけた時、なぜか、甘い匂いがし

た。それは、青酸死に特有の匂いだった。

傍にあったハンドバッグの中身から、彼女の名前が、尾形尚子と確認された。

4

その夜おそく、十津川は、世田谷の主婦殺しを解決して、警視庁に戻ったところで、尚子の死を知らされた。

「すべて、私の責任です」

山口県警から電話してきた西本が、しおれた声でいった。十津川は、励ますように、

「君の責任じゃない。私だって、松江に一泊してから、明日『さんべ3号』に乗るだろうと思っていたんだからね。井村は、こちらの動きを察して、今日に変更したんだろう。尚子は、やはり、毒殺かね？」

「そうです。青酸中毒死です」

「今度も、彼女は、美祢線回りのグリーン車に、乗っていたのかね？」

「美祢線回りですが、グリーン車ではなく、先頭の自由席で死んでいました。やはり、グリーン車は、気持が悪かったんでしょう」

「井村は、今、どうしているんだ？」

「県警本部で、泣いていますよ」

「泣いているって？」

「井村の話によると、前に、グリーン車で、あんなことがあったので、先頭の自由席にいたほうがいいと彼女にいったんだそうです。それが、こんなことになるなんてと、泣いているんです」

「役者だな。井村以外に、犯人が考えられるかね。彼は、美祢線回りには、乗ってなかったのか？」

「前と同じように、彼は、山陰本線回りに乗っていました」

「それは、間違いないのかね？」

「尚子が、死んでいるという知らせが、県警本部に入ったのが、午後四時五十分です。そこで、県警の刑事が、下関に急行し、入ってきた山陰本線回りの『さんべ3号』を調べたところ、井村が乗っていました。これは、私も確認しています」

「しかし、だからといって、長門市から、ずっと、山陰本線回りに乗っていたことにはならんだろう？」

「そうですが、車掌に会って聞きますと、長門市を出てすぐ、井村が、話しかけてきたというんです。その後、ずっと、車掌の近くにいて、あれこれ、おしゃべりをしたといっています」

「アリバイ作りだな」

「と、思いますが、反論はできません。車掌の証言ですから」

「それなら、長門市駅で、二つに分かれる時、井村が、尚子に向かって、途中で飲みなさいと、青酸入りの缶ビールか、ジュースを渡したんじゃないのかね？」

「ところが、彼女の座っていた座席の周囲を調べたんですが、それらしいものは、まったく見つからないのです」

「前の時は、列車のくず物入れに、青酸の入った缶ビールの空缶が捨ててあったよ」

「それが、くず物入れも調べましたが、見つかりませんでした。井村にいわせると、彼女には、前の事件のことを話し、誰がすすめても、缶ビールやジュースは飲むなといっておいたそうです。そして、無事に、下関で再会して、お互いの愛情を確認し合うつもりだったといっていますよ」

「しらじらしいな」

「そうですが、今のところ、井村が犯人だという証拠は、まったくありません。彼が無実だという証拠ばかりで」

「遺体の解剖は、どうなっているんだね？」

「明日の昼頃までには、解剖の結果がわかるはずです。それから、山口県警が、事件解決のため、警視庁に協力してほしいと」

「わかってる。君は、そちらに残ってくれ。こちらでも、井村や、尚子のことを調べてみる」

と、十津川は、いって、電話を切った。

翌朝になると、十津川は、まず、亀井を呼んで、

「カメさんは、すぐ、京都へ行ってくれ。尚子の友だちに会って、彼女から、何か、井村のことで聞いていないか調べるんだ。彼女は、京都の人間だから、親しい友だちがいたかもしれない」

「わかりました」

「彼女は、木元謙一郎が殺された時、何かをかくしていた。それがわかれば、事件解決のヒントを得られるかもしれないんだ」

と、十津川は、いった。

亀井は、桜井刑事をつれて、すぐ、京都に向かった。

そのあと、十津川は、本多捜査一課長と、今度の事件を、再検討した。

「問題は『さんべ3号』という列車です」

と、十津川は、いった。

「井村が、この特殊な列車を、どう利用して、二人の人間を毒殺したかだろう？」

本多は、落ち着いた声で、適切な疑問を投げかけてきた。

「そのとおりです。それに、木元を殺した時には『さんべ3号』の他に、尾形尚子も利用したわけです」

「じゃあ、まず、木元殺しから考えてみようじゃないか。井村は、自分が、木元につけ回されているのを知っていたし、ある程度、秘密をつかまれていると思っていたんじゃないかな。だから、木元の口を封じようと考えたんだろう」

「しかし、木元を殺せば、自分が疑われる。そこで、いろいろと、考えたんだと思います。その結果が『さんべ3号』の利用であり、三年前に別れた尾形尚子を利用することだったと思うのです。自分が、旅行に出れば、木元も、必ず、尾行してくる。その確信もあったと思います。殺す方法も、毒殺と決め、青酸カリを持参した。ただ、尾形尚子を、なぜ選んだのか、どう利用したのかが、わかりません。他の女では、いけなかったのか？　なぜ、木元が、尚子の乗った美祢線回りに乗ったのかも謎です。それは、彼女が、何かかくしていたらしいことと、結びついていると思うのですが」

「すると、京都へ行ったカメさんたちの調査待ちということかね？」

「何かつかんでくれるといいんですが」

と、十津川はいった。

5

京都へ行った亀井から、待望の電話がかかったのは、翌日の夜になってからだった。電話口の声が、はずんでいることから、何かつかんだなという期待を持つことができた。

「桜井君をほめてやってください。高倉君子という尚子の親しかった女性を見つけてくれましたから」

と、亀井がいい、若い桜井に、電話を渡した。

「幸運でした」と、桜井は、いった。

「彼女は、明日になると、ハワイ旅行に行ってしまっていたんです。尚子とは、子供の頃、隣に住んでいて、高校まで一緒だった女性です」

「それで、尚子のことで、何がわかったんだね？」

「一週間前、尚子が、京都にきて、高倉君子に会っているんです。その時、井村のことをいろいろ話してくれたそうですが、その時は、ただ、甘いのろけを聞かされただけだと思っています。今でもそうでしょうが、それが、事件に関係していたんです」

「どんな具合にだね？」

「尚子が、のろけていったことによると、井村から突然、電話があって、今、京都にきているから、会ってほしいといったそうです。彼女が、金に困っているのを知っていて、会うと、五百万円の小切手を、いともあっさりと切ってくれた。それで、尚子は、山陰への旅行を承諾したんだそうです」

「なるほどね」

「出雲大社へまず行き、その日、松江に一泊。翌日、松江から、問題の『さんべ3号』に乗ったわけですが、松江の駅の構内で、彼女は、自分を見つめている男に気がついていたそうです。それを井村にいったら、君が魅力的だからだと、いったそうです」

「木元謙一郎だ」

「と、思います。『さんべ3号』が、長門市に着いてから、二人は、別れて乗り、下関でまた一緒になることを決めたんですが、切り離しを待っている時、井村が、これを読んでくれと、白い封筒をくれたそうです。松江のIホテルで書いた君へのラブレターだと、井村はいったらしいのです。確かにIホテルの封筒だったといっています」

「当然、木元も見ているな」

「そうです。尚子は、美祢線に入ってから読もうと思ったが、疲れたので、手紙を膝の上にのせたまま、眠ってしまった。しばらくして眼をさますと、手紙がなくなっている。あわてて、まわりを探したが見つからない。そのうちに、トイレに行きたくなって、通路を歩いていくと、眠ったように俯いて座っている男の膝の上に、その手紙があったというんです。それで、取り返そうと、声をかけて、身体をゆすったら、その男が、座席から落ちて、床に転がった。木元です。かかわり合いになるのが嫌で、取り返した手紙のことは、黙っていたといったそうです」

「その手紙は、本当に、ラブレターだったんだろうか？」

「高倉君子は、その手紙を見せてもらったらしいんですが、便箋《びんせん》二枚に、えんえんと、君の寝顔が可愛いとか、もう一度、やり直したいとか、熱い言葉が書き並べてあったそうですよ」

「では、本物のラブレターだったのかい？」

少しばかり、はぐらかされたような気持で、十津川は、確かめた。

「甘い甘いラブレターだったそうです。ただ奇妙なのは、最後のところに、切手が貼ってあったそうです」

「切手が？　封筒にじゃないのか？」

「いや、便箋の最後にです。それも、タテ五センチ、ヨコ三センチぐらいの大きな記念切手だったそうです。三十七年頃発行の記念切手です」

「井村は、なぜ、そんなことをしたんだろう？」

「尚子が、きいたら、君が、昔、切手の収集に興味を持っていたから、プレゼントしたんだといったそうです」

「尚子に、そんな趣味があったのかね？」

「いや、なかったそうです。それで、尚子は、高倉君子には、井村さんは、きっと、誰かさんと間違えているのよと、笑っていたそうですが――」

「ねえ、警部」

と、亀井の声にかわって、

「その手紙が、凶器だったんじゃないでしょうか？」

「ラブレターがかね？」

「そうです。木元は、秘密の書かれたマイクロフィルムを狙っていたと考えられます。自分のつけていた井村が、突然、京都で女を誘い、しかも、彼女に、白い封筒を渡した。まさか、ラブレターだとは思わないから、問題のマイクロフィルムを入れて、女に渡したと思ったんじゃないでしょうか？」

「そこまでは、私も考えたんだが、なぜ、ラブレターで、木元を殺せたんだね？」

「美祢線に入ってすぐ、尚子は、眠ってしまいます。これも、井村が、睡眠薬入りのジュースを、前に飲ませておいたのかもしれません。とにかく、彼女は、封筒を膝にのせたまま眠ってしまった。その中に、マイクロフィルムが入っているのではないかと考えた木元にしてみれば、絶好のチャンスです。そっと、尚子の膝の上から取りあげて、自分の席へ戻ります。中を見ると、便箋二枚に、甘い言葉が書きつらねてある。しかし、木元は、それを、単なるラブレターだとは、考えません。何かかくしているに違いないと思う。当然、便箋に貼られた大きな記念切手に、注意をひかれます」

「そうか、その記念切手の下に、井村が、マイクロフィルムをかくしたと、木元は考えたわけか」

「そうです。しかし、無理に引き剝《は》がせば、中にあるかもしれないマイクロフィルムまで傷つけてしまう。木元には、それは出来なかった。なぜなら、彼は、マイクロフィルムを手に入れて、それで、井村をゆするつもりだったからです。そうなると、方法は、二つしかありません。水で濡《ぬ》らして、そっと、剝がすか、水が手近になければ、ツバで濡らすかです」

「そうか、記念切手の上に、青酸液を塗っておいたのか」

思わず、十津川の声が大きくなった。

何度も、指をつかって、ツバをつけていれば、ひとりでに、木元は、青酸を飲み込むことになるのだ。

しかも、木元が、勝手に死んでいく時、井村は、遠く離れた山陰本線回りの「さんべ3号」の中で、アリバイ作りに精を出していたのだ。

木元が死んだあと、問題の手紙は、尚子が取り返すことも、読んでいたに違いない。

「そうなると、車内のくず物入れにあった缶ビールの空缶は、完全な陽動作戦ということになるね。本当の毒殺の方法をかくすために、井村が、前もって、青酸カリを流入した缶ビールの空缶を、くず物入れに投げ込んでおいたのだ。多分、長門市駅へ着く前だろう。この陽動作戦は、まんまと成功して、われわれは、犯人が、缶ビールに青酸を混入し、それを、どうやって、木元に飲ませたのだろうかと、頭を痛めてしまったからね。また、毒殺が失敗しても、その時はあの空缶は、誰の注意もひかずに、処理されてしまうだろうから、犯人は、安全だったんだ」

「井村は、甘いラブレターの手前、尚子と、再婚しなければならなかったんだと思いますね。しかし、問題のラブレターを取り返し、彼女を殺して、口を封じなければ安心できない。だから、また『さんべ３号』に乗ったんです」

「尚子には、もう一度、あの列車に乗って、お互いの愛情を確認し合おうとでもいったのかもしれないな。今度は、どうやって、彼女を毒殺したかだが――」

6

亀井たちとの電話が終わってから、山口県警から連絡が入った。

尚子の遺体解剖の結果を知らせてくれたのである。

「解剖で、興味のあることが、わかりました」

と、県警の島田捜査一課長が、いった。

「どんなことですか？」

「胃液の中からは、青酸反応はなかったそうです」

「と、いうと？」

「血液中に、青酸反応があったそうです。ですから、尾形尚子は、青酸入りのジュースや缶ビールを飲んだわけじゃないんです」

「注射——ですか？」

「そうですね。恐らく、犯人から、青酸液を注射されたんじゃないかと思うんですが」

「しかし、他の乗客の目があるでしょう？　昼間の列車だから、井村が、尚子の腕に注射なんかすれば、すぐわかってしまうんじゃないでしょうか？」

　十津川が、疑問を口にすると、島田も、

「私も、それが疑問なのです。当日、あの列車に乗っていた乗客の話を聞いたのですが、『さんべ3号』が、長門市駅へ着くまでの間、井村が、尚子に、注射したとは考えられなくなりました」

「そうですか」

「車掌の証言もあります。長門市駅で『さんべ3号』は、切り離されるんですが、尚子の乗った美祢線回りの四両のほうが先に出発します」

「それは、知っています」

「井村が、ホームで、彼女を見送っているのを、車掌は、見ているんです。その時、尚子も、ニコニコ笑っていたそうです。青酸液を注射されていたら、そんな笑顔は、出来ないはずですから」

「すると、井村には、完全なアリバイが出来てしまうわけですね」

「それで、当惑しているんです」

と、島田は、口惜しそうにいった。

木元殺しについて、やっと謎が解けたと思ったら、また、新しい壁が出来てしまったのを、十津川は、感じた。

電話が切れると、十津川は、考え込んでしまった。

尚子を殺したのは、井村に決まっている。他に、犯人のいるはずがないのだ。

井村が犯人だとすれば、どう解釈したらいいのか。

第一の疑問は、井村が、なぜ、もう一度「さんべ3号」を利用したかということである。

十津川は、もう一度「さんべ3号」の特徴を考えてみた。

この列車は、日本でただ一本、途中で分かれて、再び、合体する列車である。

その他に、特徴は、ないだろうか？

十津川は、答えが見つからないままに、時刻表を手に取って、ページをくってみた。

山陰本線の下りのページを開ける。
いろいろな列車の名前が並んでいる。
出雲1号
出雲3号
おき3号
まつかぜ1号
あさしお1号
あさしお3号
どれも、特急列車である。今は、特急列車の花盛りである。
だが「さんべ3号」は、急行だった。
犯人の井村は「さんべ3号」が特急でなく、急行だということも、殺人に利用したのだろうか？
そう考えたが、特急と急行の違いというと、スピードの違いくらいしか、考えつかない。
特急より、急行のほうが、停車する駅も多いに違いない。
だが、それが、毒殺に利用できるだろうか？

もう一つ「さんべ3号」については、山口県警の島田捜査一課長がいったように、美祢線回りのほうが、山陰本線回りより、先に、長門市駅を出発する。

美祢線回りのほうが、二分先に出発するのである。

だから、井村が、ホームで、尚子を見送ったのだ。その時、尚子は、ニコニコ笑っていたという。

（この二分間の差も、井村は、利用したのだろうか？）

だが、どう利用したのかが、わからない。

その夜、おそく、家に帰ったが、事件のことが、気になって、仕方がなかった。自然に口が重くなる。

妻の直子が、気にして、

「どうなさったの？」

「事件のことが気になってね」

と、十津川は、いってから、

「君は、旅行好きだったね」

「ええ」

「特急と急行の違いは、何だろう？」

「え？　そんなこと、急にいわれても――」

「じゃあ、いい方を変えよう。今は、ブルートレインにしても、昼間の主な列車にしても、特急全盛だろう。そういう時に、わざわざ、急行を利用する人間がいるとして、そのメリットは、何だろう？」

「そうねえ。まず、料金が安いわ」

「それは、関係ないな。相手は、金持ちだからね。他のメリットは？」

「この間、長野まで、急行の、それも、グリーン車じゃなくて、普通車で行ったことがあるの」

「うん」

「なかなか、楽しかったわ。特急じゃ味わえない旅の楽しさを味わうことが出来たわ」

「どんな楽しさだね？」

「特急は、窓が開かないでしょう？　だから、停車しても、駅弁やお茶を買うのが大変だけど、急行は、窓が開くのよ。だから、駅に停まった時、駅弁やお茶を買うのが楽しみだったわ。それに、自然の風も入ってくるしね」

「急行は、窓が開くのか」

十津川は、じっと考え込んだ。

長門市駅で、尚子は、グリーン車から、先頭の普通車に移った。

それを、井村は、ホームで見送った。

当然、窓を開けて、二人は、話し合っていたはずだ。

急行だから、それが出来る。

窓が開いていれば、手も触れられる。

尚子の乗った美祢線回りは、一五時三六分に発車する。

発車間際に、井村は、握手を求める。窓が開いているのだから、握手が出来る。

その時、井村が、青酸液を塗った小さな針を手の中にかくしていたらどうだろうか？

尚子の掌に、一瞬、チクリと痛みが走る。

その痛みが、何であるかわからないうちに、彼女を乗せた列車は、発車してしまう。

井村は、急いで、ホームを駆け、自分の乗る山陰本線回りの列車に、飛びこんでしまう。そして、二分後に発車。

青酸中毒で死んだ尚子に、他の乗客が気付く頃には、井村は、山陰本線を走る「さんべ3号」の中で、車掌を相手に、アリバイ作りをしていたのだ。

「ありがとう」

と、十津川は、妻の直子にいった。

「え？　なんのこと？」

びっくりした顔で、直子が、きいた。

「君のおかげで、事件が解決しそうなんだ」

「本当？」

「何かお礼がしたいね」

「それなら、今度、銀座で、夕食を一緒にしてくださらない」

と、直子は、ニッコリしてから、急に、はしゃいだ調子になって、銀座に、今度出来たフランス料理の店が、いかに雰囲気がよくて、料理が美味《うま》くて、従業員のしつけがいいかを、とうとうと、喋り出した。

恨みの陸中リアス線

1

「父を助けて下さい」

と、若い女の声が、いきなり、いった。

十津川は、困惑した表情になり、電話の送話口に向って、

「いきなり、そういわれても、困りますね。事情を説明して頂かないと」

と、いった。

それでも、相手は、

「父が殺されるかも知れないんです。だから、助けて下さい」

と、繰り返す。真剣な声だから、いたずらとは、思えなかった。

「とにかく、あなたの名前を、いって下さい」

「においざかみつこです。匂う坂と書きます」

「珍しい名前ですね。お父さんの名前と、何をしているのか、教えて下さい」

「父は、匂坂秀夫《におい ざかひで お》。S水産という会社の社長です」

「水産会社ですか？」

「小さな会社です」

「なぜ、お父さんが、殺されるかも知れないと、思うんですか？」

「殺してやるという脅迫状《きょうはくじょう》が来ているんです。何通も来ていると思うんですけど、私は、一通だけ見ました」

「お父さんは、なぜ、殺すと、脅《おど》かされているんですか？」

「わかりません。多分、仕事のことだと思いますが、父は、仕事のことは、何も話してくれませんから」

「お母さんは、どうしてるんですか？　脅迫犯のことを、話しました？」

「母は、二年前に亡《な》くなりました」

「きょうだいは？」

「いません」

「なるほど。それで、あなたが、ひとりで心配しているんですね？」

「はい」

「今、何処《どこ》ですか？」

「家ですけど」

「警視庁まで、どのくらいで、来られますか？」

「一時間、いえ、一時間半くらいで、行けると思います」

「では、すぐ、来て下さい。お話を、伺《うかが》います」

と、十津川は、いった。

一時間二十分して、若い女が、十津川に、会いに来た。電話で、匂坂みつ子と名乗った女だった。年齢は、二十五歳前後といったところだろう。

小柄《こがら》で、どちらかというと、可愛らしい感じの女だった。その顔が、緊張し、怯《おび》えているように見えた。

「話を聞いて下さい」

と、彼女が、いった。

「聞きますよ。それで、来て頂いたんですから」

十津川は、優しく、微笑した。

みつ子は、ハンドバッグから、一枚のハガキを取り出して、十津川に、見せた。

ワープロで打たれたと思われる文字が並んでいる。

〈お前を殺してやる。絶対に殺してやるから、覚悟しておけ。それが、当然の報《むく》いだ！〉

差出人の名前はない。

消印《けしいん》は、東京・中央となっていて、二日前の午後の時刻が、押されていた。

「お父さんは、このハガキのことを、話しましたか？」

と、十津川は、顔をあげて、みつ子にきいた。

「父は、今、仕事で、出かけているんです」

「何処へですか？」

「東北です。昨日、盛岡《もりおか》のホテルから電話があって、あと二、三日、こちらにいると、いっていました」

「その時に、ハガキのことは？」

「いいそびれてしまいました。電話でも、脅かされているらしいと、思っていたので、このハガキのことを話したら、余計《よけい》に、心配させてしまうのではないかと――」

みつ子は、いい澱《よど》んだ。

「具体的に、お父さんが、危険な目にあったことは、あるんですか?」

「一度、父の車の運転手が、タイヤを四つとも、パンクさせられたと、教えてくれました。しかし、父は、よくあることだと、笑っていました」

「それは、いつ頃のことですか?」

「半月ほど前です」

「車にいたずらというのは、確かに、よくあることだから、それだけでは、私たちが、調べるわけには、いかないのですよ。交通課の仕事ですからね」

と、十津川は、いった。

「やっぱり、そうですか」

「申しわけないんだが、車のタイヤのパンクと、差出人不明の脅迫状だけではね」

「いいんです。聞いて頂いただけでも、少しは、気が楽になりました」

と、みつ子は、微笑した。

「何かあったら、遠慮なく、また、電話して下さい。相談には、のれると、思いますよ」

と、十津川は、いってから、

「ところで、なぜ、いきなり、捜査一課に、電話して来たんですか？　一一〇番しないで」

「一一〇番だったら、このハガキだけでは、親身《しんみ》になって、相談にのってくれないと思ったんです。それで、ここの電話番号を、調べました」

「なるほど」

「どうも、ありがとうございました」

みつ子は、ペコリと頭を下げて、部屋を出て行った。

それを見送ってから、十津川は、彼女が、ハガキを、忘れていったことに気付いて、手に取った。

「あのきれいな娘さんは、何の用だったんですか？」

と、亀井刑事が、きいた。

十津川は、ハガキを、亀井に渡して、

「彼女の父親に来たハガキだ」

「脅迫状ですね」

「それで、心配だといって、相談に来たんだよ。ここの電話番号を調べたらしい」

「しかし、これだけでは、どうしようもありませんね」

と、亀井が、いった。

「そうなんだ。だから、帰って貰《もら》ったんだがね」

「この匂坂秀夫という人は、何をしているんですか？」

「小さな水産会社のオーナーだと、いっている。母親は亡くなっていて、あの娘と父親の二人だけだそうだ」

「それなら、彼女の心配も、当然ですね」

「ああ。私にも、それは、よくわかったよ。だが、今の段階では、力にはなれない」

十津川は、声を落とした。みつ子は、話を聞いて貰っただけで嬉《うれ》しかったというが、ひょっとして、ここへ来《こ》させたことで、実現のしない期待を持たせてしまったのではないか。そんなことも、考えてしまうのだ。

どうも、落ち着けない。

十津川は、電話帳を引き寄せると、S水産の番号を引いた。

電話を掛ける。若い女の声が、「S水産ですが」と、いった。

「社長さんは、お出かけですか？」

「はい。仕事で、出かけておりますけど」

「何の用で、行かれたのか、教えて頂けませんか？」

「失礼ですが、そちら様は？」

と、相手がきく。十津川は、一瞬、迷ってから、

「学校時代の友人で、明後日、新宿で会う約束をしているんですよ。家に電話したら、娘さんが、仕事で出ているというので、不安になりましてね。ひょっとすると、私が頼んだことで、出ているのではないかと――」

「いえ。今度の社長の出張は、会社の用ですから」

「それならいいんですが、今日、彼が、何処へ泊るか、わかっていますか？」

「盛岡のKホテルの筈《はず》です」

と、女事務員が、教えてくれた。

十津川は、礼をいって、受話器を置いた。それがわかったところで、彼には、どうしようもないのだが、匂坂みつ子のことで、何かしないと、落ち着かなかったのだ。

盛岡のKホテルに電話をかけ、匂坂秀夫が、泊っているのを確認したら、もうすることが、なくなってしまった。

とにかく、今日は、匂坂秀夫は、無事でいるのだ。

そんな十津川の様子を心配して、亀井が、声をかけてきた。

「大丈夫と思いますよ」

「そう思うかね？」

「昔から、本当に人殺しをする奴は、脅迫状を書くなんていう、まだるっこしいことはしませんよ。脅迫状を書くのは、気持に余裕がある証拠みたいなものですからね」

と、亀井は、いった。

「確かに、そうかも知れないが」

「親ひとり、子ひとりだから、必要以上に、心配しているんだと思いますよ。無理もない気がしますが」

「ああ」

「彼女が心配するほど、当の父親は、心配していないと思いますよ。だから、仕事で、東北に出かけて行ったんじゃありませんかね。本当に、殺される危険があれば、仕事があろうと、遠出《とおで》はしないんじゃありませんか？」

「そうかも知れん」

と、十津川は、肯《うなず》いた。いくら心配でも、今の段階で、捜査一課が、動くわけにはいかないのだ。

2

　翌日の四月十八日の夜になって、十津川の自宅に、匂坂みつ子が、電話をかけてきた。

　午後十時を回っていた。

「父が死にました」

と、彼女は、いきなりいった。最初の時も、彼女は、いきなり、「父を助けて下さい」と、いったのだ。

「それ、本当ですか？」

と、十津川は、念を押した。

「ええ。ついさっき、岩手県警から電話がありました。三陸《さんりく》鉄道の車内で、父が殺されたというんです」

「そうですか」

「私は、明日、向うへ行って来ます。ご心配を、おかけしましたが、そんなことなので――」

と、いって、みつ子は、電話を切った。

物静かないい方だったが、それが、かえって、自分を非難しているように、十津川には、聞こえた。

「どうしたんですか？」

と、妻の直子が、十津川を見た。

「父親に脅迫状が来ていて、心配だという娘がいてね。だが、私には、どうしてやることも出来なかった。その娘が、今、電話して来た」

「お父さんが死んだと、いって来たんですか」

「岩手で、殺されたといって来た」

「それで、あなたを、非難しているんですか？　なぜ父親を守ってくれなかったといって」

「いや、ご心配をおかけしましたといっただけだよ。怒ってくれた方が、私は、気楽なんだがね」

と、十津川は、小さく、溜息《ためいき》をついた。

直子は、なぐさめるように、

「仕方がないわ。警察は、事件が起きなければ、動けないんですものね」

「それは、そうなんだがね」

「お茶でもいれましょうか？」

と、直子が、いった。

「ありがとう。出来れば、コーヒーにしてくれないか」

と、十津川は、いった。

彼は、パジャマのまま、書斎に入って、時刻表を、本棚から取り出した。

三陸鉄道は、日本最初の第三セクターによる鉄道である。

時刻表によれば、三陸鉄道は、南と北に分れている。南リアス線と、北リアス線である。

南リアス線は、盛《さかり》と釜石《かまいし》の間、三六・六キロである。釜石から先、宮古《みやこ》までは、JR山田線が走り、宮古から北へ七一キロの久慈《くじ》までを、今度は、三陸鉄道の北リアス線が、結んでいる。

みつ子の話だけでは、南と北のどちらの鉄道が、殺人現場なのか、わからない。

東北岩手の太平洋岸の美しいリアス式海岸を南から北へ走る列車なのだ。

次に、「日本の鉄道」という写真集があったのを思い出して、探し出して、広げた。

三陸鉄道は、第三セクターとして成功した数少い例だといわれる。意欲的に、新しい車両を導入している。

そのいくつかの車両の写真が、出ていた。白い車体に、青と、赤のストライプの入った車両。レトロ調の茶色く塗られた車両などである。

「きれいで、可愛らしい列車ね」

と、直子が、横からのぞき込んで、いった。

「確かに、きれいだが、この車両の中で、人が一人殺されたんだ」

と、十津川は、いった。

翌日の朝刊に、この事件が、のっていた。

四月十八日。宮古発一九時三五分の列車の中で、中年の男が、胸を刺されて死んでいるのが発見された。発見されたのは、列車が、終点の久慈に着いてからだった。持っていた運転免許証で、東京の中野《なかの》区内に住む匂坂秀夫とわかった。警察は、殺人事件として、捜査を開始した。

それが、朝刊に出ていた全《すべ》てである。

十津川が、警視庁に登庁してすぐ、岩手県警から、捜査についての協力要請の電話が、入った。

殺された匂坂秀夫について、詳しく調べて欲しいという要請である。

一人娘のみつ子は、岩手へ行っただろうから、誰もいないだろう。十津川は、そう思い、亀井と西本の二人を、築地《つきじ》にあるS水産に行かせた。

二人は、三時間ほどして、帰ってきた。

「従業員四十七名の小さな水産会社でした」

と、亀井が、手帳のメモを見ながら、十津川に、報告した。

築地にある雑居ビルの一階から三階までを、使っているという。

「どんな仕事をしている会社なんだ？」

「大別して、二つの仕事をやっています。一つは、アメリカ、カナダなどで、カツオ、サケなどを買い付け、それを輸入し、販売する仕事です。もう一つは、何隻《せき》かの小型漁船を所有していて、近海漁業の仕事です。こちらは、岩手の宮古に、S水産の支店があり、ここでまとめています」

「それで、匂坂は、岩手へ行ったのか？」

「そう思います。社員の話では、支店の方にトラブルがあって、それで、社長が出かけたといっています」

「どんなトラブルなんだ？」

と、十津川は、きいた。

「S水産の宮古支店が所有している漁船は、十隻で、全て、十九トン未満で、今いったように、近海漁業に、使われています。その漁船が、去年から今年にかけて、続けて、三隻、沈没しているのです」

と、亀井が、いい、西本が、それに続けて、

「二人の船員が、死亡しています」

「オーナーは、匂坂だね？」

「そうです」

「それで、匂坂に、あんな脅迫状が、来たわけか？　儲《もう》け第一主義のオーナーが、危険を承知で、出漁《しゅつりょう》させ、そのために、沈没し、犠牲者が出たので、遺族が怒って、あんな脅迫状が舞い込むことになったというところじゃないのかね？」

十津川が、きくと、亀井は、肯いて、

「私も、そう思います。現地の怒りを、何とかなだめようとして、社長の匂坂が、出かけたんでしょう。どうやら、かなりの金を用意して行ったみたいですから」

「どのくらいの金額なんだ？」

「S水産の経理の話では、三千万円をおろして、それを匂坂は、ボストンバッグに詰めて、持って行ったそうです」

と、西本が、いった。

「三千万ね」

「そうです」

「岩手県警の三浦《みうら》刑事は、金の話は、一言もいってなかったから、車内に見当らなかったんだろう」

「つまり、犯人が、持ち去ったということですか？」

「そうとしか、考えられないよ」

と、十津川は、いった。

彼は、すぐ、今度の事件を扱っている岩手県警の宮古署に、電話をかけた。向うは、坂本《さかもと》という警部が出た。

十津川は、わかったことを、全て、話した。それに対して、坂本は、

「車内に、三千万円は、ありませんでした。被害者の財布に、十七万二千円入っていただけです。ロレックスの腕時計も、盗《と》られていないので、物盗りが動機とは、考えられないと、思っていたんですが」

「やはり、三千万は、犯人が、持ち去ったんでしょう」

「犯人は、亡くなった二人の漁船員の遺族か、仲間ということになりますか？」

「今のところは、それ以外の理由が見つかっていませんが、沈没の詳しい模様がわからないのですよ」

「それは、こちらで調べます」

と、坂本は、いった。

「被害者の娘さんが、そちらへ行った筈ですが」

十津川は、みつ子の顔を思い出しながら、いった。

「会いましたよ。父親と二人だけの家族だったということで、大変な悲しみようでした。脅迫の手紙のことも、聞きました」

「犯人について、何かいっていましたか？」

「いや、仕事のことは、何も知らないというばかりで、参考になることは、聞けませんでした」

と、坂本は、いう。

「問題の列車ですが、目撃者は、どうですか？　出て来そうですか？」

「犯行のあった頃ですが、車内は、すいていましてね。その上、乗客は、地元の人間が多かったので、居眠りをしていたというのが、殆《ほとん》どなんです。目撃者が見つかる可能性は、少いですね」

「被害者は、盛岡のKホテルに、泊っていたんでしたね？」

「そうです。ホテルを訪ねて来た人間はいません。電話は、被害者が、かけたものが、五回。東京へ二回、あとは、宮古です。宮古の方は、S水産の支店だと思われます。東京の二回は、自宅と、本社です。かかって来たのは、東京から三回。会社と、自宅からと、もう一回は――」

「私です。娘さんが、心配しているので、Kホテルに電話し、私が、父親のいるのを、確認したんです」

と、十津川は、説明した。

「それで、全部の電話が、わかりました。その一本だけが、わからなかったんですよ」

「凶器のナイフは、刺《さ》さったままだったんですか？」

「そうです。シーナイフと呼ばれるもので、市販されています。もちろん、柄《え》に、指《し》紋《もん》はありませんでした」

「被害者が、Kホテルを出る時、誰かが迎えに来ていたというようなことは、ありませんでしたか？」

「フロントの話では、被害者は、タクシーを呼んでくれといい、それに乗って、ホテルを出ています。盛岡の駅で、誰かと、合流したかどうかは、まだ、わかっていません」

と、坂本は、いった。

十津川は、それ以上の質問はしなかった。事件は、岩手県下で起きている。捜査の主体は、岩手県警だからである。

だが、翌々日になって、事情が、変ってきた。

3

四月二十一日の午後十一時近く、上野駅近くのビジネスホテルRから、泊り客の一人が、死んでいるという一一〇番が入った。

十津川は、もちろん、岩手の事件との関係など考えずに、部下の亀井刑事たちを連れて、現場に向った。

七階建の縦に細長いホテルは、他のビルに挟《はさ》まれて、肩身《かたみ》が狭《せま》そうに、建っている。

この六階の部屋に、昨夜チェック・インした客が、ベランダから落ちて、死亡したというのである。

発見したのは、ホテルが傭《やと》っているガードマンであった。宿泊カードによれば、その客の名前は、白木博《しらきひろし》、四十九歳だが、部屋にあった運転免許証は、違っていた。

〈三村幸二郎《みむらこうじろう》〉

それが、運転免許証にあった名前である。だが、偽名で泊る人間は、少くないから、そのことには、別に、十津川は、驚かなかった。彼が、興味を感じたのは、男の住所が、岩手県の宮古市内だったことである。

それと、男の顔や、手が、異様《いよう》に陽焼《ひや》けしていたことだった。まだ四月で、陽焼けする季節でもないのである。それも、一時的な陽焼けではなかった。

十津川は、自然に、S水産のことを、思い浮べた。S水産所有の漁船のことである。漁船員ならば、陽焼けしていてもおかしくはない。

（ひょっとすると、S水産の関係者ではないのか？）

と、思ったが、この時刻では、確めようがない。

「明日、築地のS水産に行って、この男が、所属していないかどうか、調べてみてくれ」

と、十津川は、若い西本刑事に、いった。

そのあと、もう一度、三村が、泊っていた部屋の中を、見廻した。

三村は、寝巻姿で、死んでいる。部屋には彼が脱いだ背広や、靴、それに、ボストンバッグが、置かれている。

運転免許証は、背広の内ポケットに入っていたのである。

背広のポケットには、他に、財布、キーホルダー、千円のテレホンカード、ハンカチ、ボールペン、老眼鏡が、入っていた。

財布の中身は、一万円札が十一枚と千円札五枚、それに、CDカードである。CDカードは、もちろん、三村幸二郎名義で、M銀行のものだった。

部屋のドアは、閉っていて、キーは、ベッドの枕元に置いてあったというが、ドアの錠は、オートロック式だから、誰でも、三村を突き落としておいて、施錠《せじょう》して、逃げられるのだ。

死体は、近くのK大病院に運ばれて、解剖が、行われることになった。

翌日、西本が、S水産に行っている間、十津川は、M銀行本店に電話をかけ、CDカードのナンバーと、三村幸二郎の名前をいい、彼の預金額を調べて貰うことにした。

その結果、三村幸二郎は、M銀行に、二千万円を越す預金があることが、わかった。

「その口座は、M銀行の宮古支店に設《もう》けてあるんですか?」

と、十津川は、きいた。それに対して、

「いえ。うちの上野支店です。詳しいことは、上野で、聞いて下さい」

と、いう答が、はね返ってきた。

十津川は、上野支店の電話番号を聞き、掛けてみた。電話口に出た支店長は、十津川の質問に対して、

「確かに、三村幸二郎様は、私どもに、口座をお持ちです」

「二千万円を越す預金があるようですね?」

「ありました」

「ありましたというと――?」

「一時間ほど前に、二千万円を、おろしていかれましたので、現在高は、百二十万円余りです」

「誰が、おろしたんですか?」

十津川は、つい、大きな声になった。

「誰がといって、三村幸二郎様ですが」

「彼は、昨夜、亡くなりましたよ」

「本当ですか？」

「本当です」

「しかし、来られた方が、預金通帳と、印鑑《いんかん》をお持ちでしたので、お支払いしたんですが」

「どんな人間ですか？」

「窓口の者を呼んで参ります」

「いや、こちらから刑事を一人行かせます」

と、いって、十津川は、電話を切ると、すぐ、日下《くさか》刑事を、M銀行上野支店に向わせた。

「面白くなってきたみたいですね」

と、亀井が、声をかけてきた。

「やはり、これは、殺人だよ。何者かが、被害者を、ベランダから突き落として殺し、預金通帳と印鑑を、持ち去ったんだ」

「CDカードを持っていかなかったのは、カードのナンバーを知らなかったからでしょうね？」

「そう思うよ」

「二千万円ですか」

「それに比べて、財布の中身は、わずかだから、盗っていかなかったんだろう」

と、十津川は、いった。

築地のS水産に行っていた西本が、興奮した表情で、帰って来た。

「警部の予想どおりでした。三村幸二郎は、S水産所有の漁船の船長の一人です。去年から今年にかけて、三隻が、遭難《そうなん》していますが、その一隻の船長です」

と、西本は、いう。

「それで、S水産では、三村が亡くなったことについて、どういってるんだ？」

と、十津川は、きいた。

「それが、昨日付で、退職しているので、うちとは、関係ないと、いうんです。それに、社長が亡くなったので、退職した人間のことなんか、構《かま》っていられないという態度でした」

「昨日退職した？」

「ええ。退職願の書類も、見せられました。一身上《いっしんじょう》の都合と、決り文句が、書いてありました。ちゃんと、判も、押してあります」

「船を沈めてしまった責任をとったのかね？　それとも、部下の漁船員を死なせてしまった責任かね？」

「それも、聞いてみたんですが、ノーコメントでした。とにかく、S水産は、社長が死んで、てんやわんやですね」

「そうだろうね」

と、十津川は、肯いた。大会社なら、社長が亡くなっても、組織は動いていくが、S水産のような小さな会社では、多分、社長の個人経営みたいなものだろうから、影響も大きいに違いないのだ。

三村幸二郎の死は、殺人と断定され、上野警察署に、捜査本部が、設けられた。

日下刑事は、上野署の方に、戻ってきた。彼は、スケッチブックに描いた、似顔絵を、十津川に見せた。

「これが、二千万円をおろした男の顔です。窓口の行員に協力して貰って、描きました」

「なかなか、上手《うま》く描けてるよ」

と、十津川は、賞《ほ》めた。

「上手くはありませんが、窓口係は、似ていると、いってくれました」

「サングラスをかけていたのか」

「そうです。うすいサングラスをかけていたそうです。年齢は三十歳くらい。背広姿ですが、ノーネクタイだったといっています。身長は、百七十センチほどだそうです。それから、これが、その男の書いた伝票のコピーです」

と、日下はいい、支払請求伝票の写しを、十津川の前に置いた。あまり癖《くせ》のない字で、二千万円の金額と、三村幸二郎という名前が書かれ、印鑑が押してある。

十津川は、もう一度、宮古署の坂本警部に、電話をかけ、昨夜からの事件の経過を説明した。

「匂坂社長を殺した犯人と、同一人《どういつにん》かどうかはわかりませんが、何らかの意味で、関係があると、考えています」

「すると、合同捜査ということになりますね」

と、坂本が、いう。

「一度、三陸鉄道のリアス線に乗ってみたいので、明日にでも、そちらへ、伺いますよ」

と、十津川は、いった。

「こちらの事件ですが、いぜんとして、容疑者は、見つかりません。S水産の関係者の線と、個人的な知り合いの線の両方で、捜査しているんですが」

「S水産の支店は、宮古市内でしたね？」

「そうです」

「それなのに、匂坂社長は、なぜ、北リアス線に乗ったんですかね？　何処へ、何しに行くつもりだったんでしょうか？」

と、十津川は、きいた。

「それは、こういうことだと考えています。支店は、宮古市内ですが、S水産の所有する漁船は、島《しま》ノ越《こし》港に、置かれているんです。この港に行くには、北リアス線に乗って、島越《しまのこし》駅で降りるので、匂坂社長は、そこへ行くつもりだったと思われます。ポケットにあった切符も、それを示しています」

と、坂本が、いう。

十津川は、片手で、東北の地図を広げ、眼で、その地名を探した。確かに、島越という駅や港がある。

「事件の日ですが、被害者が、まず、宮古支店に寄ったことは、間違いありません。支店の人間が、会っています。そのあと、島越に行くといって、支店を出ています」

と、坂本が、いった。

「その時、支店の人間が、同行しなかったんですか？」

「しなかったと、支店長は、いっています」

「おかしいですねえ。とにかく、S水産の社長が、行ったわけでしょう？　それに、島越だって、仕事で行くのに、なぜ、支店の人間が、知らん顔で、同行しなかったんでしょうか？」

「その点は、私も、不審に思って、聞き直したんですが、同行を申し出たが、社長自身が、ひとりで行きたいと、いったそうです。それで、遠慮したと、いっています」

「匂坂社長は、何をしに、島越に行ったんですか？」

「支店長には、漁船の遭難事件のことで、話しに行ってくると、いったそうです」

「その時、ボストンバッグは、持っていたんですかね？」

「支店長は、持っていたように思うと、いっています」

「漁船の遭難ですが、三隻でしたね？」

「そうです」

「そして、亡くなった漁船員が、二人？」

「そうです」

「その漁船員は、保険に入っていたんですか？」

「会社が、生命保険に入れていたので、一人、二、三千万円が、支払われたと聞きました」

と、坂本が、いった。

「それなら、その漁船員の遺族が、社長を恨《うら》むこともなかったと思いますがねえ」

十津川は、首をひねった。

「そうなんですが、被害者は、金を持って、東京から来たんでしたね？」

「三千万円の札束を持って行ったことは、間違いありませんよ」

と、十津川は、いった。

「その金額も、妙ですね。亡くなったのは、二人ですから。千五百万円ずつと、考えていたんでしょうか？」

と、坂本が、いった。

「そうですねえ。三千万を三人分と考えれば、遭難した三隻の、漁船の船長に対してということになりますが」

「しかし、船長は、いずれも、死んではいないし、船を沈めたということで、むしろ、責任が問われるんじゃないかと思うんですよ」

と、坂本が、いう。

「すると、やはり、亡くなった二人の漁船員の遺族に対するお金だったんですかねえ」

と、十津川は、いった。

そのあと、十津川は、手帳に眼をやった。

「東京で亡くなった三村幸二郎ですが、匂坂社長が殺された時、何処にいたか調べてくれませんか」

「わかりました。調べます」

と、坂本が、約束した。

4

十津川は、宮古へ行く前に、もう一度、匂坂みつ子に、会っておきたかった。

自宅に電話をかけると、彼女は、宮古から帰っていた。十津川は、そちらへ伺いたいといったのだが、彼女が、今、自宅は、親戚《しんせき》が集まっていて落ち着かないといい、結局、新宿で会うことになった。

新宿の喫茶店で、会った。

さすがに、みつ子は、窶《やつ》れた表情だった。

「今夜、自宅で、通夜をします」

と、みつ子は、いった。

「喪主《もしゅ》のあなたが、留守にしても構いませんか？」

「父の柩《ひつぎ》の傍《そば》にいると、気が滅入《めい》るばかりですから、かえって、気分直しになります」

「宮古では、S水産の支店長に、会いました？」

と、十津川は、きいた。

「ええ。向うで、いろいろと、お世話になりました」

「どんな人ですか？」

「五十歳くらいで、よく気のつく方ですわ。父とは、三十年近いつき合いだと、おっしゃっていました」

「あなたは、お父さんの仕事のことは、全く知らないといっていましたが、会社の人が、何も、話しませんでしたか？」

「否応《いやおう》なしに、いろいろ、聞かされました」

「どんなことですか？」

「父のS水産は、最近、経営状況がよくなくて、父が、ずいぶん、苦労していたことなんかですわ」

と、みつ子が、いう。

今は、大きな水産会社でも、経営が難しいというから、小さなS水産は、猶更《なおさら》だったのだろう。

それで、無理に、出漁させて、三隻も、遭難させてしまったのかも知れない。

「向うで、漁船員の人にも、会いましたか？」

と、十津川は、きいた。

「ええ。何人かの方に、お会いしました」

「どうでした？　亡くなったお父さんのことを、責めるようなことを、いっていませんでしたか？　仲間が、二人、死んでいますから」

「私も、そのことを、初めて知ったので、皆さんに、お詫《わ》びしました」

「それで、どんな反応でした？」

「そんなことを、お嬢さんが、心配することはない。みんな覚悟して、船に乗っているんだからと、逆に、なぐさめて頂きました」

と、みつ子は、いった。

十津川は、ちょっと、変な気がした。もし、みつ子が、いう通りだとすると、匂坂社長を脅迫していたのは、漁船員たちでは、なかったのだろうか？

「東京で、Ｓ水産の人間が一人殺されたので、明日、私も、宮古へ行くことにしています」

と、十津川は、いった。

「父の死と、関係があるんでしょうか？」

「私は、関係あると、思っていますがね。これは、まだ、断定できません」

と、十津川は、いってから、

「お願いがあるのですよ」

と、みつ子を見つめた。

「どんなことでしょうか？」

「お父さんが、脅迫されていたについては、何か、理由があったと思うのです。また、それが、殺される動機にもなっていると思うのです。私としては、それを、知りたいんですよ」

十津川がいうと、みつ子は、当惑《とうわく》した表情になった。

「私は、本当に、父の仕事のことを、知らないんです」

「わかっています。お父さんは、何か、日記とかメモに、仕事のことを、書き残しているんじゃないか。脅迫される理由みたいなものをです。出来れば、それを、探して貰いたいのですよ」

と、十津川は、いった。

「わかりました。父の書斎なんかを、探してみます」

と、みつ子は、いった。

「お願いします。私は、明日、宮古へ行きますので、向うから、夕方にでも、電話します」

十津川は、そういって、立ち上った。

夜の七時からの通夜には、十津川も、参列させて貰った。

その翌日、十津川は、亀井を連れて、宮古に向った。

盛岡まで、新幹線で行き、盛岡から宮古までは、山田線に乗る。

宮古に着いたのは、一六時二五分である。

駅には、坂本警部が、パトカーで、迎えに来てくれていた。簡単にあいさつを交してから、十津川は、

「例の件は、どうなりましたか？」

と、きいた。

「三村幸二郎ですが、匂坂社長が殺された日に、島越で、社長が来るのを待っていたそうです。他の漁船員と一緒にです。ところが、いつまで待っていても、社長は、やって来ない。おかしいなと思っていたら、翌朝になって、社長が、殺されたことを、知ったといっています」

と、坂本は、いった。

宮古署員の運転するパトカーに、十津川と、亀井が、乗り込んだ。

「まず、S水産の支店に、行って下さい」

と、十津川は、いった。

パトカーが、走り出した。宮古湾に面して、小さなビルがあり、そのビルの一階に、S水産の看板が、下っていた。

十津川たちは、木内《きうち》という支店長に会った。

みつ子がいったように、五十歳くらいで、誠実な感じのする男だった。話し方も、物静かだった。

「社長が、急死して、とても、困っています。最近、うちの会社の商売が、うまくいかずに、社長と一緒になって、打開策を考えていたところでしたから」

と、木内は、いった。

「匂坂さんは、三千万の金を用意して、こちらへ来たと思われるんですが、その金は、何に使うつもりだったんでしょうか？」

十津川は、木内に、きいてみた。

「実は、坂本警部さんにも、同じことを聞かれたんですが、私は、そのことを、社長から聞かされていなかったんですよ。恐らく、漁船員への補償《ほしょう》にそったものでしょうが、そんなわけで、はっきりしたことは、いえません」

と、木内は、いう。

「社長が、島越に行くとき、あなたは、同行しなかったんですね？」

「ええ。社長が、ひとりで行きたいといわれるので、遠慮しました。あんなことになるとわかっていれば、叱《しか》られても、同行したんですが」

「匂坂さんは、なぜ、ひとりに固執《こしつ》したんでしょうか？」

十津川が、きくと、木内は、小さく頭を振って、

「わかりませんね。漁船の沈没事故のことを、ひとりで、解決しようと思っていたのかも知れないし、他に、何か理由があったのかも知れません」

「その件ですが、遭難の理由は、何だったんですか？」

「もちろん、天候です」

「まあ、そうでしょうが、去年から今年にかけて、同じ会社の漁船が、続けて三隻も遭難するというのは、異常じゃないんですか？」

「そう断定はできません。時には、十隻、二十隻の漁船が、一時に遭難することもありますから」

「遭難の詳しいデータを、見せてくれませんか」

「それは、所管のお役所に、きちんと、報告してありますが」

「それは、わかっていますが、どうしても、私も、知りたいのですよ」

と、十津川は、粘った。

結局、木内は、問題の記録のコピーを渡してくれた。

それによれば、去年の十一月五日、十二月二日、そして、今年の一月二十二日に、三隻の漁船が、遭難している。

十一月五日　第三S丸　船長　本橋《もとはし》　豊《ゆたか》

十二月二日　第九S丸　〃　三村幸二郎

漁船員　加東《かとう》　明《あきら》(35)死亡

一月二十二日　第六S丸　船長　林《はやし》功一郎《こういちろう》

漁船員　井上祐一《いのうえゆういち》（20）死亡

二人の漁船員の死亡は、遺体が見つかっていないのだから、正確にいえば、行方不明である。

遭難場所は、いずれも、三陸沖の太平洋上となっていた。

このあと、十津川と亀井は、坂本警部と一緒に、宮古から、三陸鉄道の北リアス線に、乗ることにした。

二両編成の気動車《きどうしゃ》である。白い車体に、真っ赤なストライプが入っている。太いラインが、車体の側面をくねるようについているので、やたらに目立つデザインだった。

「海岸の美しい景色が、堪能《たんのう》できますね」

と、十津川が、いうと、県警の坂本警部は、笑って、

「初めて乗られる方は、みんな、そういいますが、実際に乗ると、トンネルの連続ですよ」

と、いった。

坂本のいう通り、列車は、宮古を出ると、海沿いは走らず、山間《やまあい》に入って行き、たちまち、トンネルに突入した。短いトンネルが、続いたあと、三千メートル近い長い

トンネルに入った。猿峠《さるとうげ》トンネルである。

最初の一《いち》の渡《わたり》に着き、ここを出ると、再び、長いトンネルに入る。

「なるほど、トンネルばかりですね」

と、十津川も、笑った。リアス式の海岸など、全く見えない。

十津川と、亀井は、車内を見て歩いた。

匂坂社長が乗った時は、夕方だったが、今日は、昼間である。それでも、乗客は、そう多くはなかった。

一所懸命に、窓の外を見たり、写真を撮《と》ったりしているのは、観光客だろう。大方の乗客は、新聞を見たり、かたまって、お喋《しゃべ》りをしている。

気動車だから、絶えず、エンジンの音が、ひびいてくるし、トンネルに入ると、反響で、会話も、聞きづらくなってくる。

「トンネルに入っている時に、刺殺《しさつ》すれば、誰も、気付かないかも知れませんね」

と、亀井が、十津川に、いった。

二人は、坂本警部のところに、戻った。坂本は座席に腰を下して、十津川が、貰って来た漁船遭難のメモを見ていたが、戻って来た十津川に向って、

「確か、地元の新聞が、この三件の遭難を、問題にしたことがありましたよ」

と、いった。

「批判したわけですか？」

「そうです。漁獲をあげることだけを考えて、無謀な出漁をしたのではないかとか、老朽船を使っているのではないかとかです」

「それに対して、S水産は、何か、抗議したんですかね？」

亀井が、きいた。

「一応、抗議は、ひざづめですが、迫力はなかったですね」

「なぜですか？」

と、十津川が、きくと、坂本は、笑って、

「新聞の推論が、当っていたからじゃありませんか」

「無理な出漁とか、老朽船ということですか？」

「ええ。抗議したのが、途中で、何となく立ち消えになってしまいましたからね。下手をすると、藪蛇《やぶへび》になると思ったんじゃありませんか」

と、坂本は、いった。

四十分足らずで、島越駅に着いた。高架《こうか》の上に作られたホームで、駅舎は、高架下にある。

童話のような駅で、白い壁の上に、青いドーム型の屋根がのっている。二階は、レストランだった。岩手は、宮沢賢治の土地なので、賢治の童話にちなんだのだろう。

三人は、駅を出ると、島ノ越港に向って、歩いて行った。五、六分で、着いた。漁港だが、ここからは、宮古近くの浄土《じょうど》ケ浜《はま》へ行く観光船も、出ていた。

漁港の一角に、S水産の漁船が、並んでいるのが見えた。S水産の看板を掲げたプレハブ造りの建物もあった。

つながれたS水産の漁船に、人影は見当らなかった。社長が亡くなって、今後の操業予定が立っていないのだろう。

十津川は、S水産の漁船の傍に行き、のぞき込んだ。ところどころ、ペンキが、剝《は》げているのが見えた。確かに、老朽船の感じだった。これで、無理な操業をすれば、遭難の可能性も、出てくるだろう。

十津川は、海に眼をやった。春らしい、のどかな海面だった。

「S水産の漁船員に会って、何か、聞くことがありますか?」

と、坂本が、声をかけてきた。

「今日は、やめておきます。それに、入口のところに、誰もいないと、書いてありますよ」

十津川が、笑った。プレハブの建物の入口に、「しばらく休業します。誰もいませんので、ベルを鳴らさないで下さい」と、貼《は》り紙がしてあった。

「参りましたね」

と、坂本が、肩をすくめた。

十津川は、また、海に向って、視線を投げた。沖が、春の陽光を受けて、鈍く光っている。

「この先で、三隻の漁船が、遭難したんですね」

と、十津川は、呟《つぶや》いた。それが、匂坂社長や、三村幸二郎の死と、どうつながっているのだろうか？　それとも、無関係なのだろうか？

十津川は、坂本を振り向いて、

「さっきいわれた地元の新聞は、何という新聞ですか？」

「宮古にある三陸新聞ですが」

「批判記事を書いた記者に、会ってみたいと、思います」

と、十津川は、いった。

三人は、北リアス線で、宮古に引き返し、十津川と、亀井の二人が、ＪＲ宮古駅前に建つ三陸新聞社に、足を運んだ。

小さな新聞社だった。

最初、十津川たちが、警察の人間だということで、警戒の色を見せたが、来社の目的を知ると、問題の批判記事を書いた記者に、会わせてくれた。

大野《おおの》という二十代の若い記者だった。

大野は、照れたような顔で、

「入社して、初めて、単独取材して書いた記事なので、とても印象に、残っています」

と、いった。まだ、馴《な》れていないので、見過ごした点もずいぶんあったと思うとも、いった。

「無理な操業を、批判したそうですね」

と、十津川が、いうと、

「他の漁船団に比べて、出漁回数が多かったですからね」

「S水産以外の漁船は、この時期、遭難していないんですか?」

と、亀井が、きいた。

「三陸沿岸に限れば、ありません」

「老朽船を使っているとも、書いたそうですね?」

と、十津川が、きく。

「ええ。S水産は、他から中古船を買って来て、漁船団を作っているんです。最初から、老朽船なんですよ」

「しかし、そんな船で、よく、漁船員が、黙って働いていましたね。今は、人手不足だというのに」

「金で吊《つ》ってるんですよ」

と、大野は、いった。

「S水産が、抗議してきたそうですね？」

「ええ。来ましたよ。確か、宮古支店の木内という支店長でした」

「記事が、けしからんということですか？」

「そうです。訂正記事をのせろと、要求して来ましたよ」

「それで、どうしたんですか？」

「僕は、今もいったように、初めて取材して書いた記事ですから、どう対処《たいしょ》していいかわからず、デスクに、相談しました。デスクは、事実を書いた、という自信があるんなら、突っぱねろといわれました」

「それで、突っぱねたんですか？」

「ええ」

「S水産は、どうしました?」

「何もいわなくなりました。僕が、事実を書いたからですよ」

若い記者は、自信満々に、いった。

5

十津川は、亀井と、次に、宮古気象台《きしょうだい》を訪ねた。十津川が、知りたかったのは、三隻の漁船が、遭難した日の三陸沖の気象だった。

結果は、次のようなことになった。

○十一月五日
　晴　波一・五メートル　風速　五メートル

○十二月二日
　曇《くもり》　波二メートル　風速　七メートル

○一月二十二日

晴　波一・三メートル　風速　五メートル

「どう思うね？」

と、十津川は、その数字を、亀井に見せた。

「意外ですね。てっきり、三陸沖が、荒れていたに違いないと、思っていたんです。これだと、全く荒れていなかったみたいですね」

と、亀井は、いう。

「だが、三隻の漁船が、沈んでいるんだよ」

「突風《とっぷう》でも吹いたんですかね」

「それも考えられるね。海は穏《おだ》やかでも、次の瞬間何が起きるか、わからないからね」

と、十津川は、頷《うなず》いたが、続けて、

「しかし、三回とも、突風が吹いたというのも、おかしいな」

「そうですね」

「突風の他に、何が、沈没《ちんぼつ》の原因として、考えられるかね？」

「獲《と》れた魚の積み過ぎなんかも、考えられるんじゃありませんか」

「魚の積み過ぎか」

「何かの本で、読んだことがありましたよ。獲れ過ぎた魚で、船が安定を失って、沈没したという実例があるそうです」

と、亀井は、いった。

「他には？」

「他には、ちょっと考えられません。老朽船といっても、海が荒れていなければ、それだけで、沈没することはないと思いますね」

と、亀井は、いった。

「S水産が、三陸新聞に対して、抗議しておきながら、それが、尻切れとんぼになってしまったのは、なぜなんだろう？」

「前にも、いわれましたが、やはり、新聞の指摘《してき》が当っているからじゃありませんか？　とにかく、他の漁船団に比べて、出漁回数が、多かったそうですから、無謀操業といわれるのが、一番痛かったんだと思います」

「島ノ越漁港で、S水産の船を見たんだが、救命ボートや、救命ブイなどは、ちゃんと、整備されていたよ。しかも、船は、老朽化していたが、そうした救命具は、新しかった」

「そうでしたか？」

「ああ、それが、意外だったんだよ。全部の船が、そうだった」

「批判されたので、あわてて、整備したんじゃありませんか？」

と、亀井が、きいた。

「それは、違うね。三陸新聞の記者は、S水産について、いろいろと、批判していたが、救命具については、何もいわなかった。もし、救命具が古くて、役に立ちそうもなければ、それを、第一に、指摘した筈だ。何しろ、三つの遭難で、二人が死んでいるんだからね」

「そういわれれば、そうですね」

「海上保安部へ問い合せてみよう」

と、急に、十津川が、いった。

十津川は、宮古署へ行き、電話を借りて、三隻の漁船が、遭難した時の模様を聞いた。

その結果、次のような回答を、聞くことが出来た。

十一月五日のケースでは、午前三時二十五分に、第三S丸から、SOSが、発信され、直ちに巡視船「八戸《はちのへ》」が、救助に向った。

遭難地点は、三陸沖一七五カイリの地点である。夜明けに、現場に到着し、ゴムボートに乗って、漂流している船長以下五人を救助した。

十二月二日のケースも、似たような状況で発生した。第九S丸から、遭難信号があったのは、午後十一時九分。この時も、「八戸」が、急行した。場所は、三陸沖二〇五カイリ。公海上である。

やはり、ゴムボートで、漂流している四人を救助した。が、漁船員の一人は、行方不明だった。

一月二十二日、第六S丸は、三陸沖三二カイリの距離で、沈没した。

この時は、巡視船「みやこ」が、急行したが、四名を救助し、一名が、行方不明になった。

三件とも、現場附近の海面は、穏やかだった。

「船長は、遭難の理由について、どういってるんですか?」

と、十津川は、電話の中で、きいてみた。

「いずれも、突風に見舞われて、あっという間に、転覆したと、いっていましたね。

冬の三陸沖は、確かに、突風の吹くことが多いんです。一瞬前まで、風もなく、穏やかな海に、突然、強風が吹き荒れて、大型の貨物船でも、転覆することがあります」

と、海上保安部の担当官は、いった。

「しかし、三回も、突風に見舞われるというのは、おかしくありませんか？」

「かも知れませんが、犠牲者も出ているし、機関長や、漁労長も、同じ証言をしていますから、信じるより仕方がありません」

と、相手は、いった。

「第三回の時は、近海で遭難していますね？」

「そうです。漁場へ行く途中で、突風に襲われたと、いっています」

「その辺りも、よく突風が吹く海域なんですか？」

「よく吹くということはありません。しかし、全く突風の吹かない海面というのは、ありませんしね」

と、担当官は、いった。

十津川は、礼をいって、電話を切った。

「突風ですか」

と、亀井が、口を挟んだ。

「ああ。三回とも、突風が原因というのが、引っかかるがねえ」

「そうですよ。出来すぎています。自分たちが、ミスして、船を沈めてしまったのを、天候のせいにしているんじゃないですか？」

亀井が、眉《まゆ》を寄せて、十津川を見た。

「しかし、証拠は、ないんだ。海上保安部も、それで、納得している」

「警部は、どうなんですか？　納得したんですか？」

「いや。していないよ。それに、匂坂社長が殺されたこと、さらに、三村幸二郎が殺されたことも、三隻の漁船の沈没に、原因があるような気がしている」

と、十津川は、いった。

「しかし、それは、亡くなった二人の漁船員の家族が、匂坂社長や、船長を恨んでの犯行ということになって来ます。その線は、駄目《だめ》だったんじゃありませんか？」

「いや、まだ、駄目だと決ったわけじゃない」

と、十津川は、いった。

「しかし、証明が難しいと思いますが――」

「わかってるよ」

と、十津川は、いった。

証明しなければならないことが、沢山《たくさん》あるのだ。いや、あり過ぎるといった方がいいだろう。

「亡くなった二人の遺族に、会って、話を聞いてみたらどうでしょうか？」

と、亀井が、いった。

「それは、カメさんが、やってみてくれないか。私は、一足先に、東京に帰って、もう一度、三村幸二郎の行動を、調べてみたいんだよ」

と、十津川は、いった。

6

十津川は、翌朝、亀井を宮古に残して、急遽《きゅうきょ》、帰京することにした。

上野に着くと、M銀行上野支店に、行った。支店長に会った。

「ここに預金していた三村幸二郎のことですが、二千万円を越す預金がありましたね？」

と、確かめるように、きいた。

「ええ。その中、二千万円は、引き出されてしまいましたが」

と、支店長が、いう。

「私が知りたいのは、その二千万円が、いつ、三村の口座に振り込まれていたかなんです」

「すぐ、調べましょう」

と、支店長は、いった。

上野支店にある帳簿によると、問題の二千万円は、一千万円ずつ、二度にわたって、彼の口座に振り込まれていた。

「通帳をお作りしたのが、去年の十一月三十日で、一万円の預金をして頂きました。十二月一日に、一千万円が、振り込まれ、四月十九日に、あとの一千万円が、それぞれ、宮古支店から、振り込まれました」

と、支店長は、帳簿を見せてくれた。

「振込人の名前は、わかりますか？」

と、十津川は、きいた。

「二回とも、三村様ご本人になっています」

支店長が、そういった。

十津川は、振り込まれた日付を、手帳に書き写しながら、

（妙な具合だな）

と、思った。

最初の一千万円が振り込まれたのが、十二月一日。その翌日、彼が船長の第九Ｓ丸が、遭難しているのだ。

また、次の四月十九日は、北リアス線の車内で、匂坂社長が殺された翌日である。

これは、偶然なのだろうか？

偶然でなければ、どう解釈したらいいのだろうか？

二回目の一千万円は、こう考えることが、出来る。

匂坂社長は、三千万円を持って、宮古に出かけた。三村は、匂坂を殺して、その中の一千万を、自分の口座に、振り込んだのではないかとである。

一回目の一千万円は、第九Ｓ丸の遭難に関して、三村が手に入れ、自分の口座に振り込んだのではないか？

ただ、そう考えたとき、遭難の前日に、三村が、振り込んでいるのが、何とも、奇妙に見えてくる。

遭難の補償なら、当然、十二月二日のあとでなければならないのに、その前日になっているのは、どういうことなのか？

勘違いで、一千万円もの大金を、振り込むことなど、考えられない。従って、ちゃんとした理由があって、遭難の前日に、一千万円が、振り込まれたことになってくる。

第一、この一千万円が、もし、補償でなければ、何なのか？

十津川は、いろいろなケースを考えてみた。

宝くじが当ったのか？

宝くじの抽選《ちゅうせん》は、たいてい月末に行われる。十一月末に抽選で、一千万円が当り、その賞金を、翌日、自分の口座に振り込んだのだろうか？　だが、一千万の大金の場合は、抽選の翌日、引換えはしない筈である。

株だろうか？　だが、三村が、株をやっていた形跡はない。第一、最近、株は、低迷を続けている。

こう考えてくると、考えられるケースは、一つしかないように、十津川には、思えてきた。

漁船が遭難し、乗組員の一人が、死亡した。それに対して、一千万円の補償が支払われたと、考えてきたのだが、これは、逆かも知れないのだ。

〈一千万円が、支払われたから、遭難が起きた〉

と、いう風にである。

十津川は、自分ひとりで、断定するのは、無理と思い、亀井にも、電話で、話してみた。

亀井は、十津川の話を聞くと、電話の向うで、考えていたが、

「S水産が、一千万円を船長に支払って、遭難を起こさせたのではないかということですね?」

と、きいた。

「ああ、そうだ。つまり、前金《まえきん》だったのではないかと、思ってね」

「すると、去年の末から、今年にかけての三件の遭難は、作られたものだということになって来ますね」

と、亀井が、いった。きっと、彼は、向うで、半信半疑の顔をしているだろう。

「そうだよ。S水産は、というより、社長の匂坂はといった方がいいだろう。所有している漁船を、遭難させてくれといって、まず、前金の一千万を支払い、今回、三人の船長に、それぞれ、一千万円ずつの成功報酬《ほうしゅう》を支払うために、匂坂は、三千万を、ボストンバッグに入れて、持って行ったと、思ったんだがね」

と、十津川は、いった。

「しかし、三つの遭難で、二人の死亡者が出ていますよ。また、自分の持っている漁船を沈めて、何のトクがあるんでしょうか？」

「保険だよ」

と、十津川は、いった。

「保険ですか？」

「ああ。他には、考えられないね。だが、断定は危険だから。カメさんは、今日、亡くなった漁船員の家族に会うんだったね？」

「そうです」

「遭難のことを、よく聞いてみてくれないか。本当に、遭難だったのかどうかをね」

「わかりました。出来れば、他の漁船員たちにも、探して、会ってみます。三回の遭難に関係した連中なら、何か探り出せるかもしれませんから」

と、亀井は、いった。

「気をつけてくれよ。彼等が、全員で、仕組んだのなら、カメさんの行動は、彼等にとって、危険な存在になってくる筈だからね」

と、十津川は、いった。

「気をつけます」

と、亀井は、いった。

このあと、十津川は、電話で、主な保険会社に、S水産の漁船遭難事件に、関係しているかどうか、聞いてみた。

四つ目の中央保険が、S水産と契約したことを、話してくれた。

「正確にいうと、うちの宮古支店が、扱ったものです。あんなに続けて、遭難するとは思っていませんでしたから、うちとしては、計算違いでしたが、もちろん、お支払いはしましたよ」

「どのくらい、支払ったわけですか？」

「まず、失われた船に対して、一隻につき、二億円を支払いました。それから、亡くなられた漁船員の方二人については、S水産が、保険をかけていまして、一人、五千万円を、お支払いしました」

「それが、全て、S水産に入ったわけですね？」

「ええ。掛金《かけきん》は、S水産が、払っていますからね」

と、相手は、いった。

保険会社も、本当の遭難とみて、保険金を、支払っているのだ。

（疑問は、ないのだろうか？）

疑問があったとしても、それを証明するのは、難しい。と、十津川は、思った。

「二億円で、新しく、同じ大きさの漁船を買えますか？」

と、十津川が、きくと、担当者は、

「私は、専門家ではないので、断定はできませんが、まず、無理でしょうね。もっと、高い筈ですよ」

と、いった。

確かに、そうだろうと、電話を切ってから、思った。保険会社も、商売だから、新造船が買えるほどの保険金を、払う筈がない。

それなら、S水産は、損をしたのか？　普通に考えれば、遭難が儲かる筈はないのだが、S水産が、前もって、一千万円を支払って、船長に、遭難を仕組ませたとすれば、それによって、S水産は、十分に、儲かったのだろう。

十津川は、友人で、新聞記者をしている田口《たぐち》に電話をかけ、船の売買に詳しい人間を、紹介してくれないかと、頼んだ。

「それは、まともな部分じゃない方か？」

と、田口が、きく。

「まあ、そんなところだ」

「じゃあ、ブローカーを紹介しよう。いろいろと、知ってる男だよ」

と、田口はいい、秋山剛《あきやまごう》という男を、教えてくれた。

十津川は、その男に会いに、六本木にある事務所に、出かけて行った。

雑居ビルの一隅に、「秋山商会」という看板が、かかっていたが、入ってみると、いるのは、社長の秋山ひとりで、室内は、がらんとしている。確かに、得体が知れなかった。

十津川が、警察手帳を見せても、別に、驚きもせず、笑いながら、椅子《いす》をすすめて、

「何のご用ですか？」

と、きいた。

「漁船十隻を持つ水産会社がありましてね、全て近海漁業の小さな船です。儲かりますかね？」

と、十津川は、単刀直入に、きいた。

「まず、儲からないでしょうね。魚が減ってるし、人件費は高くなるし、第一、漁船に乗ろうという人間が、いなくなっていますから」

と、秋山は、いった。

「それでも、十隻もの漁船を、持っていようというのは、なぜですかね?」

「そりゃあ、権利の確保じゃないかね」

「権利?」

「誰でも、勝手に、船を所有していいわけじゃありませんからね。十隻の漁船を持つ権利を、放したくないんじゃないかな」

「その漁船ですが、去年の暮から、今年にかけて、三隻も、遭難しています。どう思いますか?」

十津川がきくと、秋山は、ニヤッと笑って、

「私は、その件の黒幕じゃありませんよ」

「黒幕って、何のことです?」

「刑事さん。正直にいおうじゃありませんか」

と、秋山が、いう。

「正直は、歓迎ですよ」

と、十津川は、とぼけていった。

「それ、S水産のことでしょう? なるほど、あの事件を、調べているわけですか」

秋山は、ひとりで、肯いている。十津川は、それに、逆らわず、

「あなたの見解を知りたいですね」

「ノーコメントといったら、どうします？」

「あなたが、S水産事件の背後にいると、考えますよ」

と、十津川は、いってやった。

「やっぱりね。疑いを晴らすためにも、自分の考えをいった方がいいでしょうね。S水産は、このところ、経営が、悪化していました。海外での、鮭《さけ》や、カツオなんかの買付けが、うまくいかないからですよ。ところが、その中で、小型漁船を、枠一杯、買い込んだ。もともと、S水産では、近海漁業部門は、ずっと、赤字なのにね。あれでは赤字を増やすだけだと、誰もが、思った」

「なるほど」

「まあ、中古の漁船を、買い叩《たた》いたから、かなり安く買ったんだと思いましたがね」

「買い叩けるんですか？」

と、十津川が、きくと、秋山は、笑って、

「個人で、漁船をやってる人で、魚がとれず、出漁すれば、燃料代だけ赤字になるというのが、多いんですよ。といって、船を処分しようとしても、これが、簡単に出来ないんです。今の船は、木造じゃなくて、グラスファイバー製ですからね。再生がきかない。燃やすことも出来ない。処分するのに、金が、かかるんですよ。だから、横浜の運河なんかご覧なさい。勝手に捨てた船が、何隻も、ぷかぷか、浮いてますよ。だから、買い手が、値切れるんですよ」

と、秋山が、いった。

「値切った中古漁船を、十隻揃《そろ》えて、S水産は、儲かると、思ったんですかね？」

「冷静に考えれば、赤字を増やすだけだ。それなのに、経営が悪化しているS水産が、なぜと思っていたら、三隻が、続けて遭難した」

「保険目当ての遭難――？」

と、十津川は、いった。また、秋山は、ニヤッと、笑って、

「処分するには、金がかかるが、遭難なら、船は処分できるし、保険も貰える」

「うまく仕組んだと、考えますか？」

「刑事さん。何回もいいますが、私は、黒幕じゃありませんよ」

「証拠は？」

「疑ってるんですか？」

「S水産が、保険金目的で、仕組んだとすると、それを証明する方法は、何でしょうかね？」

と、十津川が、きくと、秋山は、軽蔑《けいべつ》したような表情になって、

「それを、私にきくんですか？　証明するのは、警察の仕事じゃないんですか？」

と、いった。

十津川は、苦笑して、

「いや、参考になりましたよ」

と、いって、秋山の事務所を出た。

十津川は、夜の六本木を、パトカーで抜けながら、「妙な時代だね」と、呟いた。

古くなった漁船を処分するのには、金がかかる。だから、困った業者が、勝手に、どこかの海辺とか、運河に捨ててしまう。

だが、それに、漁船員を乗せ、形だけでも漁に出して、沈没すれば、莫大《ばくだい》な保険金が、手に入る。海に捨ててくることに、変りはないのだ。

S水産の匂坂社長は、経営に行き詰って、保険金サギを考えた。多分、廃棄処分寸前の中古船を買い込み、最初から、沈めるために、出漁させ、計画どおり遭難させた。

船長には、前金を渡して、納得させたのだろう。

荒天の時に出漁するわけではないので、安全だと、他の漁船員を、説得したに違いない。そのために、船は、中古だが、救命具などは、新品を用意した。

みんな納得ずくの遭難劇なら、殺人など、起きなかった筈だ。

それなのに、匂坂社長に脅迫状が送られ、社長は殺され、三村船長も、殺された。

(なぜなのだろう?)

きっと、何か、手違いが起きたのだ。

二人の漁船員が、死んだことだろうか? 安全な金儲け仕事といっていたのに、二人も死亡した。そのことが、脅迫状になり、殺人に発展したのだろうか。

もし、そうなら、犯人は、死んだ二人の漁船員の家族か、友人ということが、考えられるのだが。

十津川が、捜査本部の上野署に戻ってすぐ、亀井の電話が、入った。

「亡くなったふたりの遺族ですが、見つかりませんね」

と、亀井が、いう。

「それは、二人とも、岩手の人間ではないということかね?」

「そうです。一人は、島根の生れ、もう一人は、沖縄の生れです。結婚もしていません。また、二人が死亡したことを、S水産では、島根と、沖縄の方に知らせていませんね」

「なぜだろう?」

「二人とも、常々、両親も亡くなっていて、天涯《てんがい》孤独の身だといっていたからだというのです」

「では、保険金の受取人は？」

「それは、会社で掛けていましたから、社長の匂坂が、受け取っています」

「なるほどね」

「二人の記録を調べると、一つの会社なり、組合で、働いていたことはなくて、転々としていますね。船員手帳さえあれば、今は、人手不足で、どこでも、働けますから」

「Ｓ水産では、わざと、そういう人間を、傭《やと》っていたのかも知れないね。初めから、魚を獲ることが目的ではなく、遭難させ、保険金を入手するのが目的なら、後くされのない人間の方が、便利だからな」

と、十津川は、いってから、

「他の漁船員たちには、会えたのかね？」

「それが、なかなか、見つかりません。Ｓ水産の宮古支店そのものが、社長の死で、営業を中止している状態ですし、島ノ越漁港にある事務所も、閉ったままです。それに、十隻の漁船を持っていたわけですから、一隻に、五人が、乗るとして、単純計算で、五十人が必要です。しかし、実際には、十人前後しか、いなかったようです。S水産の社員として、登録されているのは、五十人近くいることになっていますが、実際には、辞めてしまった者も、そのまま、社員として、登録されていたりするみたいです」

「魚を獲ることが目的でなければ、沢山の人間は、必要ないわけだからね」

と、十津川は、いった。

「そうです。一応、船長以下、五人が乗って、出漁し、船を沈め、その五人が、次の船に乗って、――という繰り返しをすれば、最低五人で、すむわけです」

「しかし、遭難した三隻の船長は、全部、別人だね」

「遭難すれば、船長の名前は、出ますからね。それが、三回とも同一人では、疑われるからでしょう」

「なるほどね。だが、船員たちは、納得ずくで、遭難を仕組んだだろうし、匂坂も、十分に、金は払った筈だよ。現に、三村には、前金で一千万も、払っている。それなのに、なぜ、脅迫状や、殺人が、起きたんだろうか？」

「金額が、不満だったんでしょうか？」

「それなら、保険金サギのことを、バラすぞと、匂坂を、ゆすればいいんじゃないのかね。殺したら、元も子もなくなるだろう」

「確かに、そうですが――」

「その点を、何とか、調べてくれ」

と、十津川は、いった。

だが、翌日になって、亀井が負傷したという知らせが入った。

知らせて来たのは、S水産の宮古支店長、木内だった。昨夜、亀井が、宮古市内で倒れているのが発見され、病院に運ばれたというのである。

十津川は、すぐ、宮古へ行くことにした。

若い日下刑事だけを連れ、東北新幹線と、山田線を乗りつぎ、午後四時少し前に、宮古に着いた。

市内のN病院に駈けつけると、木内が来ていた。亀井は、面会謝絶になっていた。

木内に、容態をきくと、木内は、暗い眼で、十津川を見て、

「頭を強打されているので、現在、意識不明の状態が続いています」

「なぜ、あなたが、私に知らせてくれたんです？」

「亀井さんが、今度の事件のことで、昨日も、支店を訪ねて来られました。私が、名刺を差しあげておいたので、病院から、私に電話して来たんです」

「ちょっと、来てくれませんか」

と、十津川は、木内を、病院の屋上へ連れて行った。

「木内さん」

と、十津川は、改めて相手の名を呼んで、

「知ってることを、全部、話してくれませんか」

「何のことですか？」

と、木内が、きき返す。それに向って、

「経営不振で、資金ぐりに困った匂坂社長は、漁船を次々に遭難させて、保険金を取ることを考えた。安く買い叩いて入手した漁船に、限度一杯の保険をかけてね。そのことは、木内さんも、知っていたんでしょう？　あなたは、匂坂社長とは、古いつき合いだし、この宮古の責任者のあなたが、知らなくては、上手くいく筈がありませんからね」

「何のことをいっているのか、わかりませんね」

木内は、顔をそむけるようにした。

「いや、何もかもわかっている筈ですよ。死人が何人も出ているのに、知らん顔ですか。その上、今度は、私の部下も襲われた。彼は、昨日、何を聞きに、あなたに、会ったんですか？」

「社長が殺されたことで、何かわかったことはないかと、聞きにみえたんですよ。何もわからないというと、がっかりして、帰られましたがね」

「事件の解決に協力してくれませんかね」

「しているつもりですが」

「いや、知っていることを話して下さらなければ、協力になりませんよ」

と、十津川は、強い声でいったが、木内の表情は変らなかった。

十津川は、病院に、日下を残しておいて、宮古署に、坂本警部を訪ね、亀井が、発見された時の模様を、調べてくれと、頼んだ。

三十分もすると、坂本は、メモを持って、戻って来て、

「亀井さんが発見されたのは、市内のT公園の裏です。雑木林があって、あまり、市民の行かない場所ですね。男の声で、一一九番があって、そこに人が倒れていると、いったそうです。その電話がなかったら、なかなか見つからなかったんじゃないかと思いますよ」

「その、通報してくれた人は、わかっているんですか？」

「いや、わかりません。名前もいわなかったそうです」

と、坂本は、いった。

「北リアス線内での殺人について、何かわかりましたか？」

「車内で、酒を飲んで騒いでいたグループがいたことがわかりました。男ばかり四、五人のグループで、どうやら、彼等が、匂坂社長を囲んで、他の乗客にわからないように、刺し殺したんだと思いますね。人間の壁を作っておいてです。いずれも、中年の男たちで、怖かったといっている女性の乗客もいます」

と、坂本は、いった。

十津川は、坂本に、亀井が見つかった場所へ案内してくれるように、頼んだ。

坂本は、パトカーを飛ばしてくれた。着いてみると、なるほど、小さな雑木林があって、人の気配のないところだった。

「なぜ、亀井刑事は、こんな所に来ていたんでしょうね？」

「呼び出されたのかも知れません。その相手に会いに来たんじゃないかと」

と、坂本も、不審がった。

「それなら、表のT公園にするでしょう。わかり易いから」

「では、T公園に呼び出され、ここまで連れて来られたんでしょう」

と、十津川は、いった。

そして、誰かが、一一九番した。

たまたま、通りかかった人間だろうか？　だが、そんな場所には見えないし、昨夜だとすれば、雑木林の周囲は、暗かったろう。簡単に見つかるとは思えない。

（亀井を襲った人間が、一一九番したのではないのか？）

そうだとすると、殴り倒してから、仏心が出たのか？

（いや、違うな。死んだかどうか、確めたのだ。犯人自身が、現場に戻らなかったのは、どうしても、戻れない理由があったからではないのか）

十津川は、そんなことを、考えた。

十津川は、坂本のパトカーで、病院に戻った。待合室にいた日下が、

「まだ、カメさんは、意識を回復しません」

と、心配そうに、いった。

「S水産の木内支店長は？」

「警部が出て行かれてすぐ、いなくなりました」

「私への伝言は？」

「ありません」

「おかしいな」

「伝言のないのがですか？」

「いや、名刺のことだ。木内は、カメさんに名刺を渡しておいたから、病院から連絡してきたといった。しかし、木内は、私に、名刺をくれなかったし、別に、カメさんに名刺を渡す必要はなかったんだ」

「なぜ、そんな嘘《うそ》をいったんでしょうか？」

「ここに来た理由でじゃないかな。自分から来たのでは、不自然だからね」

「そういえば、さっき、婦長が、警察手帳があったので、連絡しようとしたら、木内支店長が、自分が、連絡すると、いったといっていました」

「そうだ。カメさんは、警察手帳を持っているんだから、何よりも、われわれに、連絡があった筈なんだよ」

「すると、木内が、親切ごかしに、邪魔をしたというわけですか？」

「ああ」

「なぜ、そんなことを？」

「多分、時間稼ぎだと思うが」

と、十津川が、いったとき、坂本警部から、電話が入った。

「今、浄土ケ浜で、男の死体が見つかったという知らせが入りましてね。これから出かけますが、その男の名前は、栗林喜一《くりばやしきいち》です。年齢五十歳」

「今度の事件と関係があるんですか？」

「去年の十二月二日に遭難した第九Ｓ丸で、漁労長をしていた男です」

「船長は、三村幸二郎？」

「そうです。また、連絡します」

と、いって、坂本は、電話を切った。

十津川は、宮古周辺の地図を、ナースセンターで借りて、浄土ケ浜の位置を確めた。

宮古の市内から約三キロの海岸にある景勝地だった。

その上、面白いことに、Ｔ公園が、その途中にあるのだ。当然、亀井が倒れていた雑木林もである。

十津川は、手帳を取り出し、亀井と一緒に、遭難した漁船のことを調べた時のメモに、もう一度、眼を通してみた。

去年の十二月二日に、沈没した第九Ｓ丸の船長は、三村幸二郎。そして死亡した漁船員は、加東明三十五歳と、書かれてある。この船の漁労長が、死体で、見つかったという。五人が、乗り込んでいた船だから、残りは、あと二人である。機関長と、漁船員だ。この二人も、狙《ねら》われるのだろうか？

更に一時間半ほどして、坂本が、電話してきた。

「栗林喜一は、頭を殴られ、岩礁《がんしょう》の間で、溺死《できし》していましたよ。殴っておいて、海に沈めたんでしょう。近くの旅館に泊っていたのを、昨夜、呼び出されて、殺されたらしいのです」

「怨恨《えんこん》ですか？」

「旅館には、五百万円が入ったボストンバッグが残っていますから、物盗りじゃありませんね」

「それなら、犯人の予想はついています」

と、十津川は、いった。

「本当ですか？」

「これから、S水産の宮古支店で、落ち合いませんか」

と、十津川は、いった。

十津川は、日下を病院に残して、S水産宮古支店に向った。

支店は、がらんとして、二人の若い社員がいるだけだった。木内は、来ていないという。

十津川は、木内支店長と、第九S丸で死んだ加東明の経歴を教えてくれるように、その二人にいった。二人の履歴書を見て、十津川は、予感が当ったのを知った。

坂本が、パトカーを飛ばして、浄土ケ浜から、戻って来た。

「犯人は、誰なんですか？」

と、いきなり、十津川に、きいた。

「木内支店長ですよ」

「なぜ、彼が？　大人しくて、話のわかる紳士だと思いますがね」

「S水産の経営難を打開するのに、漁船の遭難で、保険金をという考えは、宮古にいる木内が立てたと思うんですよ。現場を見ていますからね。中古の漁船を買ったり、足らない漁船員をかき集めたのも、木内だった筈ですよ。死んだ漁船員の一人、加東明は、木内と同じ島根の人間です」

「すると、知り合いだった可能性がありますね？」

「恐らくそうでしょう。ところで、三隻の遭難は、作られたものなのに、二人も、死亡している。穏やかな海だったし、加東は、三十五歳の男です。第六S丸の井上祐一は、二十歳と若いから、無茶をして海に落ちたのかも知れないが、三十五歳なら、海に馴れている筈だし、体力もある。そんな男が、なぜ、海で死んだのか？」

「海に沈んだのではなく、殺された――？」

「ええ。他の四人にね」

「その仇討《かたきう》ちに、まず、船長だった三村を殺し、今度は、漁労長の栗林を殺した？　すると、あとの二人も、危ないですね。機関長の小川《おがわ》と、漁船員の浜田《はまだ》が」

「すでに、木内は、狙っていると思います」

「二人の居場所を調べて、すぐ、手配しましょう。十津川さんも、来て下さい」

と、坂本が、いった。

パトカーで、宮古署へ急ぐ途中、坂本は、

「匂坂社長を殺したのも、木内ですか？」

「いや、二人は、長いつき合いだし、加東を殺したのは、匂坂社長じゃありませんかられ。第九S丸の四人は、加東を殺してしまったので、なるべく大金を手に入れて、高飛びしようと考えたんじゃありませんかね。それで、脅迫状などで、匂坂を脅し、三千金を持って、宮古に来させた。保険金サギという後ろ暗さがあるから、匂坂は、三千万円を持って、宮古にやって来た。そして、北リアス線の車内で、殺され、三千万円を奪われたんです」

「やったのは、三村船長たち四人ですか？」

「そうです」

「木内は、事件当日、匂坂に会ったが、別れたといっていますね」

「恐らく、匂坂は、支店に寄らなかったと思いますよ。犯人たちが、どこへも寄らずに、北リアス線に乗れと、指示したでしょうからね」

「それなのに、なぜ、木内は、嘘を？」

「あの時、すでに、木内は、仇討ちを決意していた筈です。自分が呼び寄せた同郷の加東と、永年の友人だった匂坂の仇を取ることをです。だから、警察にあれこれ、詮《せん》索《さく》されるのを恐れて、当り障りのないことをいったんだと思いますよ」

と、十津川は、いった。

宮古署では、小川機関長と、浜田の行方を探した。

その中の一人、小川が、花巻《はなまき》温泉郷の一つ、大沢《おおさわ》温泉にいるらしいとわかり、花巻警察署に連絡する一方、坂本と、十津川も、急行した。列車を待っていたのでは間に合わないので、パトカーで、東北自動車道に出て、花巻南インターに向った。

大沢温泉に着いたのは、夜だった。

間に合わず、小川保《たもつ》は、露天風呂の中で、タオルで、くびを締められて、殺されていた。

だが、犯人の木内も、車を盗んで、逃げる途中、非常線にかかって、逮捕された。

手錠をはめられた木内は、十津川の顔を見ると、小さく笑って、

「あと少しで、浜田も、殺せたのに」

と、いった。

後悔している様子は、なかった。

十津川は、一つだけ聞きたいことを、きいた。

「亀井刑事のことで、一一九番したのは、あんただね？」

「浄土ケ浜へ行く途中で、かけたんだ。礼をいう必要はないよ。死んだかどうか確めたかっただけだ」

と、木内は、いった。

「わかってる。とにかく、そのおかげで、助かりそうだ」

と、十津川は、いった。さっき、電話したとき、日下が、亀井が意識を取り戻したと、いったからである。

木内は、十津川に、

「加東はね、私の尊敬していた人の息子なんだ」

と、いった。

「四人に殺されたのか？」

「ああ。船内で、分け前のことでもめ、四人が、殺したんだ」

「第六S丸の井上は？」

「あれは、酒呑みで、酔って海に落ちたんだ。加東とは、違うよ」

と、木内は、いった。

木内が、連行されていったあと、坂本に、

「宮古の病院まで送ってくれませんか。早く、亀井刑事の声を聞きたいんです」

と、十津川は、いった。

解説――懐かしい列車や鉄路を西村京太郎作品で

山前　譲

国鉄民営化からもう三十年以上経ったから、すっかり「JR」の名称になじんでしまったけれど、その一方で、「国鉄」への郷愁も高まっているのではないだろうか。廃止された国鉄時代からの路線、そして廃止された国鉄時代からの列車は数多くあり、それぞれに思い出の一齣《ひとこま》となっている。

そんな鉄道への思いをさらに駆り立ててくれるのが西村京太郎氏の作品群だ。本書『哀愁のミステリー・トレイン』にもさまざまな鉄道の姿を描いたミステリーが四作収録されている。

西村氏はこれまで、好きな列車をアンケートなどで問われたとき、たいてい「雷鳥」を挙げてきた。大阪と北陸方面を結ぶ特急として走りはじめたのは一九六四年で、一九八六年には十八往復も運行されていた。当時京都在住で、能登半島をよく舞台にしていた西村氏には、「雷鳥」の疾走する姿が目に焼き付いていたに違いない。

巻頭の「『雷鳥九号』殺人事件」（「別冊小説宝石」一九八二・五　光文社文庫・講談社文庫『雷鳥九号殺人事件《サスペンス・トレイン》』収録）は、「雷鳥」ものとしては最初期の作品である。大阪発午前一〇時五分の「雷鳥九号」が、新深坂トンネルを抜け、まもなく福井駅に到着という時、乗務員室のドアが激しく叩かれた。「トイレで、人が殺されている！」と五十五、六歳の男性客が叫ぶ。たしかにトイレには銃で射たれた中年男性の死体があった。だが、凶器の銃は見当たらない。北陸本線の「雷鳥」だからこそのトリックと、それを現地で解き明かしていく十津川班の姿が印象的である。

ＪＲ移行後にはパノラマグリーン車を連結した「スーパー雷鳥」も走っていた。だが、しだいに「サンダーバード」に移行され、二〇一一年三月のダイヤ改正で「雷鳥」はついにその姿を消してしまう。

夜行列車にはとりわけ哀愁が漂うが、東京発大垣行345M普通列車（各駅停車、ではない）は、東京を二三時台に発車して大垣に着くのが翌朝の午前七時過ぎだから、鉄道の旅をたっぷり楽しめた。一九八二年に青春18きっぷの販売が開始されると、時期によっては通勤電車並みに混雑したという。その頃によく利用したが、そんな混雑には遭遇しなかったのは幸運だったのだろうか。

もちろんビジネスマンの利用客も多く、「大垣行345M列車の殺意」（「小説新潮」

一九八六・八増　新潮文庫『大垣行345M列車の殺意』収録）の田村のように、最終の東海道新幹線に乗り遅れた通勤客がよく利用する列車でもあった。

熱海まで行く田村は車内で見かけた美人が気になったが、翌日のテレビのニュースで彼女が殺されたこと知る。そして田村は、自分の鞄《かばん》に黒いハンドバッグが入っているのに気付いて動揺する。まさか被害者の？　田村は大学時代の同窓である十津川警部に相談するのだった。やはり同窓生である芸能プロダクションの社長に嫌疑がかかって苦悩する十津川である。

この普通夜行列車は一九九六年、特急形車両を利用した指定席列車「ムーンライトながら」に生まれ変わる。青春18きっぷの利用客が多い時期には、臨時列車が運行された。二〇〇九年には混雑期のみの臨時列車となり、現在に至っている。東海道本線の夜行普通列車は一八八九年の新橋・神戸間開業以来のものだが、345M列車の、お世辞にも快適とは言えない座席と物寂しい車窓からの風景を懐かしむ人は多いに違いない。

交通機関を利用したアリバイもののミステリーは数多く書かれているが、これぞ鉄道ならではのトリックと言えるのが「再婚旅行殺人事件」（「別冊小説宝石」一九八一・五　光文社文庫『蜜月列車《ハネムーン・トレイン》殺人事件』収録）だ。

まもなく新下関に着くという急行「さんべ3号」のグリーン車で、男性の死体が発見される。毒死だった。被害者は東京で調査事務所を営んでいたので、十津川警部や亀井刑事も捜査に協力したが、迷宮入りとなってしまう。だが、新聞を見てつぶやいた西本刑事の一言が、その事件に新たな展開をもたらした。容疑者が浮かび上がったのである。ただ、その人物には、山陰本線を走る「さんべ3号」に乗っていたという、鉄壁のアリバイがあった。なぜなら、事件が起こったのは美弥線を走る「さんべ3号」だったから……。

事件現場となった「さんべ3号」は米子・熊本間を走る急行だが、途中、長門市駅で切り離されて、山陰本線と美弥線の二手に分かれる。ところがその分かれた二本の列車が、再び下関駅で合流するのが、この列車ならではのユニークな運行状況だった。

西村氏は一九八二年刊の『蜜月列車殺人事件』の「あとがき」で、〝長谷川章さんの『鉄道面白事典』が、簡潔で、しかも、面白いので、ときどき参考にさせていただくのだが、山陰本線に、「さんべ」という面白い急行が走っているのを知ったのも、この本からである〟としたあと、こう記している。

> 途中で切り離して、別々の場所へ行く列車は、よくあるのを知っていたが、いっ

たん分かれて、また、一緒になって、終着駅へ走るというのは知らなかった。この、いわば再婚みたいな列車のことを、『鉄道面白事典』で知って書いたのが、「再婚旅行殺人事件」である。

そんな列車がミステリーとしての謎を構築しているが、新たな事件も起こって謎解きは二転三転している。一九六八年十月のダイヤ改正以来、長らく山陰地方と九州方面を結ぶ急行として活躍した「さんべ」は、一九九七年に臨時の夜行列車だけとなり、一九九九年に完全に廃止されてしまった。

自然災害によって鉄路が危うくなることはままあるが、二〇一一年三月十一日の東日本大震災の津波で三陸鉄道が被《こうむ》った被害はとりわけ甚大なものだった。岩手県の三陸海岸沿いを走る同鉄道は、北リアス線（宮古・久慈間　七一・〇キロ）と南リアス線（盛・釜石間　三六・六キロ）とに分かれているが、駅や橋梁《きょうりょう》が流失するなどして全線不通となってしまったのだ。営業が全線で再開したのは二〇一四年四月のことである。

「恨みの陸中リアス線」（「小説現代」一九九二・一　講談社文庫『恨みの陸中リアス線』収録）は津波に襲われる前の北リアス線、宮古発一九時三五分の列車の中で、中年男性が刺されたのが発端である。被害者の娘は事件の前、十津川警部に「父を助けて下さい」と相談していたのだが……。十津川らの捜査が思いもよらない動機を摑《つか》んでいく。

国鉄時代の一九八一年十一月、三陸鉄道は第三セクターとして発足した。開業から十年ほどは黒字だったが、やがて赤字に転落してしまう。しかし、ユニークな列車を走らせるなど観光に力を入れて、人気の路線となっている。二〇一三年には連続テレビ小説「あまちゃん」の舞台にもなった。そして二〇一九年三月には、JR東日本・山田線の一部の営業が移管されて北リアス線と南リアス線が統合、盛駅と久慈駅をつなぐリアス線として走りはじめた。

ミステリーの謎と鉄道の旅の絶妙なコラボレーション――『哀愁のミステリー・トレイン』はあらためて西村作品の醍醐味《だいごみ》を堪能できる一冊だ。

（初刊本の解説に加筆・訂正しました）

二〇二〇年十一月

この作品は2018年8月徳間書店より刊行されました。
なお、本作品はフィクションであり実在の個人・団体などとは一切関係がありません。

徳間文庫

十津川《とつがわ》警部《けいぶ》 哀愁《あいしゅう》のミステリー・トレイン

2020年12月15日 初刷

著者 西《にし》村《むら》京《きょう》太《た》郎《ろう》

発行者 小宮英行

発行所 株式会社 徳間書店

東京都品川区上大崎三―一―一 〒141―8202
目黒セントラルスクエア

電話 編集〇三(五四〇三)四三四九
販売〇四九(二九三)五五二一

振替 〇〇一四〇―〇―四四三九二

印刷
製本 大日本印刷株式会社

ISBN978-4-19-894607-4 (乱丁、落丁本はお取りかえいたします)

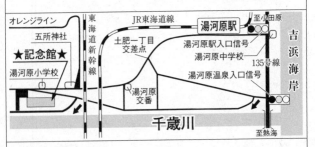

西村京太郎ファンクラブのご案内

会員特典(年会費2200円)

◆オリジナル会員証の発行 ◆西村京太郎記念館の入場料半額
◆年2回の会報誌の発行（4月・10月発行、情報満載です）
◆抽選・各種イベントへの参加
◆新刊・記念館展示物変更等のハガキでのお知らせ（不定期）
◆他、楽しい企画を考案予定!!

入会のご案内

■郵便局に備え付けの郵便振替払込金受領証にて、記入方法を参考にして年会費2200円を振込んで下さい■受領証は保管して下さい■会員の登録には振込みから約1ヶ月ほどかかります■特典等の発送は会員登録完了後になります

[記入方法] 1枚目は下記のとおりに口座番号、金額、加入者名を記入し、そして、払込人住所氏名欄に、ご自分の住所・氏名・電話番号を記入して下さい

郵便振替払込金受領証　窓口払込専用

口座番号	金額	加入者名	料金	特殊取扱
00 00230-8-17343	2200	西村京太郎事務局	(消費税込み)	

2枚目は払込取扱票の通信欄に下記のように記入して下さい

通信欄
（1）氏名（フリガナ）
（2）郵便番号（7ケタ）　※必ず7桁でご記入下さい
（3）住所（フリガナ）　※必ず都道府県名からご記入下さい
（4）生年月日（19XX年XX月XX日）
（5）年齢　（6）性別　（7）電話番号

十津川警部、湯河原に事件です
西村京太郎記念館

■お問い合わせ（記念館事務局）
TEL0465-63-1599
■西村京太郎ホームページ
http://www4.i-younet.ne.jp/~kyotaro/

※申し込みは、郵便振替払込金受領証のみとします。メール・電話での受付けは一切致しません。

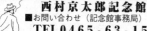

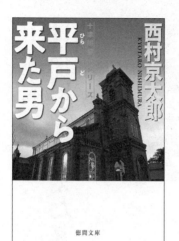